Madeleine Prahs

Die Letzten

Roman

dtv

Von Madeleine Prahs ist bei dtv außerdem erschienen:
Nachbarn (28036, 14504)

Ausführliche Informationen über
unsere Autoren und Bücher
www.dtv.de

Originalausgabe 2017
© dtv Verlagsgesellschaft mbH & Co. KG, München 2017
Gesetzt aus der Janson und der Lobster
Satz: Fotosatz Amann, Memmingen
Druck und Bindung: CPI books GmbH
Gedruckt auf säurefreiem, chlorfrei gebleichtem Papier
Printed in Germany · ISBN 978-3-423-28134-8

I

Wohl steht das Haus gezimmert und gefügt, doch ach,
es wankt der Grund, auf dem wir bauten.

Friedrich Schiller, ›Wilhelm Tell‹

Kussschnuten

Ich hab ja ein Sorgenkind, machen wir uns nichts vor, ich sag Ihnen gleich, wie es ist. Dachgeschoss Mitte. Das Mädchen mit dem schiefen Lächeln. Jersey heißt sie, eigentlich Marina Weber. Sie ist 28 Jahre, Studentin in Teilzeit, Tagträumerin und alkoholabhängig. Ihre hellbraunen Haare sind unregelmäßig auf Kinnlänge geschnitten, und ich habe es nicht nur einmal erlebt, wie sie am Sonntagnachmittag in Jogginghosen und Puschen zum Späti am Ende der Straße läuft. Da kauft sie sich dann drei Flaschen Billigbier, 'ne abgelaufene Tiefkühlpizza und zieht eine glitzernde Spur aus Superstarflair hinter sich her. Manchmal sind ihre Augen auch rot und verklebt und empfindlich wie die eines Kaninchens, da weiß ich: Jetzt ist schon wieder was schiefgelaufen.

Einmal stand so ein Typ auf dem Dach gegenüber und hat für sie gesungen, frisch verheiratet mit 'ner Flasche Wodka. Aber ich will gar nicht zu viel vorwegnehmen, Sie werden es noch erleben.

Jersey hat davon natürlich nichts, aber auch gar nichts mitbekommen. Drei Stunden zuvor hatte sie sich nämlich zwei blaue Kügelchen auf die Zunge gelegt, dann hatte sie ihren Kopf im Kissen vergraben und war vom Rand der Welt gefallen. Sie ist wie ein blinder Welpe. Manchmal tanzt sie nachts im Wohnzimmer und das ist schön. Natürlich regt sich die Buttkies drei Stockwerke drunter dann wahnsinnig auf, aber da höre ich gar nicht hin. Ich muss Ihnen sagen, ich habe noch nie jemanden gesehen, der sich so traumwandlerisch sicher zu Musik bewegen kann wie mein Sorgenkind aus dem Dachgeschoss. Am Ende von Nächten wie diesen stellt sie sich dann auf den Balkon und wirft Kussschnuten die Straße runter. Der Straße ist das natürlich herzlich egal, das merkt der Welpe dann auch und geht ins Bett.

Apropos Balkon, da erkennt man den Menschen.

Sehen Sie, der Kramer züchtet rote Geranien, jedes Jahr blühen sie herrlich gediegen und exakt bis zur Beetkante und säumen den kleinen asphaltierten Fußweg im Hinterhof. Die Buttkies hingegen hat die exklusivsten und exotischsten Pflanzen auf ihrem Balkon, eine extravaganter und greller als die andere – und alle aus Plastik.

Und der Welpe? Hat exakt einen Blumentopf, in dem sie Cannabis angepflanzt hat, und irgendwie hat sie es geschafft, einer mickrigen Efeuranke beizubringen, sich ein Stück am Balkongeländer entlangzutasten. Das einzige Lebewesen, dem sie Zuneigung entgegenbringt, denn es ist das einzige Lebewesen, mit dem sie mehr als eine halbe Stunde im Jahr verbringt, ist ihre Katze. »Major Tom« hat sie diese genannt, was oder wer immer das auch sein mag. Und diese Katze, meine Damen und Herren, ist mir die liebste Bewohnerin der Hebelstraße 13, denn sie ist die einzige, die offensichtlich keine Probleme hat.

Jersey ist mit der Miete 425 Euro im Rückstand, und ihre Klingel ist defekt. Eines von den wenigen Dingen, die ihr wichtig sind. Statt ihres Nachnamens klebt ein selbst geschriebener Zettel auf dem Plastikschildchen. Zwei Worte darauf: *Fuck off.* Muss ich Ihnen noch mehr erklären?

Kommen wir also zum 2. Stock Mitte. Da haben wir 2-Zimmer-Küche-Bad, mit Balkon, die Sanitäranlage wurde 1994 erneuert, klingeln bei: Elisabeth Buttkies.

Elisabeth Buttkies ist 72 Jahre alt, rüstig wie eine Stahlkonstruktion aus der Wirtschaftswunderzeit, Deutschlehrerin a. D. und Witwe. Im Jahre 1996 hat sie doch tatsächlich den dritten Platz beim Wettbewerb der Stadtteilzeitung »Unser schönster Balkon« gewonnen. Mit Blumen aus Kunststoff. Und keiner hat's gemerkt. Na egal, sie kann ein ziemlicher Drachen sein, aber wer will ihr das verdenken. Sie hat ein diffus großzelliges B-Zell-Lymphom in fortgeschrittenem Stadium, also Lymphknotenkrebs, was die Sache nicht einfacher macht. Ihr Problem ist nicht, dass der Krebs da ist, sondern dass sie noch da ist und dass der Krebs nicht dafür sorgt, dass sie endlich von dieser Welt gehen kann. Sie kommt mir manchmal vor wie ein ramponiertes Schneckenhaus. Dennoch versucht sie, die unwillkommenen Zusatz-Tage, -Wochen, -Jahre, die ihr der Chefmechaniker des Großen Spiels unaufgefordert zur Verfügung gestellt hat, mit Würde zu ertragen, was eine Leistung ist, wenn Sie mich fragen.

Kandidat drei schließlich ist wohnhaft im Erdgeschoss rechts. Da haben wir 2-Zimmer-Küche-Bad, ohne Balkon, Garten- und Kellermitbenutzung, klingeln bei: Karl Kramer.

Er ist 55 Jahre alt und Logistiker. Also eigentlich war er Logistiker, jetzt macht seinen Job eine Software, was natürlich bitter ist, wenn man bedenkt, dass der Kramer jahrelang in dem Glauben lebte, eine verantwortungsvolle Tätigkeit wie die seine könne nur durch die reibungslose Mechanik eines Qualitätsgehirns wie des seinen bewerkstelligt werden. Die Wohnungsbaugesellschaft hatte ihn dann dankenswerterweise zum Hausmeister beordert, aber auch der Spuk dauerte nicht lange. Denn ein Jahr später hat die Wohnungsbaugesellschaft alles an den Grube verkauft. Der Kramer ist 1x geschieden, durch und durch Realist, und die Weiterbildungsmaßnahmen des Arbeitsamtes nimmt er sportlich.

Mit dem Kramer verhält es sich ... – ja, wie soll ich sagen? – wie mit dem Ende eines guten Krimis. Stellen wir uns also einmal vor: Der Mörder sitzt dem Kommissar am Tisch gegenüber. Sie reden, reden viel, und irgendwann bauen sie so etwas wie ein Vertrauensverhältnis auf. Und im Laufe des Gesprächs kann man dann beobachten, wie der Mörder beginnt, seine ganze Schuld wegzuerzählen. Er gesteht natürlich nicht, er erzählt, und in diesem Moment beginnt er, an seine Geschichten zu glauben. So verhält es sich mit dem Kramer. Natürlich hat der Kramer niemanden umgebracht, noch nicht, und der Kommissar ist in diesem Fall auch kein Mensch, sondern ein Heimtrainer. Um Schuld geht es trotzdem, aber dazu kommen wir noch.

Wenn Sie mir nun bis hierher gefolgt sind, werden Sie sich natürlich fragen: Nur drei Bewohner plus Katze in so einem großen Haus? Fünf Stockwerke à drei Wohneinheiten pro Etage plus Dachgeschoss? Und zur Straßenseite hin nur Fenster und Balkone? Liegt der Eingang etwa an der Rückseite? Ja, das tut er. Die Haustür blickt genau auf den Innenhof. So fangen Romanzen an. Wenn Sie also bitte erst durch den Torbogen gehen wollen, da an der Seite, dann weiter den schmalen Pfad entlang, am Geranienbeet vorbei – und Stopp! Schon sind Sie da! Hier im Hof gibt es nicht viel, nur einen kräftigen Baum, der sich verirrt haben muss, und ein ungepflegtes Stück Rasen. Und Sie werden auch völlig zu Recht auf den bemitleidenswert anzusehenden Grill zeigen, der verschämt in der letzten Ecke steht und das letzte Mal während des Dreißigjährigen Krieges benutzt wurde, aber dessen Existenz doch beweist: Hier findet Leben statt, zumindest hat es mal stattgefunden. Sie werden auf den Efeu hinweisen, der linkerhand mehr schlecht als recht die Fassade hochkriecht. »Schön«, werden Sie denken, »wie romantisch«, aber

Ihnen werden natürlich auch die Risse und Schürfwunden in der Hauswand nicht entgehen. »Sanierungsbedürftig«, werden Sie sagen und wissend nicken, und nun frage ich Sie: Hat das die Menschheit jemals vom Wohnen abgehalten?

Aber ich greife schon wieder zu weit vor, kommen wir also, zu guter Letzt, zu Thomas Grube.

Thomas Grube besitzt eine Doppelhaushälfte vor der Stadt. Na, Sie wissen schon, diese Sorte falscher Marmor, Wandbemalung in Wischtechnik, klassizistische Fresken in den Nassbereichen, so einer. Er ist gerade Vater geworden, hat sehr gute Blutwerte, Klingel gibt es gar keine, denn Besuch läuft natürlich nur auf Anfrage. Sie werden von Herrn Grube nicht viel mitbekommen, und doch ist er, wie man so schön sagt, der Dreh- und Angelpunkt dieser Geschichte. Außerdem wird er der Bösewicht sein, nein, verzeihen Sie, er IST der Bösewicht, und wenn Sie jetzt sagen: Moment mal, man muss doch jeden Charakter ausgewogen zeichnen, dann kann ich Ihnen nur sagen: Nein, muss man nicht. So etwas gibt es nur in Buchpreis-Romanen oder in Arthouse-Filmen, und nichts ist schlimmer als diese Schriftsteller oder Regisseure, die erklären, wie ambivalent doch ihre Figuren sind, diese Feinheiten im Menschen, alles Quark. Außerdem ist das hier kein Roman (Gott sei Dank!) oder Film, sondern das Leben, nicht mehr und nicht weniger, denn alles hat sich genau so zugetragen. Und außerdem: Kennt nicht jeder einen oder zwei, von dem er sagen kann: Das ist ein absoluter Ungustl, ein bösartiger, weil bedenken- und gedankenloser Charakter?

Sehen Sie! Eben!

Jetzt höre ich doch tatsächlich noch einen aus der letzten Reihe rufen: Aber er ist doch gerade Vater geworden. Ts, ts, ts! Diese Menschenkenntnis! Da kennen sich die Ratten im Keller besser aus! »Gerade Vater geworden!« Ja eben, das sind doch die Schlimmsten!

Und diese Rolle hat sich dankenswerterweise der Thomas Grube bereit erklärt anzunehmen. Es ist ihm leichtgefallen, sagt er, nur das am Ende hätte nicht sein müssen, aber da sind wir ja noch nicht, also schön der Reihe nach. Wir befinden uns in der Hebelstraße 13. Es ist Montag, der langweiligste Tag der Woche. Eben war der Briefträger da, und damit nimmt das Unheil seinen Lauf.

Kate Moss

Erschossen. Dachte Karl Kramer. So müsste sich das anfühlen, wenn man erschossen wird. Während du noch in die Mündung der Pistole siehst und dich fragst, was hier gerade passiert, während ein Teil deines Hirns also noch reagiert, wissen deine Knie bereits, dass du tot bist. Du fällst um, wirfst einen letzten Blick zu der hässlichen Deckenlampe, die du nur aus Sentimentalität deiner Mutter gegenüber nie abmontiert hast, du denkst nichts, absolut nichts, kein Erinnerungsflash, kein Film, siehst kein einziges Bild vor deinem inneren, zuckenden Auge, nicht mal Erika, wie sie nackt und prall und schön vor dir steht (wenigstens in der Minute des Todes, denkst du, müsste das doch gelingen, wenn es schon im Leben nicht mehr gelingt, weil es einfach zu lange her ist, dass du sie das letzte Mal nackt gesehen, dass du sie überhaupt gesehen hast), aber auch das schaffst du nicht, statt Erikas Brüsten lacht dich in der letzten Sekunde deines Lebens diese bräunlich verfärbte Deckenlampe an, und im Grunde ändert sich nicht viel, eigentlich gar nichts, denn ein paar Verwesungseinheiten später bist du immer noch das, was du vorher schon warst: ein alter Sack. Nur eben tot.

Sehr geehrter Herr Kramer, die 1AConcept Bau AG muss Ihnen leider mitteilen…

Kramer ließ die Hand sinken, in der er das Schreiben hielt. Irgendwo schmiss jemand einen Rasenmäher an, draußen schien

13

die Sonne, einer der letzten schönen Herbsttage. Wahrscheinlich hatte dieser Grube sogar den Wetterbericht studiert, damit das Setting bei der Lektüre seiner »Bitte um Auszug wegen geplanter Modernisierung« perfekt wäre. Zu der Goldumrandung des Briefbogens hätte es zumindest gepasst.

... *für Ihre Nachfragen stehen wir jederzeit zur Verfügung*, gezeichnet: *Ihr Thomas Grube*.

Seit dieser Immobilienfritze das Haus von der Wohnungsbaugesellschaft gekauft hatte, gab es in der Hebelstraße 13 keinen Hausmeister mehr. Man hatte Kramers nicht zu unterschätzende Dienste einfach ersatzlos gestrichen, woran er sich immer noch nicht gewöhnt hatte. Und jetzt wollte ihm dieser Immobilienheini auch noch das Sofa unterm Arsch wegziehen.

Kramer blickte zu der Uhr, die auf der Anrichte stand. Es war 09:30 Uhr, er war vor einer Stunde aufgestanden, und doch hatte er jetzt das starke Bedürfnis, wieder ins Bett zu fallen und zu schlafen. Hoffentlich ohne zu träumen. Wobei es natürlich auf die Träume ankam. Sie konnten Himmel oder Hölle sein. Das wusste man vorher nie. Letzte Nacht zum Beispiel. Kategorie Hölle. Kein Zweifel. Er hatte vor einer Wohnungstür gestanden, die exakt so aussah wie seine eigene. Er hatte geklingelt. Und dann in ihr Gesicht geblickt. Erika, endlich, hatte er gedacht. Aber nein, halt, dieses Puppengesicht, dieses Engelsgesicht, mit diesem schläfrigen Blick und den vom Kopfkissen verwirbelten Haaren, das war nicht Erika. Das war der Teufel, und der hatte einen Namen: Kate Moss!

Kate Moss hieß in Wirklichkeit Marina Weber, oder *Jersey*, wie sie sich beknackterweise selbst nannte, sie wohnte unterm Dach, und in Kramers Traum hatte sie gelächelt, eine obszöne Bewegung gemacht und gefragt: »Na, Kramer? Stört dich die Mucke beim Mütze-Glatze-Spiel?«

Kramer atmete jetzt tief ein. Ein Mal, ein einziges Mal, vor ein paar Jahren im Sommer, hatte er sie höflich gebeten, ihre Wohnungstür nicht einfach offen stehen zu lassen, wenn sie DAS hörte. »Sie wohnen hier schließlich nicht alleine.« Er hatte den Rücken durchgestreckt, wie sich das für einen erwachsenen Mann gehörte. Dann hatte er die leeren Weinflaschen auf dem Boden im Flur hinter ihr entdeckt und so vorwurfsvoll und angeekelt, wie es ihm nur möglich war, den Kopf geschüttelt. Sie hatte glasige Augen, und für einen Moment hatte er befürchtet, sie heule gleich los. Aber sie blickte auf seine Hose, lächelte seltsam entrückt, sagte, DAS sei *Judas Priest*, und er solle sich verpissen. Als er wieder in seiner Wohnung stand und an sich hinabblickte, merkte er, dass sein Hosenstall offen stand, obwohl er sich sicher war, ihn geschlossen zu haben. Und auch jetzt noch ließ ihn das ungute Gefühl nicht los, dass sie etwas damit zu tun gehabt haben könnte, mit dem offenen Hosenstall, dass sie irgendwie, mit den Augen vielleicht, mit dem Blick, den Reißverschluss, zippzapp, übernatürliche Fähigkeiten, er würde das nicht sagen, nicht laut zumindest. Und eigentlich glaubte er nicht einmal daran, an übernatürliche Kräfte, Esoterik und den ganzen Schnickschnack, aber eins war sicher, Kate Moss hatte nicht mehr alle Tassen im Schrank. Sie wusste, dass er sich ab und zu einen von der Palme wedelte, dabei sogar an sie dachte, an ihre hässlichen, mickrigen Brüste. Und jetzt hoffte er, sie wäre zu Hause, wenn in einem halben Jahr die erste Abrissbirne auf das Dach krachen würde.

Gebirgsbach

Dachgeschoss

Jersey blickte zur Decke, genauer in die rechte obere Ecke. Es war größer geworden, das Loch. Oder bildete sie sich das nur ein? Irgendwann, vor einem Dreivierteljahr vielleicht, so genau wusste Jersey es nicht mehr, da hatte sie den Hausmeister angerufen, Kramer, Erdgeschoss rechts, ihm gesagt, er müsse vorbeikommen. »Schimmel, ein Schimmelfleck«, hatte sie gesagt und sich Mühe gegeben, dabei sehr traurig zu klingen, dann würde das Ganze vielleicht schneller vonstattengehen als beim letzten Mal, als der Durchlauferhitzer in der Küche den Geist aufgegeben hatte und sie die Gas-Wasser-Scheiße-Installateure gefragt hatte, ob sie extra aus der Wüste angereist seien.

Es war eine dieser Phasen, in denen sie beschlossen hatte, neu anzufangen, alles hinter sich zu lassen, ihrem Leben eine neue Richtung zu geben. Jersey zog jetzt an der selbst gedrehten Zigarette, ohne ihren Blick von der Decke zu nehmen. Sie hatte sich eine Liste gemacht, es lief gut, Punkt für Punkt hatte sie auf den Zettel gesetzt, als sie aber zwischendurch kurz auf die Uhr geblickt hatte, war es fast zu spät, und sie hatte es gerade noch geschafft, die Flaschen unter der Spüle zu verstauen und einmal durchzuatmen. Es klingelte, und sie war schon kurz davor, die Wohnungstür zu öffnen, als ihr auffiel, dass sie immer noch den alten zerschlissenen Morgenmantel ihrer Mutter trug und im Grunde nackt war. Hastig band sie den Gürtel um und machte

16

eine Schleife, und als sie die Tür schließlich öffnete, zog sich Kramer gerade kleine blaue Plastiktüten über seine Schuhe. Sie musste lachen, es sah aus, als würde der sich auf 'ne OP vorbereiten, fehlte nur noch der Mundschutz, aber er verzog keine Miene. »Vorschrift, ich möchte Ihre Wohnung nicht beschmutzen«, konstatierte er trocken. Als er dann aber im Flur stand, konnte sie an seinem Gesichtsausdruck erkennen, dass er nun eher Angst davor hatte, die Wohnung könne ihn beschmutzen. Da fing es an, dass Jersey das kleine spitze Klopfen in der Schläfe wieder spürte, auf das sie so gerne, zumindest für eine Weile, verzichtet hätte, sie lachte, zu laut, aber das war ihr egal. »Das nennt man Marmoreffekt«, sagte sie, legte Arroganz in ihre Stimme und strich sich eine Strähne hinter das Ohr wie ein gut gebuchtes Model, und dann schritt sie über den von ein paar wirklich nur winzigen Schmutzflecken durchsetzten Flurboden voraus, »bitte hier entlang.«

Natürlich hatte diese Schnarchnase nichts gemacht, nicht mal eingesprüht hatte er den Fleck, mit »Schimmel weg« oder irgend 'nem anderen Scheiß. Er hatte sich nur verächtlich in dem Zimmer umgesehen und ihr dann was von Lüften und dem richtigen Heizverhalten erzählt, als wäre sie gerade erst auf die Welt gekommen. Es war Appeasement-Politik vom Feinsten. Im Haus hatte es sich bereits herumgesprochen, dass keine Nachmieter mehr einziehen würden, dass die städtische Wohnungsbaugesellschaft bald verkaufen würde. »Die machen hier jetzt nichts mehr, kannste wissen, wird leergewohnt«, hatte ihr David aus dem dritten Stock damals erklärt, und genau so war es gekommen.

In der Tür hatte sich Kramer dann noch einmal umgedreht, als sie ihn fragte, was er denn jetzt zu tun gedenke. Wegen des Schimmels.

17

»Ja, Frau Weber, was soll man da machen? Das sind Flecken.« Sie hatte versucht, seinem spöttischen Blick standzuhalten, aber es war ihr nicht gelungen, und spätestens da wusste Jersey, dass sie mal wieder verarscht werden sollte, ausnahmsweise mal nicht von ihrem Ex, sondern von Kramer, diesem Columbo für Arme, der sich nicht als Hausmeister bei ihr vorgestellt hatte, sondern als »Vertreter der städtischen Wohnungsbaugesellschaft«.

»Ja, Frau Weber, was soll man da machen? Das sind Flecken.« In diesem Moment hatte Jersey gemerkt, dass das kleine spitze Ticken in der Schläfe immer noch da war, schneller wurde, stärker, sie hatte versucht durchzuatmen. »Versuchen Sie sich zu konzentrieren in Momenten wie diesen«, hatte ihr ein Therapeut mal erklärt, und das hatte ihr gefallen, *in Momenten wie diesen.* Das klang nach einem Gebirgsbach, nach etwas Kraftvollem, Schönem und nicht nach dieser bindfadendünnen Hilflosigkeit in ihr drin.

Zu dem Therapeuten hatte sie der ärztliche Notdienst geschickt, damals, nach der Sache mit Mutter. »Trauerbewältigung«, doch gebracht hatte es nichts.

Jersey zog an der Zigarette.

Vor Kramer aber hatte sie nicht aufgeben wollen. Es war ein guter Tag gewesen, es hatte die Liste gegeben. Punkt für Punkt ein neues Leben. Also hatte sie auf die kleine Warze an Kramers Hals gestarrt und sich nur vorgestellt, wie sie in diesem Moment an der Schleife des Gürtels ziehen und das Band auf den Boden fallen würde. Weil er wahrscheinlich noch nie 'ne nackte Frau gesehen hatte, weil es irgendwann Zeit gewesen wäre für den überraschten Gesichtsausdruck dieses kleinen, blöden Spießers, weil es dann, und nur dann, noch ein schöner Tag geworden wäre.

»Schimmel«, hätte sie gesagt, als sei nichts passiert.

»Wie bitte?«

»Das an der Decke.«

Dann hätte sie ihren langen schmalen Zeigefinger gehoben und ihn langsam, sehr langsam und sehr nah vor seinem solariumgebräunten Gesicht hin und her bewegt. »Keine Flecken, Opa, sondern S-C-H-I-M-M-E-L.«

Und der Opa hätte auf ihre Brüste gestarrt und genickt, als säße in seinem Kopf eine kleine Maus, die die Schaltzentrale betätigte, wenn er nicht zu Hause war. »Keine Haare mehr am Sack, aber im Puff drängeln, was?«, hätte Jersey gesagt und für diesen Anblick, in dem sein Kiefer bis auf die Spitzen seiner OP-Schuhe klappte, hätte sie 20 Euro bezahlt, aber aufgeben war nicht drin, zumindest nicht, solange er noch in der Tür stand. Als er sich dann endlich verzogen und ihr noch ein abfälliges »Alles Gute, Frau Weber« reingedrückt hatte, als die Schleife von Mutters Morgenmantel immer noch fest verknotet und die Tür hinter ihm ins Schloss gefallen war, hatte Jersey beschlossen, noch ein einziges Mal, noch dieses eine Mal, alles beim Alten zu belassen, die Liste auf den nächsten Tag zu verschieben, und dann war sie in die Küche gegangen, hatte den Kühlschrank geöffnet und den Verschluss der Flasche *Lambrusco 1 Liter halbtrocken* abgeschraubt.

Jersey seufzte, auf dem Teppich neben ihr lag Asche, und die Zigarette war ausgegangen. Der Schimmelfleck war immer noch da, genau wie Kramer, genau wie sie selbst. Aber eigentlich war es kein Fleck, es war ein kleines Loch, ein Loch in ihrer Decke. Und manchmal, wenn sie zu viel getrunken hatte oder zu lange durch die Nacht getanzt war, oder wenn die Sache mit der Konzentration nicht mehr klappte, in Momenten wie diesen, wenn sie aufgegeben hatte und ihr einer der Typen endlich eine langte, weil sie dieses Bedürfnis nach Provokation einfach nicht raus bekam, aus sich raus, nachdem ihr also mal wieder eine Faust zärtlich ins Gesicht gefallen war und sie den Zünder ausgelöst hatte, damit das Ticken zwischen den Schläfen verstummte, wenn das alles geschehen war und es in ihr so ruhig wurde wie an einem Gebirgsbach, sie keine Angst mehr hatte und keine Wut, dann, nur dann konnte Jersey durch das Loch den Sternenhimmel sehen, oder die Sonne, wie sie gerade aufging. Sie sah die Kondensstreifen von Flugzeugen und manchmal einen Schwarm Zugvögel. Dann holte sie die Katze, legte sie neben sich und zeigte zur Decke: »Siehst du? Ist das nicht schön?« Sie nahm sich fest vor, bald etwas zu ändern. Das Einzige, was sie mitnehmen würde aus ihrem alten Leben, wäre die Katze. Und Mutters Morgenmantel. Und dann schlief Jersey ein, unter freiem Himmel mit dem leisen, gleichmäßigen Schnurren des kleinen Tieres neben sich.

Empire State Building

Elisabeth zog den Vorhang zur Seite und öffnete das Fenster, um nachzusehen, denn jetzt war das Geplärre wirklich nicht mehr zu ignorieren. Er stand auf dem Rand des Daches gegenüber, offensichtlich betrunken, und fuchtelte mit etwas in der Luft herum, das große Ähnlichkeit mit einer Pistole hatte. Am Ende kam wahrscheinlich nur Glitter raus und ein lustiges Peng, vielleicht war es auch eine Schreckschusspistole, im ungünstigsten oder günstigsten Fall – je nachdem, welche Absichten der junge Mann dort oben hegte – war das Ding tatsächlich echt und geladen. Elisabeth kniff die Augen zusammen. Sie schätzte ihn auf Mitte zwanzig, aber er sah bereits irgendwie porös aus. Wie das Mauerwerk unten an der Eingangstür des Hauses, bei dem man sich jedes Mal, wenn man den Schlüssel drehte, fragte, wie lange es noch halten würde. Aber offensichtlich wurde der arbeitslose Sigmund Jähn dort oben nicht müde, sondern war bereit, die zweite Ladung Katzenjammer in die Nacht zu schicken. Immerhin war die Wodkaflasche jetzt leer, lange würde es jedenfalls nicht mehr gehen.

»Jersey! Ich bin's, der Mister! Hey, Igelmädchen!«

Elisabeth zog die Augenbraue nach oben. Hatte sie das gerade richtig verstanden? »Igelmädchen!« Bitte? Waren das nächtliche Dreharbeiten für die Lindenstraße? Und Jersey? Wer bitte war Jersey? War das etwa diese hässliche Punkerin aus dem

21

Dachgeschoss? Aber natürlich, ihr dämmerte es. Der Lebensmüde brüllte das Dachgeschoss drei Stockwerke über ihrer Wohnung an, und dort hauste die einzige Person, bei der sich Elisabeth vorstellen konnte, dass sie sich diesen schauderhaften Vornamen sogar selbst gegeben hatte.

»Jersey! Ich … ich … ich, es tut mir leid, ich …«

Elisabeth verzog das Gesicht. Oh nein, bitte nicht, da war doch nicht etwa so was im Spiel wie … Bevor sie den Gedanken zum bitteren Ende denken konnte, fuhr der Wind in ihre Gardine, die sich, wie zum Hohn, in die Nacht bauschte. Als hätte nur jemand darauf gewartet und die Gardine als perfekte Kulisse eingestellt für diese billige Kinoschnulze. Jetzt reicht's, dachte Elisabeth, holte die Gardine zurück, warf einen letzten Blick auf den Revolverhelden, doch gerade als sie das Fenster schließen wollte …

»Jersey! Ich schieß für dich das Licht aus …« Plötzlich wankte er, gefährlich nah am Rande des Daches, seine Knie schienen den Geist aufzugeben, und für einen Augenblick, einen kalten Agentenblick lang, stockte Elisabeth der Atem. Wenn er fällt, das wäre nicht schön, nicht nur im Kleinen, auch im Großen, im Ganzen, Reue war da jetzt in ihr, und Scham, nicht zu leugnen, sie hatten sie am Haken, diese Liebestiere, und jetzt streckte Elisabeth ihre Hand aus, durch das offene Fenster streckte sie ihre Hand aus, doch, tatsächlich, als könnte das helfen, 25 Meter Luftlinie, ach Gott, seine Knie sackten weg, das war's, dachte Elisabeth, machen wir uns nichts vor, Bella Ciao, das wird was geben in der Stadtteilzeitung, aber dann schien er wieder Mut gefasst zu haben, richtete sich auf und brüllte: »Ich schieß für dich das Licht aus vom Empire State Building!« Und seine Hand zeigte diffus Richtung Stadtmitte.

Und da tat er ihr leid, wirklich. Das hätte ihm ja ruhig mal einer erklären können, dass das große Gebäude eine Luftlinie weiter nicht das Empire State Building war, sondern der Verwaltungstrakt der Stadtwerke.

Vielleicht hatte er das auch gerade begriffen, ein kurzes Schluchzen noch, dann stieg er durch die Dachluke zurück in das Gebäude. Elisabeth atmete tief ein. Ein armer Irrer ohne Kompass. Sie dachte an die Punkerin, die im Dachgeschoss hauste, und schloss das Fenster. Erleichterung war in ihr, ganz ohne Zweifel. Und Wut. Über diese Leichtlinge, diese Träumer. Sie drehte sich in Richtung des Sofatisches, das gerahmte Bild von Walther. Sein strenger Blick traf sie, Elisabeth nickte. Dann löschte sie das Licht, legte sich zurück auf das Bettsofa, das Mondlicht schien durch die Gardine, es war still, nur das Ticken der Uhr war zu hören, und sie fragte sich, wann diese Kellerkinder endlich begreifen würden, dass das Leben immer ein wenig kleiner und dreckiger war als im Prospekt angegeben.

Massiver Flurschaden

Heute Morgen waren sie da. Fünf Mann. Einer verschwitzter als der andere. Erst hatte ich gedacht, dem Kramer sei was zugestoßen. Warum sonst stehen Müllmänner plötzlich im Treppenhaus, wenn der Kramer doch jede Woche, zuverlässig wie ein deutsches Präzisionsgewehr, die Mülltonnen nach vorne an die Straße schießt – als wäre er immer noch Hausmeister.

Dann haben sie die Schlagbohrmaschinen aus ihren Koffern geholt. Mordsdinger.

Und da habe ich mich dann schon gefragt: Warum kommen Einbrecher heutzutage bei helllichtem Tag, und für was brauchen sie Schlagbohrmaschinen? War das edle Gewerbe denn dermaßen auf den Hund gekommen?

Sie verteilten sich im Treppenhaus und setzten beinahe gleichzeitig die Teufelsmaschinen an, und weiter konnte ich leider nicht denken, weil plötzlich ein überirdischer Lärm jedes aufklärerische Analysieren verunmöglichte. Ein derart monströses Gedröhne hatte ich – in meiner ganzen bescheidenen, nun doch immerhin schon beinahe 50 Jahre währenden Existenz – noch nicht vernommen. Das dämonische Geprahle kam offensichtlich direkt aus der Hölle, zumindest tief aus den von Maden befallenen Innereien einer durch und durch verrotteten Welt. Wie ich später erfuhr – die Männer unterhielten sich in der Mittagspause über die Qualität der Schlagbohrmaschinen – hatte diese Hölle sogar einen Namen: Baumarkt.

Doch mischten sich in den Lärm noch andere Töne, und diese

24

betrübten mich nicht nur, sondern sie zogen mich gleichsam hinab in die dunklen Gefilde der Melancholie. Es war das dünne, schmerzverzerrte Gewimmer des Putzes und der Treppenstufen, das diese gesamte moderne Audioinstallation zu einer wahren Pein werden ließ. Ein handelsüblicher Sprengsatz hätte diese Verheerung nicht besser hinbekommen, und wenn diese nach Schweiß stinkende Rotte morgen wiederkommt, um ihr Werk möglicherweise zu vollenden, dann heißt es für mich »Adieu, du schöne Welt«.

Fazit an diesem späten Herbsttag, der unabhängig von der Meteorologie erahnen lässt, dass wir in großen Schritten auf den Winter zurasen: Das Treppenhaus liegt in Schutt und Asche. Dabei ist doch gerade die Treppe so etwas wie die Hauptschlagader des Hauses. Nicht der Salon, nein, das Treppenhaus ist im Grunde das erste Treff- und Begegnungszentrum der Menschheit. Die Entwicklung beinahe aller Kulturen wäre meines Erachtens unvorstellbar ohne diese elegante Art des Vorankommens. Ob in schlichter, gediegener oder pompöser Aufmachung, die Treppe überzeugt mit Stil und Formbewusstsein. Es ist der bereits in der Frühzeit verwirklichte Traum der Erdenbewohner, dem Himmel ein Stück näherzukommen. Nehmen wir zum Beispiel Horrorfilme. 80 Prozent aller Horrorfilme wären nach fünf Minuten vorbei ohne Treppe. Denn was macht das hübsche blonde Mädchen mit den schönen Lungenflügeln, auf das es der böse Schlächter abgesehen hat? Natürlich: Es rennt nicht aus dem Haus, das Dummerchen, nein, es rennt die Treppe hoch, »leider« muss man sagen, dem Himmel entgegen, ins Schlafzimmer, und dort, neben Mutters Kommode, steht der Schlächter grinsend und flüstert zärtlich »Bye, bye Blondie«, während er die Kettensäge anschmeißt. Das ganze schöne Gemetzel wäre also für die Katz ohne, richtig, eine Treppe.

Aber nicht erst seit heute Morgen spüre ich, wie meine Kräfte langsam schwinden, und ich kann nur hoffen, dass die Buttkies, der Kramer und die Jersey den Ernst der Lage begreifen, dass sie einen Plan entwickeln werden und aus der Abwärtsspirale im Handumdrehen einen Springbrunnen machen. Denn wenn nicht bald was passiert – was genau, kann ich Ihnen auch nicht sagen –, aber wenn nicht bald irgendwas passiert, was Gutes, ein Zauber vielleicht, ein Wunder, dann steuern wir hier auf ein Drama zu, und das wäre mir dann doch peinlich, weil ich mir eigentlich vorgenommen hatte, Ihnen eine Komödie zu erzählen.

Die Zukunft hat längst begonnen

Der Raum war exakt das, was sich Kramer unter einem Schulungszimmer beim Arbeitsamt vorgestellt hatte. Die kunststoffbeschichteten Tische waren zweckdienlich, die Stühle unbequem, und alles zusammen war beim Baumarkt wahrscheinlich mit dem Aufsteller »Büroausstattung komplett!« beworben worden. Der graue Teppich verströmte einen leichten Geruch von Lösemitteln, auf dem Fensterbrett stand eine Orchidee, deren Übertopf zu klein war, und die Jalousien hätten sich automatisch runterfahren lassen, wenn der Schalter nicht defekt gewesen wäre. Der Raum in seiner ganzen belanglosen Stumpfheit hatte eine beruhigende Wirkung gehabt, und dafür war Kramer dankbar gewesen. Alles war abgenutzt, ein wenig schäbig, aber niemand interessierte sich dafür, niemand würde hier renovieren.

Wie schon die Tage zuvor musste er heute Morgen im Treppenhaus vor einem knöchelhohen Geröllhaufen stehen bleiben, und erneut stand die Frage in dem schwer angeschlagenen Raum, ob es ihm auch dieses Mal gelingen würde, ohne Verletzungen und verschmutzte Kleidung auf die Straße zu gelangen. Das Ganze hatte ihn an die Versatzstücke eines Horrorfilms erinnert: ein einsames, dunkles Haus, eine Ahnung von drohendem Unheil sowie der Wegfall der einzigen Fluchtmöglichkeit. Das unbekannte Grauen hatte sogar einen Namen und den ehrenwerten Beruf des Immobilienmaklers. Fehlte nur noch das Gewitter.

Kramer lehnte sich zurück und blickte auf das Flipchart. Er hatte gehofft, der Film würde heute noch besser werden, anderes Genre, bessere Story, aufgeräumtes Setting, eine Prekariatskomödie vielleicht, auf jeden Fall etwas, womit er später in der Kneipe angeben könnte, aber es sah ganz und gar nicht danach aus.

Die Tische waren in U-Form zusammengestellt, an deren offenem Ende besagtes Flipchart stand – und leider auch der Kay.

Seit zweieinhalb Stunden saßen Kramer und die acht anderen Insassen nun schon in dessen Weltbild fest, und es würden mindestens noch drei weitere Stunden Haft werden.

Dabei hatte das Ganze vielversprechend angefangen. Der Kay, »Kay mit y«, hatte eine lässige Jeans und ein blau-weiß kariertes Hemd an, er war noch jung, wirkte aber solide, und es sah nicht danach aus, als bestünde sein Leben bloß aus Sonnenbrillen, Filmhits und Autoerotik. Er hatte alle Teilnehmer tatsächlich sehr freundlich begrüßt, vielleicht ein wenig übertrieben, aber das hatten Coachingexperten wahrscheinlich so an sich, und es war das erste Mal seit Langem, dass Kramer als »Kunde der Arbeitsagentur« das Gefühl hatte, hier meinte jemand wirklich ihn. Kay stellte Fragen nach dem Lebensweg jedes Einzelnen, die Atmosphäre war locker, beinahe entspannt, und für einen Moment hatte sich Kramer wohlgefühlt. Ein Fehler.

»Wie erging es dir …«, hatte Kay gleich zu Beginn gefragt und auf den Spickzettel mit den Namen geblickt, »wie erging es dir mit deiner Karriere, Karl?«

Kramer hatte unbeholfen gelächelt, mit den Schultern gezuckt und gesagt: »Tausend Mal berührt, tausend Mal ist nichts passiert …«

Ein paar hatten gelacht, nur Kay hatte die Luft scharf durch die Zähne gezogen. Und dann hatte er Kramer angesehen, wie der Arzt einen zuversichtlich vor ihm sitzenden Patienten ansieht. Der Patient ist ahnungslos, arglos, und vielleicht hat er bis eben im Wartezimmer gedöst und davon geträumt, wie er über eine Wiese rennt und Schmetterlinge fängt. Der Arzt jedoch erkennt mit wenigen scharfen Blicken, die wie Handkantenschläge den Körper seines Gegenübers treffen und auf Symptome von Mangelerscheinungen hin abscannen, dass es für den Patienten höchste Eisenbahn wäre, sich ernsthaft Sorgen zu machen und die Lebenseinstellung zu ändern, sonst war's das mit der Wiedereingliederung in die Gruppe der Gesunden.

»Gut, versuchen wir es mal anders.« Kay war langsam zu einem der Fenster an der Längsseite des Raumes geschlendert, hatte sich an die Kante des Fensterbretts gelehnt und die Arme verschränkt. Der Stoff des Hemdes spannte über den Oberarmen, und das lag nicht am Fett-, sondern am Muskelgewebe. So viel hatte Kramer verstanden. »Wichtig ist immer die Frage: Was ist dein Projekt im Hier und Jetzt?«, fuhr er fort, während er Kramer immer noch durchdringend anblickte. »Meine Frage bezieht sich auf dein berufliches Projekt, Karl«, fügte er hinzu, als halte er Kramers kognitive Kompetenzen für ausbaufähig. Vielleicht hatte er aber auch den kleinen Fleck Eigelb auf dem Kragen von Kramers Salz-und-Pfeffer-Jackett entdeckt, und sofort war ihm klar geworden, dass Kramer zu jenen mittelalten Männern gehören musste, deren privates Projekt – eine Ehe oder langjährige Beziehung – vor noch nicht allzu langer Zeit gescheitert war. Dass die Trennung erst kürzlich vollzogen worden sein musste, zeigte ihm der Umstand, dass der Geschiedene immerhin noch ein Jackett trug. Und in seinem Seminar saß. Es war also noch nicht zu spät. Kay klatschte in die Hände: »Na? Ich höre.«

»Na ja, also ich würde schon gerne beruflich wieder Fuß fassen«, hatte Kramer sich beeilt zu antworten, aber noch im gleichen Moment begann er sich zu schämen. Es hatte verzweifelt geklungen, als wolle er dem Arzt nach der Diagnose versichern: Also, ich würde schon noch gerne eine Weile leben.

»Schon irgendeine Vorstellung?«, hatte Kay gefragt und schwer ausgeatmet, aber Kramer hatte nur den Kopf gesenkt.

Und während Kay zum Flipchart gerannt war, um dort aus unerfindlichen Gründen die erste noch völlig unbeschriebene Seite über die obere Klemmschiene nach hinten zu ziehen, hatte Kramer sich zurückgelehnt, die Arme vor der Brust verschränkt und an der verkrüppelten Orchidee vorbei aus dem Fenster gesehen.

Es hatte einmal eine Zeit gegeben, da wäre für Kramer eine Situation wie diese unvorstellbar gewesen. Kramer wusste noch ganz genau, wie begeistert der ganze Saal damals geklatscht hatte. Es war, als habe gerade jemand den Beginn einer neuen Zeitrechnung ausgerufen. Der Schulze, die Hübner, der Voigt und sogar der Lentner, der an jenem Tag neben ihm saß, strahlten wie neu gewartete Atomanlagen.

Und auch er selbst, da musste man ehrlich sein, hatte sich an jenem Nachmittag in einer extrem gesteigerten Gemütsstimmung befunden.

»Die Logistik der Zukunft: Das ist die Vision einer Branche, die mit Hilfe von Hightech und hoch motivierten Mitarbeitern die globalisierte Wirtschaft zuverlässig am Laufen hält. Effizient, intelligent und nachhaltig. Also müssen wir uns den Marktanforderungen anpassen und Prozesse und Abläufe neu organisieren und digitalisieren. Das ist unser Ziel.«

Ja, das konnte Schenkel, seine Mitarbeiter in Ekstase versetzen. Hinter seinem Kugelkopf mit Raspelfrisur leuchtete ein raumhoher Screen, darauf stand der Slogan »Die Zukunft hat längst begonnen«, und etwas kleiner darunter: »Mitarbeiterversammlung RQ Logistic & Services«.

»Auch langjährige Beschäftigte«, hatte Schenkel in den Saal gerufen, »auch langjährige Beschäftigte möchten wir auf diesem Weg zu Innovation und Fortschritt mitnehmen. Aber sie müssen bereit sein, sich auf die neuen Anforderungen einzulassen.« Kramer atmete tief ein, dann drehte er den Kopf vom Fenster zurück zum Flipchart. SMART stand in Großbuchstaben in der Mitte des DIN A1 großen Blattes Papier.

»Ziele sollten immer SMART sein«, sagte Kay jetzt, dann drohte er gespielt böse mit dem erhobenen Zeigefinger in Kramers Richtung. »Und damit ist nicht das Auto gemeint, Karl.« Gelächter.

Kramer zwang sich zu lächeln, während er in Gedanken beherzt das Geschäft betrat, über dessen Schaufenster stand: »Jägerbedarf & Waffen aller Art«.

Kay drehte sich mit einem lockeren Schwung aus der Hüfte zu den anderen: »Also, was sind Ziele? Wie würdet ihr das definieren? Anyone …?«

Kerstin meldete sich, eine kleine, schüchtern wirkende Mittfünfzigerin, die neben Kramer saß. Sie hatte zu den Ersten gehört, die von den Entlassungswellen bei Schlecker erfasst worden waren. »Ja, Kerstin, bitte …«

»Für mich ist ein Ziel …«

Kramer hörte nicht mehr zu und schaute an Kerstin vorbei auf ein Stück Raufasertapete.

Lentner, der ein bisschen aussah wie Paul Kuhn und ähnlich gewitzt war, hatte nach der Mitarbeiterversammlung damals gesagt, dass er sich mit keinem von den Porzellanaffen da oben in eine Weiterbildungsmaßnahme stecken lassen würde. Denn

31

kurz vor Ende der Ansprache hatte Schenkel allen erklärt: »Die Alten müssen von den Jungen lernen. Und die Alten zum Lernen zu motivieren, ist eine Aufgabe der Führungskräfte.«

Sie hatten die Schlussworte Schenkels seinerzeit beklatscht, wenn auch nicht mehr so euphorisch wie am Anfang. Und vielleicht klatschten einige auch nur, weil es einfach schön war zu wissen, dass die Führungskräfte auch eine Arbeit aufgetragen bekommen hatten, und sei es die Motivation der Alten.

»Bei uns«, so schloss Schenkel, »wird es keine dramatischen Arbeitsplatzverluste geben.«

Ein Finger schnipste plötzlich vor Kramers Gesicht. Er erschrak.

»Na, kleines Nickerchen gemacht?«

Kramer hob den Kopf und blickte in Kays cremeverwöhntes Gesicht.

»Wir reden gerade über Bedürfnisse, und ich frage dich: Was ist dein Bedürfnis? Karl?«

Vor etwa einer Stunde hatte Kramer begonnen, ein Bedürfnis zu entwickeln, das er bis zu diesem Tag, zu dieser Stunde nie gehabt hatte und das mitnichten seiner Persönlichkeitsstruktur oder seinem Charakter entsprach. Es war das Bedürfnis, allein für Kay behandlungsbedürftige Verhaltensauffälligkeiten zu entwickeln.

Kay hatte ihnen erklärt, dass die Diagnose und Analyse der eigenen Situation einen entscheidenden Vorteil im Wettbewerb brächte, dass der Mensch ein Produkt sei, das es zu verkaufen gelte, und dass ein Vorhaben meist dann zum Scheitern verurteilt sei, wenn die Ressourcen schlecht genutzt würden. Und spätestens da hatte Kramer gedacht: »Ressourcen, was ist das?« Bevor man sie schlecht nutzen konnte, musste man sie ja erst mal haben.

Er hätte gerne Explosionsgeräusche gemacht mitten hinein in eine von Kays künstlichen Gedankenpausen, er hätte dieses Nullgerede von »besser strukturiert sein, super organisiert«, dieses automatisierte leere Geplapper, dieses zerschossene Gewirr aus Geisterwörtern gerne jedes Mal mit einem kräftigen Miauen unterstrichen, diesen ganzen beschissenen Tellerwäscher-zum-Millionär-Mythos, der den Maschinenraum des Kapitalismus mit immer neuem Feuerholz versorgte.

Aber spätestens jetzt, da sich Kay mit einer Arschbacke auf seinen Tisch gesetzt hatte, auf ihn herabblickte und ihn im Psychotherapeuten-Ton fragte: »Was ist dein Bedürfnis, Karl?«, spätestens an diesem Punkt hätte Kramer sich langsam erheben müssen, ruhig, Kay für eine Weile anstarren, um dann mit Grauen hervorzubringen: »Du bist einer von ihnen!«

Kurz schloss Kramer die Augen, dann öffnete er sie wieder, er fühlte sich erschöpft, aber er hob dennoch den Kopf, blickte Kay zum ersten Mal direkt und herausfordernd ins Gesicht und sagte ehrlich das, was er dachte, nämlich: »Ich habe das Bedürfnis, ein Ziel zu haben.«

Kay zog die Augenbrauen nach oben, dann begann er laut zu lachen, während sich sein Oberkörper ein wenig nach hinten lehnte und Karl sein Deo riechen konnte.

»Also, Ziele waren unser Thema«, sagte Kay und lief lachend zurück zum Flipchart. »Wie ihr gerade bemerkt habt, kann man die Menschheit in zwei Typen aufteilen«, er blickte in den Raum, als würde er sich noch immer köstlich amüsieren. »Die mit Ziel«, seine rechte Hand zeigte auf Kerstin, »und die ohne«, seine linke Hand zeigte auf Kramer. Gelächter.

Kramer sah durch Kay hindurch und stellte sich vor, wie seine Hand den Schlitten der Halbautomatik zurückzog und nach vorne schnappen ließ.

»Und dann gibt es noch die, die das Ziel aus den Augen verloren haben, aber ihre Anstrengungen verdoppeln. Und hier« –
Kay hob den Filzstift und zog die Augenbrauen nach oben, er
war jetzt wieder ganz im Hier und Jetzt –»hier gilt: Obacht! Da
müsst ihr aufpassen! Da macht dann wirklich nur eine Reiz-
Reaktions-Unterbrechung Sinn.«

Die im Raum sitzenden Produkte nickten betroffen, nur Kramer entschied sich, jetzt langsam den Abzug der Halbautomatik
zu ziehen, weil es für eine Reiz-Reaktions-Unterbrechung bereits zu spät war.

»Ihr müsst also eure Projekte immer wieder überprüfen, auch
und gerade bei der Arbeit im Team. Am Ende des Tages kommen wir, wir Menschen, ja zu ganz unterschiedlichen Wahrnehmungen.«

Tataa! Kramer ließ gerade noch rechtzeitig den Abzug los.
Was für ein Satz! Und während sich die Double-Action-Pistole
in Luft auflöste, die bis eben noch in seiner Hand gelegen hatte,
lehnte er sich lächelnd zurück und legte die Hände in den Schoß.

Am Ende des Tages nämlich waren ihnen allen, dem Schulze,
der Hübner, dem Voigt, dem Lentner und dem ganzen Rest der
Belegschaft klar geworden, dass sich ihre Wahrnehmung offensichtlich ganz fulminant von den Wahrnehmungen der Geschäftsführung unterschied. Irgendwann hatte sich in der Firma
rumgesprochen, dass von den Neustrukturierungen 1000 Mitarbeiter betroffen seien. Es hieß, man müsse sich keine Sorgen
machen, also machten sie sich keine Sorgen. »Im Grunde meint
das doch nur, dass sich unser Arbeitsplatz verändern kann«,
sagte die Hübner, und sie nickten. Zwei Wochen später teilte die
Geschäftsführung mit, die derzeitige Planung sehe die Strei-
chung von 200 Arbeitsplätzen vor, es werde aber noch einige
Zeit vergehen, bis exakte Zahlen kommuniziert werden könn-

ten, es fänden nun erst einmal Gespräche mit den Arbeitneh-
mervertretern statt. »Das wird die jüngsten Einstellungen be-
treffen, wir sind schon zu lange hier«, sagte der Voigt, und wieder nickten sie alle.

Es ging noch eine Weile hin und her, es gab Verhandlungen
mit dem Betriebsrat, Sozialplanerstellungen, eine erneute Mitarbeiterversammlung, drei Wochen später lag in Kramers Briefkasten die Kündigung und das Angebot einer Abfindungszahlung.
Im Büro berieten sie gemeinsam über eine Kündigungsschutz-
klage, aber am Ende des Tages nickten sie alle, nahmen die Abfindung und die Fotos von den Kindern, die an den Bildschirmen
der Computer klebten, und gingen nach Hause.

Nachdem das ALG I ausgelaufen war, hatte er der städtischen
Wohnungsbaugesellschaft seine Dienste als Hausmeister angeboten. Sie zahlten ihm nicht viel, aber zusammen mit den Resten
der Abfindung hatte es ihn eine Zeit lang über Wasser gehalten.
Anfang des Jahres dann hatte er wieder im Arbeitsamt gesessen,
wo die für ihn zuständige Sachbearbeiterin ihm ein Informa-
tionsblatt in die Hand drückte, auf dem stand: »Generation
50 plus – zurück in den Beruf? Oder Weg in die Rente?«

Sie hatte sich bemüht, da musste man ehrlich sein, und auch
er hatte anfangs das Gefühl, dass das Ende der Fahnenstange
noch längst nicht erreicht war. Er hatte ihr gleich zu Beginn erklärt, dass er vorübergehend als Hausmeister gearbeitet hatte,
dass er aktiv gewesen sei, dass er sogar einen Flyer gemacht
hatte, mit Word-Art-Grafik und Farbverlauf. »Das Blau ging
langsam in Lila über, verstehen Sie?«

Sie hatte genickt, freundlich, professionell, während sie
schweigend Unterlagen für ihn zusammentackerte.

Auf dem Flyer stand »Mieterkummer? Servicenummer!« und
darunter seine Telefonnummer. »Ich wollte es ganz pur halten«,

35

hatte er ihr erklärt,»nur das Nötigste.« Er hatte in seine Aktentasche gegriffen und ihr dann den Flyer über den Tisch geschoben. Sie hatte ihn in die Hand genommen und einen kurzen Blick
darauf geworfen.»Schön«, hatte sie knapp gesagt, und als sie
ihm den Flyer wieder zurückgeben wollte, hatte er eilig abge-
wunken:»Können Sie behalten. Für Ihre Unterlagen.«

Es wirkte nicht so, als ob sie darauf gewartet hätte, aber sie
legte ihn immerhin zu den anderen Dokumenten, und damit
schien die Sache für sie erledigt.

Er hatte immer noch 300 Stück davon zu Hause stehen, fein
in einem Karton verpackt, eigentlich sollten es nur 30 werden,
für jeden Haushalt in der Hebelstraße 13 einer, und 15 in Re-
serve, aber irgendetwas war damals mit der Bestellung schiefgelaufen. Er hatte sich lange mit dem Online-Druckshop gestritten, bis sie ihm den Auftrag zeigten, den er per Mail bestätigt
hatte, und da stand tatsächlich 300. Er hatte sich immer vorgenommen, die Flyer in die Briefkästen zu schmeißen, aber dann
zogen die Leute aus, einer nach dem anderen, Familien, Singles
und WGs, und niemand zog mehr nach. Übrig geblieben waren
nur noch die Buttkies und die Weber, und für die war damals
schon jedes Fitzelchen Papier zu schade. Abzüglich des Flyers,
den er der Sachbearbeiterin beim Arbeitsamt gegeben hatte, waren noch 299 übrig. Eigentlich hatte er schon lange vorgehabt,
sie zu entsorgen, aber jetzt stand der Bildschirm seines PCs auf
dem Karton; er hatte genau die richtige Höhe.

Nach zahlreichen erfolglos verlaufenen Bewerbungen bei
Logistik-Firmen hatte sie ihn dann in Weiterbildungsmaßnahmen geschickt, er hatte Online-Kurse belegt und sich Video-Vor-
lesungen angesehen, und nun saß er hier im Programm»Wieder-
einstieg mit Perspektive – mit Coaching qualifiziert zurück in
den Beruf« mit acht anderen Verlierern, die der Kay mit y so

lange coachen würde, bis er sie zu einem Playmobil-Team geformt hatte, einem Team aus plastinierten Seelen mit einem Preisschild auf der Stirn.

Kramer stand auf.

»Was wird das, wenn ich fragen darf? Noch haben wir keine Pause angesetzt!«

Kramer nahm seine Lesebrille und die Tasche, nickte Kerstin zu, dann hob er die Hand zum Gruß in Richtung Kay.

»Entschuldige, Karl, aber wir sind hier noch nicht fertig.«

Kay sah zum ersten Mal ein wenig irritiert aus, wirkte hilflos. Vielleicht hätte Kramer ihn ja irgendwann sogar gemocht. In einem anderen Leben.

Kramer drehte sich in der Tür um, er versuchte seinem Gesicht den »Es tut mir wirklich leid«-Ausdruck zu verleihen, mit dem er immerhin ab und zu Erika dazu gebracht hatte, ihm seine fehlende Energie zu verzeihen.

»Wo willst du denn jetzt hin?«, fragte Kay, und für einen Moment glaubte Kramer, in Kays Blick so etwas wie Erkenntnis aufblitzen zu sehen. Als wüsste der Coach in ihm, dass er jetzt einem gegenüberstand, der zwar kein Ziel hat, der aber weiß, wann es Zeit ist zu gehen. Und die Ahnung, die Kay im Grunde von Anfang an gehabt hatte, wurde nun zur Gewissheit: Dass bei einem wie Kramer Hopfen und Malz verloren ist.

Kramer zuckte mit den Schultern. »In die Kneipe«, sagte er, dann lächelte er und fügte hinzu: »Ressourcen abschöpfen.«

Und das Letzte, was Kramer hören konnte, während die Tür hinter ihm ins Schloss fiel, war das unterdrückte Kichern von Kerstin.

Kramer blieb vor der »Blauen Perle« stehen. Es begann bereits zu dämmern. Er war den ganzen Weg von der Behörde bis hierher gelaufen. Er hätte die Straßenbahn nehmen können, er hätte nicht einmal umsteigen müssen, aber er wollte laufen, so wie früher, als der Weg zum Büro, der kurze Spaziergang durch die Stadt, ein fester Bestandteil seines Lebens war.

Er trat einen Schritt auf das Schaufenster der Eckkneipe zu, in dem nichts hing außer einem schwarzen, verblichenen Samtvorhang und dem Schriftzug »Blaue Perle« in Neonblau.

Zacko, der Wirt, hatte die alten, geschwungenen Leuchtstoffröhren im Keller gefunden, und sie hatten ihn anfangs immer ein wenig aufgezogen, weil man den Eindruck bekommen konnte, bei der »Blauen Perle« handele es sich um einen Puff, dabei war es eine der ältesten Eckkneipen der Stadt.

Kramer betrachtete sein Gesicht, das sich in der Scheibe spiegelte. Blaues Neonlicht legte sich darüber.

Seine Stirn war tief von quer- und senkrecht verlaufenden Falten durchzogen, er hatte Krähenfüße in den Augenwinkeln, die heller waren, seine Haut kam ihm fahl vor.

Er war 55 Jahre alt, hatte ein Salz-und-Pfeffer-Jackett an und sogar seine Lesebrille mitgenommen, weil er geglaubt hatte, das würde Eindruck machen. Die in der »Blauen Perle« würden sich kaputtlachen. Kramer fuhr sich durchs Haar. Vielleicht war er ungerecht, selbstgerecht, aber vielleicht war er auch einfach nicht der Typ für Schlagwörter wie »Ressourcen, Kompetenzen, Erfolgsfaktor, Dynamik«. Es würde doch auf das hinauslaufen, auf was es seit einem halben Jahr hinauslief: Er saß auf dem Sofa, super organisiert, ein moralisch einwandfreier Arbeitnehmer, den zwar keiner mehr einstellte, weil er zu alt war, der aber gelernt hatte: »Probleme sind nur verkleidete Möglichkeiten.«

Das Glöckchen, das in der »Blauen Perle« direkt über der Tür hing, erklang jetzt, Kramer drehte sich um, jemand trat auf die Straße, ging aber in die andere Richtung davon.

Kramer wandte den Kopf und blickte wieder in das Fenster. Das Neonlicht der Leuchtreklame begann zu zittern, offensichtlich hatte sie einen Wackelkontakt. Ruhig blickte er in das Blitzen. Bis vor dreieinhalb Jahren hatte es so ausgesehen, als würden die »Ressourcen« sogar für ein Feuchtbiotop mit Goldfischen reichen. Oder für Hochbeete mit selbst gezogenem Gemüse. Da hätte sich Erika natürlich kümmern müssen, und vielleicht hätte er sich sogar zu der mediterranen Ecke überreden lassen – mit Salbei, Basilikum und Rosmarin und seinetwegen auch Bio-Tomaten in Töpfen. Was den Garten betraf, hatte er sich immer vorgestellt, dass die Möbel aus Polyrattan gewesen wären, ja, und natürlich hätte es einen Kugelgrill gegeben. Einen kleinen Schuppen vielleicht, zusätzlich, für die Gartengeräte. Zur Not hätte man den Rasenmäher aber auch in die Garage stellen können. Sie waren wirklich auf dem besten Weg dorthin, sie hatten den Bausparvertrag und das Erbe von Erikas Großmutter. Es war nicht viel Geld, aber es war auch nicht wenig, und wenn es nach ihm gegangen wäre, hätte auch nichts gegen ein Reihenhaus gesprochen, draußen am Rande der Stadt. Ein kleines Heim mit eigenem Grün, warum nicht? Der »Ziel«-Wimpel hatte bereits fest im Beet für die Kürbisse gesteckt, und wer hätte denn ahnen können, dass ausgerechnet in das Projekt »Haus mit Garten & Erika« ein Meteorit einschlägt und den Lauf der Geschichte komplett verändert. Wo früher der »Ziel«-Wimpel steckte, war jetzt ein riesiger schwarzer gähnend leerer Krater.

Jemand schlug ihm auf die Schultern: »Eh, Kalle, was wird 'n das?« Kramer drehte sich um. Herbert. Herbert zeigte auf die immer noch zuckende Leuchtreklame und lachte: »Das is aber nich das Rotlicht, das du brauchst.« Kramer lächelte müde. »Na, komm erst mal mit rein, Junge«, Herbert zog ihn am Arm, »das Elend hier kann sich ja keener mit ansehen.«

Vielleicht lag es daran, dass sich Zacko diesen neuen 3-D-Fernseher geleistet hatte, vielleicht lag es an dem vierten Bier, die Bilder hatten eine Kraft, der sich Kramer nicht entziehen konnte. Der Geländewagen raste über das Eis. Frostfunken stoben, weit und breit kein Mensch, kein Gebäude, totale, unendliche, klirrend kalte Polarkreiseinsamkeit. Verstohlen blickte Kramer die Theke entlang. Die Musik, mit welcher der Werbespot unterlegt war, wurde jetzt dramatischer. Kramer schaute zurück auf den Bildschirm, und acht Augenpaare inklusive seines eigenen waren wieder irgendwo in einer Schneewüste.

Der Geländewagen stoppte abrupt, eine Wahnsinnsbremsleistung muss die Karre haben, dachte Kramer noch, dann tappte ein Eisbär von rechts ins Bild und blieb vor dem Wagen stehen. Zacko und die anderen hielten den Atem an. Die Fahrertür öffnete sich, und ein groß gewachsener, mit allen möglichen Arten von Funktionskleidung ausgestatteter, älterer weißhaariger Mann stieg aus. Die Kamera zoomte auf sein Gesicht. Ein markantes Kinn, blaue Augen, ein selbstbewusster Blick – aber da waren auch Falten, leichte Augenringe und unsichtbare Narben von Kämpfen, die der Mann ausgetragen und nicht immer gewonnen hatte.

»Der Reinhold Messner soll aus'm Bild gehen, ich will die Karre sehen«, rief Dose quer über den Tresen.

Entspannt an das Auto gelehnt griff Reinhold Messner in seine Manteltasche und holte einen silbernen Flachmann hervor. Er trank einen Schluck, die Kamera zoomte zurück, der Eisbär lag nun vor dem Geländewagen und gähnte wie ein zu groß geratenes Kätzchen. Unter dem Bild wurde der Slogan eingeblendet:»Das Abenteuer liegt in unserer DNA.«

Höhnisches Gelächter am Tresen, und Dose, der schon ziemlich einen sitzen hatte, reichte Zacko sein leeres Glas, kuckte traurig, nuschelte irgendwas von »Abenteuer, Fegefeuer«, dann rülpste er.

»Na immerhin hat die Karre 300 PS«, sagte Zacko ehrfürchtig, und da blickten dann doch alle beinahe synchron vom Tresen auf. Es kam selten vor, dass sich in Zackos Stimme so etwas wie Bewunderung legte. Seit es Hoffenheim 2008 in die 1. Liga geschafft hatte, war Zacko grundlegend desillusioniert, und das betraf alle Bereiche des Lebens. Vor zehn Jahren hatte er die »Blaue Perle« wiedereröffnet, vor drei Jahren hatte er sich außerdem ein Sky-Abo für die Ligaspiele zugelegt, was ihm alle Stammgäste und Thekenbrüder hoch anrechneten. Seinen Spitznamen hatte er, solange Kramer und die anderen ihn kannten. Die Legende besagte, Zacko hätte einmal einen arroganten Schalke-Fan, der ausfällig geworden war, mit einem einzigen linken Haken direkt auf die Bretter der »Blauen Perle« befördert. Zack, zack und k. o., der Typ hatte 'nen gebrochenen Kiefer und Zacko seinen Spitznamen.

Das Antlitz des Schalke-Fans muss nach der Schlägerei nicht besonders schön ausgesehen haben, aber das war offensichtlich vorher auch nicht der Fall.

»Gibt ja so Gesichter«, kommentierte Dose dann immer trocken, wenn einem neu dazugekommenen Thekenbruder die Legende zum Besten gegeben wurde, »gibt ja so Gesichter, weißte: Die kann nur eine Mutter lieben.«

Dose war der Einzige, dem Zacko ab und zu mal ein Bier spendierte. Er hatte Mitleid mit ihm, aber eigentlich hatten sie alle Mitleid mit ihm.

Denn irgendwie hatte Doses Frau die Festnetznummer der »Blauen Perle« herausgefunden. Der Apparat stammte noch aus Zeiten des Kalten Krieges und stand direkt unter dem leicht angestaubten Regal für die Pilsgläser. Er war für Anrufe des Getränkelieferanten gedacht oder für Notfälle. Aber wenn er klingelte, wussten alle, dass es weder das eine noch das andere war, und der Dialog, der sich in der Folge entspannte, war seit fünf Jahren der gleiche. Sie alle konnten ihn auswendig.

Ring, Ring.

Zacko nahm den Hörer ab.

»›Blaue Perle‹, Zacko am Apparat.«

Aus dem Hörer kam ein aufgeregtes Quäken. Hella von Sinnen und Désirée Nick sprachen gleichzeitig, und beide waren auf Amphetamin.

Zacko machte sich nicht mal mehr die Mühe, eine Hand auf die Hörmuschel zu legen, er blickte einfach nur zu Dose und sagte tonlos: »Dose, die Geisterbahn ruft an.«

»Wer?«, fragte Dose immer, als könne es sich vielleicht doch um einen Irrtum handeln, wenigstens dieses eine Mal.

»Die Geisterbahn«, antwortete Zacko, und dann nickte Dose, nachdenklich und ein wenig abwesend, als habe er gerade eine Nachricht bekommen, deren Gehalt er noch nicht richtig einordnen konnte. Kurze Zeit später ging er heim, mit hängenden Schultern und schlurfenden Schritten, ein melancholischer Fisch, der wusste, dass er bald wieder für eine Weile auf dem Trockenen liegen würde.

Eigentlich war Dose immer Zackos Meinung, aber heute ließ ihn dessen Bewunderung für den Geländewagen völlig kalt. »Na und? 300 PS. Pfffffff...« Er zuckte mit den Schultern.

»Von null auf hundert! Da kommt ihr nie hin, Jungs«, sagte Zacko und erntete sogleich böse Blicke.

»Woher willst'n das wissen?«, fragte Dose.

»Na, das sieht man doch«, sagte Zacko ohne Regung und zapfte das nächste Bier.

»Quatsch«, »Du spinnst«, »Bin top in Form«, kam es von der

Biegung der Theke, aber wenig später blickte der eine oder andere ein wenig zweifelnd an sich hinab, strich sich fragend über den Bauch und schnallte anschließend den Gürtel enger.

Natürlich war das eine ganz beknackte Werbung, die die niedrigsten Instinkte von Männern ansprechen sollte, dessen war sich Kramer bewusst. Und früher hätte er nicht anders reagiert als Dose und die anderen.

Im Gegensatz zu ihm waren die meisten von ihnen noch nie im Dispo gelandet, hatten einen Job, den sie bis zur Rente absaßen, manche hatten Frauen und Kinder, und alle hatten eine Inselbegabung für Flachwitze.

Zu den wichtigen Bundesligaspielen trafen sie sich bei Zacko an der Biegung der Theke, sprachen über das Glück, im Großen, im Kleinen, auch wenn sie das nie so genannt hätten. Es ging um Probleme mit dem Vergaser, das enorme Preisgefälle bei Bohrmaschinen, wie treffend die Serie »Stromberg« ihren Büroalltag widerspiegelte, und darum, dass die Steuersätze schon wieder angehoben worden seien.

Kramer ließ sich lautlos vom Barhocker gleiten und folgte dem Hinweisschild »Toilette«.

Dieser wahnsinnig gut aussehende Reinhold-Messner-Verschnitt war nichts anderes als eine Beleidigung ihrer Mittelmäßigkeit, und man musste deutlich sagen: Die Werber hatten die Thekenbrüder als Zielgruppe klar verfehlt.

Kramer öffnete den Reißverschluss seiner Hose und blickte an sich hinab. Gut, er wurde älter, klar, da wurde manches größer, die Prostata zum Beispiel, anderes wiederum kleiner, Kramer atmete tief ein, Schwamm drüber.

Aber einmal im Leben an diesen Punkt kommen, an dem einen wie ihn nichts mehr aus der Ruhe brachte, weder ein Eisbär noch die Bremsleistung des Geländewagens, ja, nicht einmal der Besitz des Geländewagens – Kramer ließ es jetzt laufen, das Plätschern vermischte sich mit der Musik des Schlagersenders, der das Klo beschallte –, ein Punkt, an dem du so selbstverständlich in dir wohnst wie der Wodka im Flachmann, an dem sich das Schicksal, dieses schneeweiße, gefährliche Raubtier, vor deinem Opel Kadett klein macht wie ein zu groß geratenes Kätzchen, an dem du weißt, dass dir alles gelingt, jedes Abenteuer, weil dich nichts mehr aus der Ruhe bringen kann, weil du unsichtbar, aber für jeden in deiner näheren Umgebung spürbar LÄSSIGKEIT auf deine Stirn tätowiert hast, und zwar in Versalien, und zwar auf Kyrillisch, also einmal im Leben an diesen Punkt kommen – Kramer schüttelte ab, verstaute alles wie gehabt, zog die Hose auf Hüfthöhe und schloss den Reißverschluss –, dieses Bedürfnis hatte er nie gehabt.

Erika und er hatten immer zu den Paaren gehört, die sonntags an der Haltestelle in Funktionskleidung sitzen und auf den Bus warten, der sie zu irgendeinem Ausflugsziel bringt. Die Thermojacken waren beiden zu eng, aber das machte nichts, sie hatten ja sich. Baden-Baden, der Dom zu Speyer, Neuschwanstein. Erika vor Kirschblüte im Park. Klick. Kramer vor einem der unzähligen Goldenen Reiter, die es in Deutschland gab. Klick. Sie beide vor dem Stadtbrunnen. Klick. Das Schnitzel, das größer war als der Teller. Klick.

Ihm hatte das immer gereicht: Der Fremdenführerin hinterherzulaufen, dabei auszusehen, als ob man etwas verstehe oder zumindest interessiert sei, nach kurzer Zeit dann abzufallen und nur noch mitzulaufen mit dem Schwarm. Am Abend dann essen im Hotel-Restaurant, ein Bier oder auch zwei. Was war daran schlecht?

Das Essen im Hotel-Restaurant war der einzige Anlass, bei welchem Erika ihn in den einen von zwei Anzügen zwingen konnte, die er besaß. Im Gegensatz zu seiner alltäglichen Kleidung, Jeans und Hemd, gaben ihm die Anzüge aus unerfindlichen Gründen nicht das Gefühl von Halt, geschweige denn von Sicherheit. Er hatte sie sich vor Jahren maßschneidern lassen – »Da kann man nichts falsch machen«, hatte Erika gesagt –, aber den schwarzen hatte er bisher nur ein einziges Mal getragen: zur Beerdigung seiner Mutter, und da spannte das Sakko bereits.

Als sie ihm den dritten maßgeschneiderten Anzug einreden wollte, war er laut geworden und hatte ihr vorgeworfen, dass sie einen mondänen Bärenbezwinger aus ihm machen wolle und dass er zu alt sei für die Cowboy-Nummer. Sie hatte den Sprühregen voll Aufregung an sich abperlen lassen und dann seelenruhig geantwortet: »Aber deshalb musst du dich doch nicht anziehen wie dein eigener Großvater.«

Sie hatte nie verstehen können, dass einer wie er nie wie der Typ in der Werbung sein wollte, vor allem aber nicht sein konnte. Zu so etwas musste man sich doch hin entwickeln, mit dem Beginn des Lebens, aufgewachsen von Kindesbeinen an mit ausnahmslos positiver Resonanz. Schwarze Maßanzüge waren etwas für verzogene Richkids mit Erektionsstörungen oder für diese metro-sexuellen Männer, von denen jetzt überall die Rede war. Man konnte sich so entwickeln, man konnte damit glücklich werden im Leben. Oder man wurde wie die anderen 90 Prozent, und genau dort war Kramer immer zu Hause gewesen. Ihm reichten die »Kurz- und Wochenendtrips zum halben Preis«, »Die besten Angebote«, die in den Werbebroschüren der Supermärkte zu ihm kamen, und das Wissen, dass alles so weitergehen würde wie immer.

Aber dann fing Erika an, aus ihrem Leben einen Aktivurlaub zu machen. Es begann schleichend. Anfangs dachte er sich noch nichts dabei. Neue Frisur, Fitness-Studio, gewagtere Klamotten. Doch plötzlich rasierte sie ihre Muschi, blitzeblank, kein einziges über die Jahre lieb gewonnenes Schamhaar war da mehr, und als Kramer anmerkte, er sei doch kein Kinderficker, antwortete Erika, sie sei jetzt in einem Alter, in dem man aufpassen müsse, dass die Schambehaarung nicht aussähe wie nach zehn Jahren Ehe.

»Aber wir sind doch schon über zehn Jahre verheiratet«, hatte Kramer gestammelt, und Erika hatte geantwortet: »Eben.«

Kramer setzte sich zurück an den Tresen neben Herbert, der gerade über die Trainerqualitäten von Christian Streich fachsimpelte und starrte auf den Schaum.

Eigentlich hatte es ihm nie etwas ausgemacht, wenn andere die Entscheidungen für ihn trafen, solange dabei kein Mensch zu Schaden kam, vor allem nicht er selbst. Doch seit Erikas Auszug und der Scheidung war sein ganzes Leben in eine bedenkliche Schieflage geraten, und er hätte den miesen Tagen und Wochen, die ihn seitdem herzlich an sich drückten, gerne gesagt: Freunde der Nacht, ihr meint es nicht gut, ich möchte die Umarmung hiermit verlassen.

Kramer hob den Kopf. Vom Fernseher über der Bar blickte gerade Marcel Reif auf sie herunter, aber keiner in der Runde konnte die Schmalzlocke so richtig ab. Zacko hatte den Ton abgestellt, es ging weiter mit Werbung. Kramer trank einen kräftigen Schluck, dann setzte er das Glas ab und blickte auf den Bildschirm.

Eine junge Frau war zu sehen, erst duschte sie, dann tanzte sie im Blümchenkleid mit ausgebreiteten Armen über die Wiesen.

Früher wäre ihm eine Werbung wie diese herzlich egal gewesen, aber seit einiger Zeit sorgten Menschen, für die diese Werbung gemacht war, die neben einem durch die Welt liefen und von denen es immer mehr gab, also jene leisen, anschmiegsamen, fitten und frisch geduschten Organismen wie Coach-Kay dafür, dass er sich laut fühlte.

Vielleicht hatte es daran gelegen, dass Erika im Gegensatz zu dem Duschgel-Girl immer etwas Verlottertes an sich gehabt hatte, nichts Ungepflegtes, nein, aber so was Verrutschtes, Flatterhaftes. Und manchmal sah Kramer sie abends jetzt vor sich, in dem geblümten Kleid von C&A, das sie im Urlaub an der Nordsee gekauft hatten, damals. Im Grunde hatte sie es nur einmal angezogen, und zwar in der Umkleidekabine, dann nie wieder. »Trägt auf«, hatte sie nur gesagt, als er sie einmal gefragt hatte, ob sie nicht das anziehen könnte, zum Grillabend bei Herbert, und ja, sie hatte sogar Recht gehabt, aber gerade das war es doch, was Kramer so liebte, dieses ganze Mollige und Weiche, das an der Erika dran war. Einmal im Sommer war ihr der Ärmel eines Kleides zur Seite gerutscht, der BH-Träger wurde sichtbar, schnitt frech in die Haut, nur ein klein wenig, nur leicht, aber es reichte, dass Kramer ins Sinnliche abrutschte.

Wie oft hatte er ihr sagen wollen: »Du musst deine Frisur richten, Liebling.«

Heute Morgen erst hatte er ihre Haarbürste gefunden. Sie war hinter die Waschmaschine gefallen. Er hatte sie vorsichtig aufgehoben, sich auf den Badewannenrand gesetzt, und ihm war wieder eingefallen, wie widerspenstig diese Locken doch gewesen waren, wie oft sie ungezogen abstanden, wie sich diese ganze Frisur löste, drei Stunden lang immerzu nur löste, und wie die Locken immer kurz davor waren, die Spangen und Klammern zu sprengen, als wären es Gefangene in Ketten. Und wenn dann noch eine Laufmasche in der Strumpfhose dazukam und dieses ganze schöne Schlampige, dieses liederliche Lose aus Erika herausstrahlte, dieses sorglos Bezaubernde, ja, dieses bedenkenlos Erotische, da wollte Kramer in ihr sein, einfach nur in Erika drin sein, sich in dieses leichte Mädchen legen – und dort bleiben. Für eine lange, eine sehr lange Zeit.

Kramer beugte sich leicht nach vorn, stützte sich an die Häuserwand und blickte auf die Uhr, aber auch den Zeigern fehlte plötzlich die Haltung, sie ähnelten weich gekochten Spaghetti. Er war betrunken, so viel stand fest, und noch in der Kneipe hatten sich die Gedanken in seinem Kopf so unaufhörlich im Kreis gedreht wie die Rennkarren auf dem Nürburgring. Aber dann endlich, nach dem dritten Schnaps: Boxenstopp. Und Kramer hatte einen Entschluss gefasst.

Er richtete sich langsam auf, sah in die Flucht der leeren Straße, erkannte den Backshop an der Ecke, dann lief er weiter. In zehn Minuten wäre er zu Hause, und morgen würde er ein neues Leben beginnen.

Es war ein todsicheres Ding. Diesmal würde es klappen. Er hatte sich Sätze zurechtgelegt, unschlagbare Sätze, Humphrey-Bogart-Sätze. Kramer bekam Schluckauf.

»Im Leben eines jeden Mannes«, würde er ihr ganz ruhig erklären, »im Leben eines jeden Mannes, Erika, kommt einmal der Punkt, an dem alles stillzustehen scheint.«

Er würde zu Boden blicken, die Kiefer fest aufeinandergepresst. Seine Augen so schwarz und kalt wie das Fell einer Robbe. Verletzliche Härte. Das würde Erika fertigmachen. So würde sie ihn noch nie gesehen haben. Er war nicht mehr der schwächliche Karl Kramer. Er war der Dompteur, der von seinem Eisbären in der Mitte aufgerissen worden war, er war der Trapezspringer, der mit offenem Bruch mitten in der Manege lag! Ohne zu jammern, ohne zu klagen. Denn diese Schmerzen waren nichts im Vergleich zu dem, was sie ihm angetan hatte. Sie hatte ihn angeschossen, selbstlos und egoistisch, mit ihrer Liebe. Aber damit war jetzt Schluss, man musste sich seinen Dämonen stellen, hieß: Er würde Erika zurückholen, Scheidung hin oder her, koste es, was es wolle. Das war seine Form von Rache. Und wenn sie sich wieder aneinander gewöhnt hätten, könnte er ihr ganz ruhig erklären, ja ruhig, das hatte sich Kramer schon jetzt fest vorgenommen, auch wenn das Ereignis noch in weiter Zukunft lag, denn es war Teil seiner positiven Entwicklung nach vorn, ganz ruhig also, und nicht wie früher laut und aggressiv, würde er Erika noch einmal erklären, dass zur Liebe immer zwei gehören, aber einer immer mehr liebt. Dass einer immer der Liebende ist und der andere immer der Geliebte, und er müsse ja nicht dazu sagen, wie die Rollenverteilung bei ihnen beiden aussehe. Er wankte jetzt den kleinen Fußweg entlang, der zur Haustür führte.

Und vielleicht würde sich dann Erika auch wieder ein bisschen mehr Mühe geben für ihn, nur ein wenig, nur so viel, dass es ihm eine Leichtigkeit, eine Brise Leichtigkeit ins Gemüt wehte. Sie mussten ja nicht gleich wieder heiraten.

Kramer blieb stehen. Vor der Haustür stand ein kleines verhutzeltes Männchen, das aussah, als sei es eben vom Wald in die Stadt gespuckt worden, exakter in die Hebelstraße 13. Er erkannte sie sofort. Elisabeth Buttkies wohnte in diesem Haus, seit er denken konnte, ein alter Drachen ohne Zähne, aber immer feuerspuckend unterwegs. Seit einiger Zeit klebte sie ihm Post-its an die Tür, auf denen in altertümlicher Handschrift stand, dass er mit dem Treppenputzen überfällig sei oder dass er lüften solle.

Er hielt sie für einen Irrtum der Natur, aber irgendetwas an dem Bild rührte ihn. Es sah ganz danach aus, als versuche sie schon seit gefühlten vier Stunden, mit dem Schlüssel die Haustür zu öffnen. Er hätte sie pampig fragen können, warum sie mitten in der Nacht noch unterwegs sei, aber es war die letzte

Stunde des Tages, der Innenhof lag friedlich im Mondlicht, und Kramer wollte nur noch eins: ins Bett. Vor allem aber wollte er nicht mehr kämpfen, sondern für einen Moment befreundet sein mit dieser Welt.

Er ging auf sie zu, »Warten Sie, ich helfe Ihn…«, dann gab es einen Schlag, und das Letzte, was Kramer sah, bevor sein Hinterkopf auf den Steinplatten aufschlug, er sich die Schulter brach und diesem Knirschen nachlauschte, das klang, als wäre eine italienische Knusperstange aus Blätterteig in zwei Hälften zerbrochen, das Letzte, was Kramer sah, war ein dunkelblauer, glasklarer Nachthimmel voller Sterne.

Finger über Kreuz

Jersey stand vor ihrem verschlossenen Keller und blickte zwischen den Holzlatten der Tür hindurch in ihr Abteil. Drei schwarze Regenschirme, die wahrscheinlich noch dem Vormieter gehörten, hingen von der leeren Kleiderstange einer Rollgarderobe herab wie traurige, bekiffte Fledermäuse. Ein verrostetes Ofenblech lag darunter, dahinter klemmte ein Sonnenschirm. Er hatte keinen Standfuß mehr, dafür flogen rosafarbene Schweinchen mit Engelsflügeln über die weiße Polyester-Bespannung, ein Geschenk ihrer letzten WG mit der Bitte, sie möge sich doch bald eine eigene Wohnung suchen. In der Ecke standen zwei Kartons voller Bücher, die sie immer mal lesen wollte und seit Jahren von Keller zu Keller schleppte.

Davor lag, umgekippt, ein Vintage-Hocker, der ihr schon nach kurzer Zeit im Wohnzimmer viel zu »vintage« gewesen war und die Angst, sich in einen Retro-Hipster zu verwandeln, täglich hatte größer werden lassen.

Ganz hinten links wucherte etwas besorgniserregend aus der Mauerwand heraus, es sah aus wie ein Pilzschwamm, und direkt darunter standen die mittlerweile eingegangenen Pflanzen, die sie vor Jahren hatte aufpäppeln wollen. Aber die Ecke wirkte jetzt eher so, als müsse man sie im Ganzen auf der Sondermülldeponie entsorgen.

Ihr Blick fiel auf die offene Kiste, die direkt hinter der Kellertür stand. Jersey ging in die Knie, um besser sehen zu können. Eine pinke Swatch-Uhr lag in der Kiste und eine Diddl-Maus. Sie sah aus, als sei sie selbstmordgefährdet, das konnte aber auch daran liegen, dass die Ratten sie schon zärtlich angeknabbert hatten, zumindest fehlten der Diddl-Maus ein Bein und ein Ohr. Außerdem war ihre linke Wange schwarz, was kein Wunder war, weil sich die Maus selbstvergessen an die letzten Spraydosen schmiegte, und Jersey erinnerte sich, dass die Spraydosen noch aus ihrer »Ich schieß euer Establishment mit meinen Graffiti kaputt, ihr Muschis«-Phase stammten.

Sie erhob sich und sog die Luft tief ein. Der Modergeruch vermischte sich mit etwas, das entfernt an Harzer Käse erinnerte. Es konnte aber auch von Kramers Kellerabteil kommen, das befand sich direkt neben ihrem. Wahrscheinlich schlief der regelmäßig hier unten.

Jersey wischte sich den Pony aus der Stirn. Eigentlich hatte sie vorgehabt, den kaputten CD-Player, der neben ihren Füßen stand, zu all den anderen Gefährten in ihren Keller zu stellen. Er würde wahrscheinlich noch die nächsten acht Jahre hier stehen und – wie all die anderen Wertgegenstände – vor sich hin gammeln, aber sie hatte ihn lieb gewonnen. Er war so etwas wie eine aussterbende Spezies, denn er hatte noch ein Kassettendeck.

Jersey nahm das Vorhängeschloss in die Hand. Irgendein Arsch hatte es ausgetauscht, zumindest passte der Schlüssel nicht mehr, und es konnte nur der sein, den sie in der Hand hielt, denn sie besaß nur drei Schlüssel: den für die Wohnungstür, den für den Briefkasten und eben den für das Vorhängeschloss. Erst hatte sie Kramer in Verdacht, aber bei dem hing jetzt exakt das gleiche Vorhängeschloss, und bei der Buttkies verhielt es sich nicht anders.

Hatte dieser neue Vermieterfuzzi etwa die Schlösser zu den Kellerabteilen ausgewechselt? Hatte er sie noch alle? Jersey hätte sein Gesicht jetzt gerne direkt in den Pilzschwamm gedrückt, aber er war ja leider nicht da.

Sie bückte sich, nahm den CD-Player in die Hand und wollte sich gerade umdrehen und gehen, da erblickte sie die Rollschuhe.

Sie standen auf dem zerrissenen Pappkarton, aus dem der Ärmel einer Bluse heraushing. In dem Karton lagen noch andere Blusen, große, rote, mit Klatschmohn, und eine CD mit Fotos, die Mutter kurz vor ihrem Tod gebrannt hatte. Den Inhalt des Kartons kannte Jersey bestens, aber die Rollschuhe hatte sie schon vor langer Zeit vergessen. Mehr noch, bis eben hatte Jersey sogar geglaubt, die Rollschuhe wären gar nicht mehr in ihrem Besitz.

Langsam stellte sie den CD-Player ab, trat einen Schritt auf die Kellertür zu, umfasste die Holzleisten und presste ihr Gesicht an die Latten wie ein Kleinkind im Laufstall.

Es war ein Ereignis gewesen damals, ein großer Schritt in eine neue Welt. Und Jerseys Erinnerung daran gelang es auch jetzt, Jahre später, jenes Register in ihrem Brustkorb zu ziehen, in dem die Impulse für küssen und lächeln versammelt waren.

Wahrscheinlich war die haltlose Begeisterung vor allem in ihrem Alter begründet, immerhin war sie gerade neun geworden, und vom »Schritt in eine neue Welt« konnte man eigentlich auch nicht sprechen, sondern eher von Fall oder Fahrt, je nachdem, wie es eben so lief. Wie auch immer, schon der erste Anblick war ein Versprechen: zwei glänzende Metallschienen, die verstellbar waren, rote Lederriemen an Ferse und Spitze mit glänzenden Schnallen. Selbst der verdreckteste und hässlichste, zu enge oder zu große Straßenlatsch wurde zu einem guten Freund, sobald er auf die Metallschienen traf und festgeschnallt wurde. Es waren die schönsten Rollschuhe der Welt. Sie war jeden Donnerstag damit losgefahren, hatte Eis geholt für Mutter und sich selbst, und sie durfte so viele Kugeln nehmen, wie sie wollte.

Das Problem war nicht, dass es nur drei Sorten gab (Vanille, Erdbeere und Schokolade), das Problem war die Strecke dorthin, und es machte Jersey mit jedem aufgeplatzten Knie wütender, dass die Idioten vom Straßenbauamt nicht an die klassische, neunjährige Rollschuhfahrerin gedacht hatten. Man hatte rechteckige Steinplatten hintereinandergelegt, aber dann hatte die Hitze oder was auch immer ihr Talent eingesetzt, und die Steinplatten begannen sich ineinander und aufeinander zu schieben wie verwirrte Kontinentalplatten.

Mutter hatte ihr die Rollschuhe einst zum Geburtstag geschenkt, und dann, vor ein paar Jahren vielleicht, hatte Mutter sie dorthin gestellt, wo ihrer Meinung nach Rollschuhe hingehörten: auf die Straße. Zu den Kontinentalplatten. Daneben hatte sie ein kleines Pappschild gestellt mit der Aufschrift »Zu verschenken«.

Jersey hatte es ihr nicht übel genommen, im Gegensatz zu anderen Müttern hatte ihre nie das Bedürfnis gehabt, Dinge messiemäßig in Kartons im Keller aufzubewahren oder auf dem Dachboden. Außerdem waren ihr die Rollschuhe irgendwann zu klein geworden, trotz verstellbarer Metallschienen, und im Grunde war sie damit auch mehr auf die Schnauze gefallen als gefahren, und so hatte sie sich einfach gewünscht, dass die Dinger jemand genommen hatte, dem sie passten und der auf den Retro-Shit aus den Neunzigern stand.

Aber nun lagen sie dort, auf Mutters Blusenkiste, im Dunkel

des Kellerabteils, als hätten sie nie etwas anderes gemacht. Jersey pustete sich eine Strähne aus dem Gesicht.

Einmal war sie damit sogar im Theater gewesen. Mutter hatte sie an der Hand durch die halbe Stadt gezogen, und wenn Jersey Fahrt aufnahm oder es bergab ging, dann zog sie Mutter hinter sich her. Auf der Bühne hatte damals ein Clown gesessen, mit einer Gitarre in der Hand, und Jersey konnte sich erinnern, dass der Clown immer wieder zu ihnen rübergeschaut hatte, dass er gelächelt hatte und sie mächtig stolz gewesen war.

Denn so viel hatte sie auch damals schon kapiert: Dass nämlich der Clown, der von allen anderen Kindern samt deren dazugehörigen Müttern angehimmelt wurde, nur Augen für eine hatte, ihre schöne, elegante, große Mutter.

Zwei Tage später hatte sie den Clown wiedergetroffen, am Frühstückstisch, in der Küche. Jersey hätte ihn beinahe nicht erkannt. Seine Nase sah ganz normal aus, und statt eines großen Grinsens trug er einen Drei-Tage-Bart. »Das ist Holger«, hatte Mutter gesagt, »erinnerst du dich?« Und Jersey hatte genickt und gedacht, dass der Typ mit der Clowns-Maske irgendwie besser ausgesehen hatte, im Theater, dort, wo er hingehörte.

Er kam noch zwei-, dreimal, dann nicht mehr. »Holger muss auch andere Kinder in anderen Städten zum Lachen bringen, verstehst du?«, hatte Mutter gesagt und ihr abwesend über den Kopf gestreichelt. Dabei hatte Jersey nicht mal nach ihm gefragt. »Holger ist ein Reisender«, hatte Mutter noch hinzugefügt, und es klang als sei Holger der einzige Mensch auf der Welt, der irgendwelche tollen Scheiß-Rubbellose für die Fahrt ins Glück gewonnen hatte, dabei war er doch nur ein blöder Clown.

Es gab noch andere Holgers, aber Jersey waren sie egal, solange sie Mutter glücklich machten und nicht zu oft in ihrer Bude rumsaßen.

Mit jedem neuen Holger schien Mutter Vater mehr zu vergessen, sie zog schönere Kleider an als früher, ließ ihre Haare regelmäßig in Wellen legen, und Jersey und sie lachten zusammen so viel und so oft sie konnten.

Es gab niemanden, der Menschen so gut imitieren konnte wie Mutter, und am besten gelang ihr das bei Dr. Schröders Graubrotgesicht. Dr. Schröder war der Chef der Anwaltskanzlei, in der Mutter als Sekretärin arbeitete, und mit 14 Jahren war Jersey klar geworden, dass Dr. Schröder wahrscheinlich Hals über Kopf in Mutter verliebt sein musste. Jersey hatte gerade damit begonnen, im Viertel Gratiszeitungen auszutragen, was – wie sie nach dem zweiten Mal Austragen feststellte – ein Scheißjob war. Als sie bei der Zeitung anrief und in jenem leidenden Tonfall, den Mutter nur für Dr. Schröder reserviert zu haben schien, erklärte, sie habe »Migräne«, sagte ihr der Verantwortliche, dass sie für Migräne zu jung sei, dass man ab sofort ein Auge auf sie haben und es mächtig Ärger geben würde, wenn rauskäme, dass die Zeitungen nicht ordnungsgemäß ausgetragen worden seien. Wütend hatte Jersey aufgelegt und die nächste Lieferung Zeitungen mit dem Fahrrad direkt zur Altpapierhalde gekarrt. Dr. Schröder aber gab Mutter an zwei von fünf Arbeitstagen frei und versprach ihr sogar, sie könne die Anstellung als Sekretärin bis zur Rente innehaben, wenn sie das wollte.

Sie beide, Mutter und sie, hatten nie viel gehabt. Nie viel Geld, nie viele Freunde, aber sie hatten einander, und das reichte. Wann das alles begann – dass sie beide nicht mehr Hand in Hand durch die Welt gingen und die eine die andere zog –, hatte Jersey nie feststellen können.

Als Kind hatte sie ihre Mutter, im Gegensatz zu den späteren Jahren, nur einmal wütend erlebt. Sie waren eingeladen gewesen zum Essen, bei einer Frau, die so mächtig zu sein schien wie eine

Königin, denn in ihrer Gegenwart verstummten alle. Jersey sollte sie »Oma« nennen, und angeblich hatte sie diese »Oma« auch schon einmal gesehen, aber sie konnte sich nicht daran erinnern. Vor Kurzem erst war die Frau in ihre Nähe gezogen, und nun mussten sie sie besuchen.

Das Wohnzimmer der Königin war vollgestellt mit großen, dicken braunen Kästen, die, wie Jersey erst später kapierte, Möbel waren. Es waren nur andere als bei ihnen zu Hause, und sie trugen sogar einen Namen. Sie hatte ihn sich gemerkt, aber das war nicht schwer, denn wann immer sich Mutter und Vater über die Frage stritten, wann sie wieder zu der seltsamen Frau zum Essen fahren würden, fiel irgendwann der Satz: »Ich krieg Depressionen in diesem Gelsenkirchener Barock.«

Während des gesamten Essens war es so still wie in einem Grab, zumindest dachte Jersey, dass es unter der Erde so sein müsste, und wahrscheinlich roch es dort auch so – nach antiseptischen Salben, Bratensoße und jenem komischen Geruch, den der gelbe Pullerfleck verströmt hatte, als sie einmal neben das Klo gepinkelt hatte.

Mehr Zeit, um über ihre Umgebung nachzudenken, hatte Jersey damals nicht, sie war sechs Jahre alt, und der Löffel, den man ihr für die Suppe gegeben hatte, war höchstwahrscheinlich einem Riesen bei der Durchquerung des Landes aus der Tasche gefallen.

Die besondere Frau hatte ihren Teller ruckzuck leer gegessen, was Jersey jedoch nicht verwunderte, da ihr Mund größer war als das neu gebaute Parkhaus neben dem Supermarkt. Aber dann begann sie, Jersey zu beobachten, und das wiederum ließ den Angsthasen, der zeitweise in Jersey wohnte, hellwach werden. Er sprang in ihr rum, machte Saltos und drehte Pirouetten, bis sich die seltsame Frau endlich von Jersey ab- und ihren Eltern zuwandte. »Das Kind ist sechs Jahre alt und isst wie ein Schwein. Das Erlernen von Tischmanieren wäre vielleicht eine erstrebenswerte Erziehungsmaßnahme. Was meinst du, Gerd?«

Gerd war Jerseys Vater, und sie wusste auch Jahre später nicht viel mehr von ihm als seinen Namen. Mutter hatte ihn totgeschwiegen und Jersey hatte es akzeptiert. Bis jetzt hatte sie nicht das Bedürfnis gehabt, nach ihm zu suchen, wie es vielleicht andere gehabt hätten. Nur einmal, da hatte sie ihn gesehen, in der Fußgängerzone, an einem verkaufsoffenen Sonntag, und kurz hatte sie überlegt, zu ihm zu gehen, sich vor ihn hin zu stellen und zu sagen: »Hallo, Papa.« Aber dann sah sie, wie eine schöne, sympathisch aussehende Frau plötzlich seine Hand nahm, wie er lächelte, sah, wie er zwei Kindern, einem Jungen und einem Mädchen, die sich um eine Tafel Schokolade stritten, über den Kopf strich, genervt und zärtlich zugleich, und da wusste Jersey, dass das mit »Hallo, Papa« vielleicht keine so gute Idee war und vielleicht auch nie sein würde.

Aber als ihr Vater damals, im Wohnzimmer, am Tisch, beschämt den Kopf senkte, verstand Jersey, dass es um sie und den Angsthasen in ihr ging. Sie legte den Löffel zur Seite, mit dem sie versucht hatte, die Suppe zu essen, doch da war Mutter schon aufgesprungen und hatte mit einem Wisch den Teller, der vor ihr stand, vom Tisch gefegt. Jersey hatte damals in die Hände geklatscht und gequiekt vor Freude, so hatte es ihr Mutter später erzählt, aber Jersey konnte sich nur noch daran erinnern, wie ihre Mutter sie vom Stuhl gezogen und beängstigend ruhig gesagt hatte: »Gerd, wir gehen.«

In der Folgezeit stritten sich ihre Eltern immer häufiger, und Jersey schämte sich, weil sie glaubte, die Nummer mit dem Löffel sei der Grund dafür. Also begann sie zu üben. Sie nahm zu Hause den größten Löffel, den sie finden konnte, und die kleinste

Schüssel, und die befüllte sie mit Wasser bis zum Rand. Sie übte oft und viel, aber es nützte nichts, denn Vater kam immer seltener nach Hause, und irgendwann kam er gar nicht mehr. Es war der Tag, an dem es Jersey gelungen war, das Kinderschnitzel professionell zu zerlegen, in zweieinhalb Minuten, mit dem Löffel. Als sie es Mutter zeigte, begann diese zu heulen, und Jersey verstand die Welt nicht mehr.

In der Schule hatte sie gelernt, dass zu einer Familie immer mindestens drei gehören: Vater, Mutter, Kind. Trotzdem musste man ehrlich sagen: Seit sie keine Familie mehr waren, lief es besser. Mutter blühte auf, wurde fröhlicher und lustiger, als wäre eine große Last von ihr gefallen.

Nur manchmal noch saß sie rauchend auf dem Fensterbrett, in einem schönen Kleid und mit hochgesteckten Haaren, und wenn sie auf dem gepflasterten Fußweg, der zwischen den Häusern der Hochhaussiedlung hindurchführte, Schritte hörte, beugte sie sich nach draußen. Währenddessen saß Jersey am Abendbrottisch – Messer und Gabel waren ordentlich über den Teller gelegt – und sah ihrer Mutter dabei zu, wie sie rauchte, eine Zigarette, zwei oder drei, wie sie aus dem Fenster blickte, vorbei an den Antennen und Satellitenschüsseln auf den Dächern unter ihnen bis zum Horizont, an dem das Autobahnkreuz lag.

»Los, Zeit ins Bett zu gehen, Suppenzwerg«, sagte Mutter dann irgendwann, und nur manchmal noch schloss sie das Fenster an Abenden wie diesen seltsam energisch, als wäre sie wütend oder als hätte ihr jemand gerade eine schlechte Nachricht überbracht.

Wann das alles begann – dass sie beide nicht mehr Hand in Hand durch die Welt gingen, und die eine die andere zog –, hatte Jersey nie feststellen können.

Vielleicht an dem Tag, als Dr. Schröder die Kanzlei aufgab.

Die Tage wurden empfindlich lang, Mutter besuchte ab und zu noch einen Lesekreis, aber das gab sie schnell wieder auf. »Die lesen Bücher, die haben Titel wie *Hab ich Charme und wenn ja, wie viel?* oder *Mit Kümmel durch die Menopause.* Das sind lebende Frauenzeitschriften, Jersey, die reden über Dinge, die ungefähr so anziehend sind wie Stacheldrahtrollen. Ich habe es doch nicht bis hierher geschafft, um dann mit 50-jährigen Arztgattinnen im Feldenkrais zu stehen.«

Irgendwann vermittelte ihr eine alte Freundin einen Auftrag der Stadt. Mutter sollte alte Häuser fotografieren und die wichtigsten historischen Daten notieren. Sie hatte Freude daran, es wurde besser, die Tage wieder kürzer, aber ein dreiviertel Jahr später waren alle Häuser archiviert, die es wert gewesen waren, archiviert zu werden. Mutter hatte noch auf einen Folgeauftrag gehofft, aber der kam nicht.

Einmal hörte Jersey, wie sich zwei Nachbarinnen über Mutter unterhielten, sie standen an den Mülltonnen, während Jersey ihr Rad abschloss. Jersey ließ sich Zeit und hörte zu, wie sie sich im Flüsterton durch Mutters Leben hechelten, zwei Schlangen mit gespaltenen Zungen. Jersey verstand nicht alles, nur Satzfetzen, aber das reichte.

»Solche Farben in dem Alter zu tragen – das muss man sich erst mal trauen.«

»Also, wenn du mich fragst, ich würde sagen, sie lässt sich gehen.«

Betroffenes Nicken.

»Keine Freunde, kein Mann.«

Achselzucken.

»Schwierige Persönlichkeit.«

Seufzen.

»Alkohol.«

Kopfschütteln.

Und dann nickten beide, als hätten sie Mitleid, aber insgeheim waren sie doch froh darüber, dass es da eine gab, von der sie glaubten, dass es ihr schlechter ging als ihnen. Gezeichnet von der Einsamkeit war diese Nachbarin, jener Krankheit, die sie beide nie ereilen würde, weil es der Plan für sie einfach nicht vorgesehen hatte, da waren sie sich sicher, vor allem aber hatten sie bereits von Kindesbeinen an Vorsorge betrieben, denn in ihrer Welt wurde es von einer Generation Mütter zur anderen weitergetragen, das Zauberwort, das da hieß »Duldsamkeit«. Nur Frau Weber hatte dieses Glück in ihren Augen nie gehabt, das war das eine. Das andere aber war, dass das Leben mit Sicherheit auch diese unkonventionelle Frau im Laufe der Zeit gelehrt hatte, den Blick zu senken, wenn es darauf ankam, Diplomatie zu nennen, was in Wahrheit nur Lüge, Verstellung und Heuchelei war, so ist das Leben nun mal – allein, sie hatte die Lehre nicht angenommen. Und irgendwann bekam man eben die Rechnung für das jahrelange Aufbäumen gegen die Umstände, obwohl man, weiß Gott!, die Kapazitäten nicht hatte, all das lag in ihrem Nicken und Seufzen und Achselzucken, es war kein Mitleid, sondern verkleidete Häme.

Als Jersey an den beiden vorbeiging, schrie alles in ihr danach, stehen zu bleiben, freundlich zu lächeln und zu sagen: »Im Gegensatz zu euch Einwegflaschen hatte meine Mutter wenigstens Spaß«, aber sie ging einfach weiter, feige und sich schämend.

Vielleicht war das der Moment, an dem sie beide nicht mehr Hand in Hand durch die Welt gingen. Vielleicht begann aber auch alles schon an dem Tag, an dem Jersey nicht wie verabredet nach Hause gekommen war. Sie war 16 oder 17, hatte mit der Clique geraucht und getrunken, und als sie schließlich die Wohnung betrat, dämmerte es draußen bereits. Mutter hatte auf

dem Sofa gesessen, als habe sie sich die ganze Nacht nicht weg-
bewegt, die Gardinen waren noch zugezogen, ihr Blick war ver-
quollen vom Weinen und der Träger ihres Kleides verrutscht.

Sie drückte die letzte Zigarette aus, hob langsam ihren Kopf
und sah Jersey schweigend an.

»Entschuldigung«, sagte Jersey, während die ersten Sonnenstrahlen durch die Lücken der Gardinen ins Wohnzimmer fielen, und Mutters Mund, der rot geschminkt war, verzog sich zu
einer traurigen zittrigen Diagonale. Sie erhob sich schwerfällig
vom Sofa, und bevor sie die Schlafzimmertür hinter sich zuzog,
drehte sie sich noch einmal zu Jersey um und sagte: »Ganz der
Vater.«

Als es draußen langsam Tag wurde, stand Jersey immer noch
dort, wo Mutters letzte Worte sie hingetackert hatten, und die
Leere spülte durch ihre Organe wie ein Kontrastmittel und
machte all die traurige Substanz in ihr sichtbar.

Konnte man messen, wie einsam jemand war? Gab es das? Ein
bisschen einsam? Eher so mittel? Sehr? So lange Jersey denken
konnte, hatte ihrer Mutter das Alleinsein nie viel ausgemacht,
und in diesem Moment war ihr klar geworden, dass Mutter nicht
über die Einsamkeit verzweifelte, sondern über das Nicht-mehr-
gebraucht-werden.

Als Kind hatte sie immer geglaubt, Dr. Schröder wäre ohne
Mutter heillos verloren gewesen. Aber wahrscheinlich wäre
Dr. Schröder alleine auch ganz gut zurechtgekommen. Es war
Mutter, die den Glauben daran brauchte, dass Dr. Schröder sie
brauchte, und wahrscheinlich hatte Dr. Schröder das bereits
damals ziemlich gut erkannt und sie in dem Glauben gelassen.

Nach jener Nacht gab sich Jersey Mühe und ging eine Woche
lang nicht aus. Sie saß jeden Abend neben Mutter auf dem Sofa
vor dem Fernseher. Sie sahen die »Dornenvögel«, alte Tatort-

Wiederholungen oder eine Reportage über Minensuchhunde in Afghanistan. Anfangs ging Jersey sogar die Stellenanzeigen einiger Gratiszeitungen durch, »Schau mal«, hatte sie gesagt, »hier suchen sie Nachhilfelehrerinnen in Deutsch, 3. Klasse. Wäre das nicht was für dich?«, aber Mutter hatte kategorisch erklärt: »Die nehmen nur welche von der Uni.«

»Das weißt du doch gar nicht«, hatte Jersey geantwortet und sich die Telefonnummer der Ansprechpartner rausgeschrieben. Als sie schließlich vom Zigarettenholen wiederkam, lagen die Zeitung und der Zettel mit der Telefonnummer im Papierkorb.

Und während Jersey auf den Papierkorb starrte, rief ihre Mutter vom Couchtisch im Wohnzimmer: »Schau mal, ich hab Bier und Chips besorgt.«

Jersey war ins Wohnzimmer gelaufen, die Zeitung in der Hand, um sie zur Rede zu stellen, aber Mutter hatte es vermieden, den Blick zu heben. Stattdessen schob sie ein Kissen auf dem Sofa hin und her, hin und her. »Du darfst auch die Füße auf den Couchtisch legen, wenn du willst«, sagte sie zu dem Kissen, Jersey ließ die Hand sinken, in der sie die Zeitung hielt, und sagte nur: »O.k.«

Am letzten Abend nahm Mutter plötzlich Jerseys rechte Hand in die ihre. Im Fernsehen lief gerade der Abspann eines Films, in dem eine patente Frau ihr Leben neu regelte, nachdem ihr Mann sie verlassen hatte. Manchmal hatte Mutter die Dialogzeilen mitgesprochen. »Ich fühle mich wie lebendig begraben«, sagte die beste Freundin zu der patenten Frau, und Mutter lachte so, wie sie früher nie gelacht hatte – gepresst und seltsam verschüchtert –, und dann sprach sie die Antwort der patenten Frau nach: »Das liegt daran, dass du verheiratet bist.«

Und während der Abspann lief, drückte Mutter Jerseys Hand fest und lächelte, Dankbarkeit war in ihrem Blick, »Schön hier, oder?«, sagte sie, und Jersey nickte, während sie ihre linke Hand unter den Oberschenkel schob, Mittel- und Zeigefinger über Kreuz.

Jersey drehte sich um, ließ den Kassettenrekorder stehen und lief langsam die Treppen nach oben. Im Eingangsbereich des Hauses lagen immer noch Trümmer und Schuttreste, der neue Eigentümer hatte nicht nur die Keller abgesperrt, der Wichser, sondern auch den Putz abschlagen lassen. Wütend stieg sie darüber hinweg und schritt die Treppe hinauf.

Zu allem Übel traf sie jetzt im ersten Stock auch noch auf die Buttkies, die schildkrötengleich die Treppe erklomm. Jersey tappte wortlos hinter ihr her und blickte in die alten, dunkelbraunen Taschen. Buttkies trug in jeder Hand eine, die Böden weiß vom Kalk des abgeschlagenen Putzes aus dem Erdgeschoss. Die Reißverschlüsse ließen sich offensichtlich nicht schließen, so voll waren die Taschen. Die Einmachgläser darin stießen bei jedem Schritt aneinander und ließen ein helles Klicken vernehmen.

Sie hätte die Reißleine ziehen müssen, als noch Zeit dafür war, dachte Jersey. Stattdessen hatte sie es zugelassen, dass die Erinnerung in ihren Körper eingebrochen war, als wäre er eine schlecht gesicherte Bruchbude, und sie hatte ihr genügend Zeit gegeben die Schubladen aus den Schränken zu reißen, die Klamotten auf den Boden zu schmeißen und die Regale mit einer einzigen, kräftigen Bewegung leer zu fegen.

Plötzlich blieb die Buttkies stehen, drehte sich um und sah Jersey direkt an, doch Jersey ging einfach an ihr vorbei, ohne aufzublicken. Sie hätte die Rollschuhe niemals wieder holen dürfen, sondern dort stehen lassen sollen, wo sie hingehörten: auf die Straße.

Cello

Da stand er wieder unten an der Kreuzung. Der Kramer. So seltsam schief. Hatte er was an der Schulter? Zu wünschen wäre es ihm. So eine Beschädigung macht doch gleich einen ganzen, neuen Menschen. Und Elisabeth Buttkies wusste, wovon sie sprach.

Sie steckte die Hände in die Taschen der Schürze, ohne den Blick von ihm zu heben. Nein. Einen neuen Menschen ganz. Das wäre wohl zutreffender.

Draußen knallte es kurz, wahrscheinlich eine Fehlzündung.

Sie sprach sich den Satz noch einmal vor, langsam, wie früher, wenn sie vor der Klasse gestanden und auch dem Dummchen in der letzten Reihe geduldig erklärt hatte: Subjekt. Prädikat. Objekt.

Sie hörte ihrer Stimme nach. »Einen neuen Menschen ganz.« Nein, so ein Unfug. Einen ganzen Menschen neu. So musste es richtig heißen. Oder?

Kurz ärgerte sie sich. Heute wieder so ein Tag, an dem die Wörter durcheinander. Alles Hurenkinder. Schusterjungen. Fügten sich nicht zusammen, so wie sie sollten, undankbare, gehörlose Waisen. Elisabeth seufzte. Aber da unten stand er, der Kramer, immerhin das war sicher. Sie hatte ihn erkannt, und dass sie ihn schon lange nicht mehr dort hatte stehen sehen, hatte sie gedacht, wie er da über die kleine Kreuzung blickte, sich die Umgebung ansah, den Passanten nachschaute und wartete. Als stünde er vor einem sprudelnden Wasserkocher. Sie kannte das. Das Stehen an den Rändern des Bewusstseins. Aber das machte ihr diesen degenerierten Dämlack nicht sympathischer. Sie könnte ihm helfen, ihm erklären: Es ist alles eine große Verschwendung, das Nachdenken und Warten, dort unten an der Ampel. Aber warum sollte sie ihm auf die Sprünge helfen? Gerade dem?

Sie war müde, all das machte sie müde, dieses Hoffen und Sehnen in den Menschen drin, egal wie wenig Gehirnzellen sie hatten, vor allem in Kramers Fall, aber sie war noch zu wütend, um sich hinzulegen.

Heute Morgen war sie bei Dr. Augustin gewesen. Sie hatte sogar alle Hurenkinder und Schusterjungen zusammengerufen. Aber sie hatte sie nicht laufen lassen können, raus ins Freie. Sprechen war bei Dr. Augustin nur als Antwort auf eine Frage erwünscht. Und höchste Zufriedenheit stellte sich nur dann ein, wenn die Personen, die ihm gegenübersaßen, den Abgebildeten auf dem Cover der »Apotheken Umschau« entsprachen.

Er hatte wie immer den weißen Kittel angehabt, in der Brusttasche steckte ein blauer Kugelschreiber, und da hatte sie plötzlich an ihren eigenen weißen, mit blauen Adern durchzogenen Körper denken müssen. Sie würde den Körper gerne hinter sich lassen. Darauf wartete sie geduldig. Dr. Augustin allerdings war weit entfernt vom Verständnis für einen Gedanken wie diesen.

»Sie sind sehr tapfer«, hatte er gesagt und gelächelt.

An einem anderen Tag hätte Elisabeth seine Verlogenheit ignoriert, aber heute Morgen hatte sich eine grenzenlose Einsamkeit in ihre Halswirbelsäule geschraubt wie der Korkenzieher in den Korken.

Alles in ihr hatte nachgegeben, war weich geworden, und sie wusste, es würde noch eine Weile dauern, bis dieses quälende

Grundrauschen wieder abgeebbt war, bis der Körper wieder die Themen vorgab, zum Beispiel essen. Sie hatte den Kopf gesenkt, an das Wasser in den Beinen gedacht, die immer größer werdenden, weißen Flecken auf der Landkarte ihrer Erinnerung, an die Tabletten, an die Furcht und das Wimmern, an die Toten, die Fristen und das Ticken. Aber dann hatte sie sich wieder hochgezogen, an ihrem eigenen Rückgrat, hatte das Steigeisen zwischen die Wirbel geschlagen, Stück für Stück – bis sie wieder oben angekommen war, im Rachenraum, und dort hatte der Satz gelegen wie ein Knallfrosch auf der Zunge, bereit, dem lieben Dr. Augustin ins Gesicht zu springen: »Was halten Sie von Sterbehilfe?«

Der Frosch hatte mitten in seinem Gesicht geklebt, direkt über der Nase. Noch ein wenig mit den Füßen gestrampelt hatte das Krötentier, dann war es langsam herabgerutscht und auf den Linoleumboden der Praxis geklatscht. Aber Dr. Augustin hatte sich nur kurz über die Nase gestrichen und gelächelt, vollgesogen mit Distanz, er war schon zu lange in seinem Weltbild zu Hause, als dass eine Sprengmeisterin wie Elisabeth Buttkies eine Figur wie die seine in die Luft jagen könnte.

»Sie meinen *eine geschäftsmäßige Förderung der Selbsttötung*?«

»Nennen Sie es, wie Sie wollen«, hatte sie gesagt und an Elfie gedacht.

Elfie hatte damals ihre Rente aufgebessert, indem sie einmal die Woche im Museum als Wärterin arbeitete. Elisabeth hatte sie dort oft besucht, und irgendwann hatten sie festgestellt, dass die meisten Künstler den Körper loswerden wollten. »In Wahrheit war dieser Körper immer ein Klotz am Hirn«, leuchtete auf der Oberfläche eines Flachbildschirms, der zwischen zwei modernen Skulpturen hing. Sie hatten davorgestanden und geschwiegen. Sie hatten gelächelt. Zwei Todgeweihte. Es war alles ein großer Trost.

Dr. Augustin hingegen hatte ihr nur wortlos das Rezept über den Tisch geschoben. Orale Chemotherapie. Kurz hatte sie gezögert, doch dann verstaute sie den Zettel in der Handtasche. Wenn sie die Tabletten nahm, war der Schmerz für eine Weile geglättet, das Verlangen wurde ins Tal getrieben, ruhig und gleichmäßig.

Er hatte sie noch – wie immer – vor den Nebenwirkungen gewarnt, vor Schwindel, Verwirrtheit, Wortfindungsstörungen, und die Routine in seinem Ton glich einem Kieselstein, der seit Jahren beständig vom Flusswasser geformt wurde. Dann hatte er sich erhoben, mit dem Stethoskop in der Hand, und ihr erklärt, dass gerade bei älteren Menschen – »Das haben Studien ergeben« – der fehlende Impuls zur Kontaktaufnahme mit einer beginnenden Depression verbunden sei.

Er hatte zuversichtlich genickt und ihr das Stethoskop auf den Brustkorb gelegt. »Wir müssen an ihrer Wiederangliederungsmotivation arbeiten«, hatte er gesagt, aber da hatte sie schon die Augen geschlossen. Ein dunkles C würde er hören, hinter der harten, glatten Haut, gespielt auf der leeren Saite eines Cellos. Mehr nicht.

Unten an der Kreuzung drehte ihr Kramer jetzt den Rücken zu und ging davon, nein, er humpelte mehr, als dass er ging. Wahrscheinlich hatte er für heute genug von der Welt. Sie zog die Strickjacke fester um die Schürze, verschränkte die Arme und sah ihm nach.

»Der Mensch gewöhnt sich an jedes Gefängnis, je länger er drin sitzt, und irgendwann wird es einem zur Heimat«, hatte ihr Elfie einmal erklärt, und dass man sich früh vorbereiten sollte, »damit man nicht bleiben muss.«

Von der Elfie geblieben waren ein Swarovski-Schwan, zwei

Flaschen Ballistol, ein DIN-A4-großer Kunstdruck von Monets »Seerosen« sowie Besteck, Gläser und Kämme. Einen ganzen Korb voll hatte ihr Sohn damals ins Treppenhaus gestellt. Die letzten Dinge. Trümmer eines Lebens. Schuttreste. Und jetzt lagen wieder welche im Treppenhaus, eine Mörtelschlacht war das, Trümmer, Schuttreste. Der Kreis hatte sich geschlossen.

Ihr Blick fiel auf den Perückenkopf, der auf dem Fensterbrett stand. Anstelle der Perücke steckte eine Taubenmaske darauf. Sie suchte die Perücke seit Tagen, aber sie wusste auch, irgendwann würde sie wieder auftauchen. Spätestens in dem Korb, den man ins Treppenhaus stellen würde, wenn sie gegangen wäre.

Elisabeth strich über den Schnabel, die Maske sah täuschend echt aus.

An manchen Tagen wurde das Blatt in ihrem Kopf immer weißer. Wo vorher Erklärungen waren, war nun nur noch ein helles, lichtes Nichts. Und je länger sie auf das Blatt blickte, desto größer wurde ihre Angst davor, dass sich hinter dem Nichts möglicherweise etwas zusammenbraute, das sie blind machen würde. Dann setzte sie die Taubenmaske auf, spürte den Kunststoff auf ihrem kahlen Schädel, schloss die Augen und wartete, bis das Gefühl der Geborgenheit das der Angst niedergerungen hatte.

Das Klingeln des Telefons ließ sie aufwachen. Der Apparat stand direkt neben dem Bettsofa, auf dem sie eingenickt war. Sie zog die Maske vom Kopf und nahm den Hörer ab, Schweigen in der Leitung. Es klingelte erneut. Elisabeth setzte sich auf, blickte zur Tür, erhob sich und sah auf die Uhr. Es war halb zwei am Nachmittag.

»Frau Buttkies?«

Sie ging zur Tür, warf einen Blick durch den Spion, griff zur

Garderobe und setzte jenen Hut auf, in welchem eine Perücke bereits integriert war. Schließlich nahm sie den Baseballschläger, der für Situationen wie diese griffbereit neben der Garderobe stand, in die rechte Hand, versteckte ihn hinter ihrem Rücken und öffnete die Tür einen sehr kleinen Spalt weit.

Apfel, Zimt, Zitrone, Gras. Was immer das da draußen war, es roch nach Urlaub.

»Frau Buttkies?«

Er wusste ihren Namen. Sie öffnete die Tür ein Stück weiter und sah jetzt das Porträt eines jungen Mannes vor sich, in Pastellfarben, darüber war ein roter Banner geklebt, wie es der Zoll bei beschlagnahmtem Diebesgut einsetzte, zum Beispiel bei Gemälden, darauf die warnende Aufschrift: »Vorsicht! Enkeltrick«.

»Was wollen Sie?«

Er kam einen Schritt näher, sie klammerte ihre Hand fester um den Griff des Baseballschlägers hinter ihrem Rücken. Es war noch nicht lange her, da hatte einer versucht, sie auszurauben. Mitten in der Nacht. Vor der eigenen Haustür. Sie hatte ihn schon von Weitem kommen hören, er war nicht gerade leise, und in dem Moment, in dem er sie an die Schulter fasste, schlug sie ihm die Tasche ins Gesicht. Die Einweckgläser mit den Gurken befanden sich darin, und dass der Schlag gesessen haben musste, hatte sie noch mitbekommen, bevor die Eingangstür hinter ihr ins Schloss gefallen war. Etwas war zerbrochen, und es hatte sich angehört, als handelte es sich um einen Knochen. Es war nur dem Zufall zu verdanken gewesen, dass sie die Einweckgläser bei sich hatte. Sie hatte viel zu viele Essiggurken eingemacht über die Jahre. Und selbst wenn sie hundert werden musste, würden noch Gläser übrig bleiben. Also hatte sie sich vorgenommen, die Gläser in den Tante-Emma-Laden zu bringen, ein paar Straßenzüge weiter. Die machten neuerdings Werbung für Kirschmarmelade und Eierlikör, »Alles selbstgemacht« stand auf den Preis-Schildchen. Sie hätte für die Gläser kein Geld haben wollen, aber sie war der Meinung gewesen, dass sich ihre Essiggurken im Schaufenster – als dritte im Bunde der drei Grazien – gut gemacht hätten. Doch dann hatte sie sich in der Zeit vertan, der Laden hatte zu, es war schon dunkel, und zu allem Unglück wollte sie auch noch einer überfallen. Sie würde noch einmal zu dem Laden gehen, irgendwann, aber sie überlegte auch, die Tasche mit den Einweckgläsern fortan immer mitzunehmen, da sich die Schleudertechnik im Falle der Selbstverteidigung bewährt hatte.

In diesem Moment allerdings, hier, an ihrer Tür, käme eher der Baseballschläger zum Einsatz.

»Sie haben ja sicherlich schon das Schreiben mit der Modernisierungsankündigung bekommen, mit der Bitte um ...«

Er hatte das Gesicht eines Babys. Und an irgendjemanden erinnerte er sie.

»Bis jetzt habe ich noch nichts von Ihnen vernommen hinsichtlich dieser Frist, und nun wollte ich Sie gerne einmal persönlich ...«

Und da fiel es ihr ein, was erstaunlich war, weil ihr gerade in letzter Zeit die Fakten, Bilder und Daten immer mal wieder durcheinandergerieten.

Er erinnerte sie an Sven. Sven Naumann. Elfies Sohn.

Abgesehen davon, dass er Elfie in all den Jahren nur ein einziges Mal besucht hatte, hatte er bei diesem einen Mal einen bleibenden Eindruck bei Elisabeth hinterlassen.

Er hatte das Gesicht eines Babys. Und das stand in großer Diskrepanz zu der kalten Maskenhaftigkeit seiner nicht vorhandenen Mimik.

»Wisst ihr, was mein Leben reicher macht?«, hatte er Elfie

und sie damals gefragt, obwohl sie sich gar nicht danach erkundigt hatten.

»Am Sonntag: das Knistern und Knacken der Salzmühle, bevor die Meersalzsplitter in das weiche Frühstücksei eintunken.« Und da mussten Elfie und sie dann doch sehr lange und sehr herzlich lachen, zumal er das offensichtlich völlig ernst meinte.

Das Baby vor ihr blickte sie jetzt fragend an: »Darf ich reinkommen?«

»Nur über meine Leiche«, antwortete sie. Wenn es nach ihr ginge, würde diese Situation schon bald eintreten, und dann könnte er mitnehmen, was er wollte, die ganzen letzten Dinge, die Bücher und Gemälde, die Tabletten und die Einweckgläser, den ganzen Schutt und die Trümmer.

»Frau Buttkies, ich möchte mich noch einmal vorstellen.« Er sprach jetzt sehr, sehr laut. »Mein Name ist Thomas Grube, ich …«

Ein Einbrecher, der sich vorstellte, das war wirklich perfide.

Er reichte ihr ein Blatt durch den Türspalt.

Elisabeth nahm es in die Hand, ohne sich dieser Bewegung bewusst zu sein, und hob an: »Hören Sie, junger Mann, wenn Sie von den Zeugen Jehovas sind, kann ich Ihnen nur sagen, bei mir haben Sie keine Chance. Ich bin seit der Privatisierung der Post und der Bahn, seit der Senkung des Rentenniveaus und dem Ausbleiben meines Ablebens vom Glauben abgefallen. Ich möchte Sie aber nachdrücklich dazu ermutigen, im Dachgeschoss bei Frau Weber zu klingeln oder im Erdgeschoss bei Kramer. Beide sind noch jung, sehr freundlich, und es wäre gut, wenn sie Halt in einer Glaubensgemeinschaft wie der Ihren finden würden. Lassen Sie nicht locker und haben Sie Mut, diese verlorenen Seelen auf den Jehova-Pfad zu führen, oder wie das bei euch heißt. Alles Gute.«

Dann schlug sie die Tür zu, wartete, und nach ein paar Sekunden konnte man hören, wie sich die Schritte durch das Treppenhaus entfernten.

Sie atmete tief aus, stellte den Baseballschläger ab und hielt das Schreiben nah vor ihr Gesicht. »Aufhebungsvertrag«, stand ganz oben in der Überschrift, »Hebelstraße 13, Wohneinheit 9A, Mieterin: Elisabeth Buttkies.«

Auf dem Weg zum Bettsofa ließ sie das Schreiben in den Papierkorb gleiten. Als sie das letzte Mal etwas Derartiges unterschrieben hatte, hatte sie es 40 Jahre lang bereut, aber Walther wollte ja damals unbedingt einen Ehevertrag.

Elisabeth legte sich wieder hin und zog den Hut von ihrem nackten Schädel.

»Der Mensch gewöhnt sich an jedes Gefängnis, je länger er drin sitzt, und irgendwann wird es einem zur Heimat.« Sie würde in diesem Leben keinen Mietvertrag mehr unterschreiben. Im Gegenteil: Sie würde jetzt anfangen, Vorkehrungen zu treffen. Um nicht bleiben zu müssen.

II

Machen Sie sich frei, sagt das Leben. Ganz, fragt der Mensch. Ganz, sagt das Leben.

Werner Schwab, ›Übergewicht, unwichtig: Unform‹

Flamingoschirmchen im Cocktailglas

Es ist Ende Oktober, ein Sonntag, und einer dieser Tage, von denen es nie genug gibt.

Über dem Balkongeländer im Dachgeschoss hängt Jerseys synthetikgoldene Sportjacke, im zweiten Stock Mitte flirren die bunten Bänder des Plastikvorhangs an der Balkontür so unbekümmert vor und zurück wie die Windfäden an den Wanten eines Segelbootes. Und ganz unten, im Innenhof, steht der Holzstuhl vom Kramer in Richtung des Windrädchens, das er vor einigen Wochen zwischen die Geranien gesetzt hat und das seitdem fröhlich in die Zukunft saust. Es ist alles ein großes Glück.

Gut, den Kramer sehe ich immer seltener, seit die Buttkies ihn mit den Einweckgläsern voller Essiggurken ausgeknockt hat. Hat sich in seine vier Wände verzogen, der Gute. Genießt die Ruhe. Es sei ihm gegönnt. Obwohl er hier draußen eindeutig was verpasst.

Schauen Sie sich diese Sonne an, wie sie da oben am Himmel flirrt, sexy wie eine Discokugel, und glitzernde Lichtflecken auf die Häuserwände wirft.

Die elektronische Tanzmusik kommt aus dem Ghettoblaster, den Jersey direkt neben ihre Sommerliege gestellt hat. Sie trägt grau verwaschene Tennis-Shorts und ein T-Shirt, auf dem steht: »Roger Whittaker – Die Abschiedstour«. In ihrer Highway-Patrol-Sonnenbrille spiegeln sich die Kondensstreifen von Flugzeugen, und – das Unglaubliche ist wahr geworden: Sie lächelt.

Heute Mittag hat sie sogar Konfetti über den Balkon geworfen: Do-it-yourself-Konfetti. Ja, sie hat einfach ein DIN-A4-Blatt genommen und kleine Fitzelchen über die Brüstung geworfen, während Major Tom, die Katze mit dem seltsamsten Namen der Welt, zugesehen hat. Schön war das! Aber es wird noch besser. Folgen Sie mir bitte zu Balkon Nummer 2, 2. Stock Mitte, Auftritt: Elisabeth Buttkies.

Sehen Sie, in all den Jahren habe ich die Buttkies in exakt einem Outfit gesehen: einer weißen, steif gebügelten Bluse und einem grauen Rock, der eine Handbreit unter dem Knie endete. Der ganze Mensch hart wie Kruppstahl, aber jetzt sehen Sie sich das an: Ein legeres Sommerkleid könnte man das beinahe nennen! Gut, die Ärmel gehen bis zu den Ellenbogen und der Rest endet am Knöchel, aber diese Luftigkeit plötzlich, die die Elisabeth da umgibt. Und jetzt fängt sie doch tatsächlich an zu tanzen! Hält man es für möglich? Dreht sich diese alte, kleine, Gott sei Dank noch nicht ausrangierte Wurzelbürste doch tatsächlich so elegant im Kreis wie ein Flamingoschirmchen im Cocktailglas. Der ganze Furor raus aus unserer Elisabeth, als wäre das Leben ein Kreuzfahrtdeck.

Wie bitte? Was meinen Sie? Die Maske?

Ach so, ja, Herrgott, die Taubenmaske. Ist nicht das erste Mal, dass sie die trägt, wahrscheinlich hat sie die aus 'nem Kostümfundus oder der Walther war damit früher im Swingerclub. Seien Sie doch jetzt bitte nicht engstirnig! Natürlich ist das auf den ersten Blick irritierend, aber Sommerkleid und Taubenmaske gehören nun mal zusammen, das sieht doch ein Psychologiestudent im ersten Semester. Klarer Fall von Verschiebung, der knielange Rock weicht dem Sommerkleid, dafür muss der Kopf bedeckt werden.

Da ist in allen heute eine Idylle drin, die finden Sie in keinem Katalog. Wir sind auf dem richtigen Weg.

Na gut, vielleicht ist es noch nicht ganz optimal. Letztens zum Beispiel ist die Jersey mit ihrem Flohmarktfahrrad direkt in Kramers Geranienbeet gebrettert. Erst dachte ich, sie ist betrunken, aber dann steigt sie ganz ohne Schwankungen ab und lächelt so seltsam zufrieden, da wusste ich: Heute sind ausnahmsweise 100 Prozent Bewusstsein bei ihr vorhanden.

Der Kramer und die Buttkies schieben immer noch diese buchhalterische Zettel-Nummer, die so langweilig ist wie die Steuererklärung. »Es stinkt! Sorgen Sie für ausreichende Belüftung!«, steht dann da oder »Räumen Sie das weg!« oder »Kehren Sie die Treppe!«

Aber mal ehrlich, das sind doch alles Peanuts! Im Grunde ist das doch ein liebevolles Miteinander, wie es sich andere Hausgemeinschaften nur wünschen können. Alle drei stehen sie in Kontakt, das muss man erst mal hinbekommen in kalten, egoistischen Zeiten wie diesen. Ich bin sehr zuversichtlich, was die weitere Entwicklung betrifft. Wir werden hier auf ein großes, herzliches Happy End zusteuern, seien Sie sich dessen gewiss! Es liegen uns keine Staumeldungen vor. Es ist Sonntag, 14 Uhr 46, und über die Balkone und die Fassade der Hebelstraße 13 schweben Seifenblasen! An diesen, meinen letzten Bewohnern, verehrteste Damen und Herren, wird der Grube scheitern, mit ihnen gräbt sich der Grube eine Grube. Ein Satz wie aus einem preisgekrönten Lyrikband. Danke, ich weiß. Gern geschehen. Und wir machen hier jetzt weiter mit ein paar wunderbaren Takten Tanzmusik … Bon Voyage!

Mister

Dachgeschoss

Jersey stand auf dem Balkon und hielt sich an der Brüstung fest, während ihr Blick hin und her hastete auf der Suche nach etwas Stabilem in ihrer unmittelbaren Umgebung. Sekunden später blieb er an dem Handymast hängen auf dem Dach gegenüber. Das Schlucken fiel ihr immer noch schwer, und die tausend kleinen Fäuste, die gegen ihren Kehlkopf schlugen, waren nicht weniger geworden – trotz der frischen Luft.

Wenn wenigstens das Wetter mies gewesen wäre. Es war immerhin Ende Oktober, da hätte man das erwarten dürfen, und dann hätte es zumindest eine Übereinstimmung gegeben, was Innen und Außen betraf.

Jersey hob den Kopf, sah in den Himmel und schob ihre Highway-Patrol-Brille ein Stück die Nase nach oben. Aber stattdessen musste sie jetzt daran denken, wie ihr Mister einmal im Hochsommer erklärt hatte, dass Sonnenstrahlen immer dann, wenn es am heißesten sei, aussähen wie frittierte Pommes. Furchtlos blickte sie jetzt in den Glanz. Und was sollte man sagen. Mister, dieser dämliche Idiot, hatte ausnahmsweise Recht gehabt.

Jersey senkte den Kopf und atmete tief ein. Sie musste nachdenken, so viel war mal klar.

Sie zog ihre goldene Adidas-Jacke aus, die sie erst kürzlich geklaut hatte, und hängte sie über die Reling, die eigentlich ein Balkongeländer war, aber wenn man sich selbst das Leben nicht ab und zu ein wenig schöner malte, machte es keiner. Und während ihre Jacke in dem leichten Herbstwind flatterte, legte sie sich auf die abgeranzte Plastikliege.

Mister, dieser dämliche Idiot, hatte heute früh doch tatsächlich die Büchse der Pandora geöffnet. Einfach so. Halb sieben morgens. Sie war von dem Rascheln wach geworden, hatte ihren Kopf leicht vom Kissen gehoben und gelauscht. Es hörte sich an, als suche er etwas, und als er sah, dass sie halb wach war, faselte er irgendwas von »Struktur in alles bringen«.

Für Struktur war es definitiv zu früh gewesen, also hatte Jersey ihren Kopf zurück ins Kissen gelegt, sich nichts dabei gedacht und Mister zugehört, wie er lachte.

»Oh Mann, Jersey«, hatte er gesagt, während er wieder irgendein Papier zerriss, »du bist ja wie meine Schwester«, und Jersey hatte gelächelt, denn es hatte irgendwie weich und schön geklungen, im Subtext ein bisschen wie »Ich liebe dich«, nur nicht so peinlich, mehr 21. Jahrhundert eben, und in diesem Moment schwamm Mister hinter ihren geschlossenen Lidern mit einer Rose im Mund auf sie zu, aber dann ergänzte er: »Die kriegt auch nichts auf die Reihe.«

»Fick dich«, hatte Jersey gedacht, während sie noch abwartete, dass Mister samt Rose im Mund vor ihrem inneren Auge absoff, dann hatte sie sich zur Wand gedreht und war weggepennt.

Als sie vor einer halben Stunde aufgestanden war, war die Wohnung leer. Mister war wahrscheinlich schon längst an der Uni oder putzte zu Hause die Bong, auf dem Küchentisch allerdings lag ein aufgefaltetes Stück Papier, und schon von Weitem war Jersey klar, dass Mister nicht plötzlich an Romantik erkrankt war und ihr ein paar Zeilen hinterlassen hatte, in denen es um *funky heartbeat* oder so was ging. Nein, es war schlimmer, viel schlimmer.

Mit einem Mal war sie so wach, als habe ihr jemand für jeden schrillen Pfeifton, der aus dem Wecker in ihrem Handy kam, eine geklatscht. Sie drehte sich zur Spüle. Der Vorhang darunter war zur Seite geschoben, und der Deckel des Schuhkartons fehlte. Sie musste nicht einmal einen Schritt machen, um zu wissen, dass Mister all die Briefe, die sie in diesem Karton sammelte, geöffnet hatte und dass nun anstelle von gelben, fest verschlossenen Briefumschlägen Mahnungen, Rechnungen und Forderungen dort lagen, vor allem aber Grubes beschissene Drohbriefe – schön sortiert nach Datum des Poststempels.

Jersey öffnete ihre Augen. Auf dem Dach gegenüber schwebte jetzt eine leere Chipstüte. Der Wind blies sie fort, Jersey sah ihr nach, bis sie verschwunden war, dann ließ sie ihre Hand sinken und drückte, ohne hinzusehen, auf die Taste des Ghettoblasters, der neben der Liege stand.

Air begannen zu singen »Playground Love«, und Jersey schloss die Augen. Sie fühlte sich kraftlos, zog aber dennoch ihre Mundwinkel nach oben, und von außen hätte es so ausgesehen, als lächle sie. Der Traumatherapeut hatte ihr damals, nach der Sache mit Mutter, erklärt, sie müsse sich zwingen, öfter zu lächeln. Dann würde ein Muskel auf einen Nerv drücken, woraufhin das Gehirn wüsste, dass der Gehirnbesitzer lacht, und in der Folge Freudehormone produzierte. »Und, wie wir uns noch von der letzten Sitzung gemerkt haben, Frau Weber: Freude-Hormone fressen Kampf-Hormone.«

You're the piece of gold, sangen *Air* jetzt, *that flashes on my soul.*

Major Tom kam auf den Balkon, sie hörte seine Pfoten auf dem Boden tappen, und wer jemals gedacht hatte, Katzen würden weich und leise über dem Boden schweben, kannte Major Tom nicht.

Er sprang auf ihren Bauch, legte sich hin, und Jersey begann, über seinen Rücken zu streicheln, während der Sänger von *Air* mit schlaftrunkener Stimme flüsterte: *Extra time, on the ground. You're my Playground Love.*

Sie hatte Mister in der Disco kennengelernt, kurz nach Mutters Tod. Er war groß, schlaksig, trug einen Drei-Tage-Bart und ein Käppi. Seine T-Shirts waren bedruckt mit den Insignien seiner Lieblingsbands, von Haftbefehl etwa oder K.I.Z., und seine Ex-Freundin hatte ihm ein T-Shirt von Alligatoah geschenkt, auf dem stand: »Willst du mit mir Drogen nehmen? Ja – Nein – Vielleicht«, aber das trug Mister nur noch zum Pennen.

Seine Mutter war über lange Zeit Mitglied in einer Friedensbewegung gewesen, und als sie es nicht mehr war, wurde sie Christin. Mister kannte die Stadt wie kein Zweiter, weil seine Mutter früher oft mit ihm die Straßen abgelatscht war, als er noch ein Kind war, um an den Straßenlaternen und Ampeln Sticker zu verteilen. Es war immer der gleiche Sticker gewesen, jahrelang. Ein Smiley war darauf zu sehen, der die Form einer Sonnenblume hatte, darunter stand: »Dieses Lächeln macht dich heiter? Dann nimm es mit und trag es weiter. Nein zu Atomstrom.« Das hatte zur Folge, dass Mister als Erwachsener manchmal das Bedürfnis hatte auszuspucken, wild herumzuschreien und Menschen umzubringen. Und wenn er spürte, dass es so weit war, ging er in die Disco.

Misters Vater war Anwalt für Wirtschaftsrecht und hatte nach der Scheidung noch einmal geheiratet. Vielleicht war es das schlechte Gewissen, vielleicht hatte er auf dem Weg in ein neues Glück an irgendeinem Moralschnaps genippt – seit er wieder verheiratet war, so erzählte es Mister, überwies er mehr Geld, als sein Sohn im Monat ausgeben konnte.

Zusammen machten Mister und sie das, was sie bis dahin

meist allein gemacht hatten: Sie gingen auf Konzerte, hingen rum, tranken, redeten Blödsinn, rissen Mercedes-Sterne ab, und anstatt an sich selbst spielten sie an dem anderen rum. Manchmal schauten sie zusammen alte »Hart aber herzlich«-Folgen, während sie die Reste der Pizza aßen, die vom Heißhunger, den sie nachts nach dem Kiffen bekommen hatten, noch übrig geblieben war. Einmal hatte Jersey ihm erzählt, dass ihr Vater ein bisschen wie »Max, der Butler« sei, aber Mister erinnerte sie daran, dass sie ihren Vater nie wirklich kennengelernt hatte, und Jersey erinnerte sich daran, weniger zu trinken in Misters Anwesenheit oder weniger zu erzählen, wenn sie betrunken war. Manchmal waren Mister und sie Freunde, manchmal waren sie ein Paar, gingen zusammen in die Kiste, vögelten ein bisschen, und manchmal stritten sie sich wie Bruder und Schwester, böse und ehrlich, vergaßen dabei aber nie, dass Blut dicker als Wasser war.

Von außen sah es vielleicht so aus, als würden sich Mister und sie die Zeit vertreiben, während sie auf den Richtigen bzw. die Richtige warteten, oder als wäre Mister aus Mitleid mit ihr zusammen. Wenn er mal drei Tage nicht rauchte oder soff wie ein Irrer, konnte er gut aussehen, richtig gut, pornogut. Im Gegensatz zu ihr.

Die Jungs aus seiner Clique fanden sie zwar okay, aber mehr auch nicht, und hätten Mister und sie sich über Tinder kennengelernt, dann hätten seine Jungs es ihm irgendwann gesagt, nachts, an der Bar, im »Blue Velvet« oder im »Frenzy«, wenn sie zu erschöpft waren und zu betrunken für die Lüge: »Ganz süß, die Puppe, aber ehrlich, Alter, klarer Fall von Downdate. Ein Knaller ist was anderes.«

Einmal hatte sie Misters Ex-Freundin getroffen, zufällig, im »Blue Velvet«. Mister und seine Ex waren noch nicht lange getrennt, sie sah seltsam blassgekokst aus, aber es drehte sich noch immer jeder Typ zuverlässig nach ihr um, ihrem ebenmäßigen, überirdisch schönen Schneewittchen-Gesicht. Sie kam sofort zur Sache.

»Pass auf, Jersey, ich erzähl dir jetzt mal was. Ne Bekannte von mir hat letztens endlich den Typen klargemacht, an dem sie jahrelang rumgebaggert hat. Die war hartnäckig, sag ich dir, echt hartnäckig.«

Jersey hatte weiter ihren Kaugummi gekaut und mit den Schultern gezuckt.

Schneewittchen war betrunken und nahm jetzt hastig einen Schluck von Jerseys Gin Tonic, dann fuhr sie fort, während ihr kristallhelles Gesicht immer näher kam. Und da konnte Jersey sehen, dass sich über all das Weiß ein graublauer Schatten gelegt hatte, ein schmutziger, trauriger Firnis, der wie liegen gebliebener Schnee an viel befahrenen Straßen von der Last der vorangegangenen Tage erzählte.

»Es ist nämlich so: Wenn du nur lange genug baggerst, wenn du immer da bist, wenn der Typ grad 'nen Hänger hat, Geld braucht oder einfach nur 'nen Egofick will, weil er den zu Hause nicht kriegt, dann machst du dich unentbehrlich. Sich selten zu machen, sagt meine Freundin«, ihre strassbesetzten Kreolen glitzerten mit der Discokugel um die Wette, sie roch nach »Cool Water« von Davidoff und nach der Gurke aus dem Gin Tonic, »sich ab und zu mal rar zu machen, können sich hässliche Entlein einfach nicht leisten, verstehst du.« Jersey nickte und blickte auf Schneewittchens Mund, den schönsten Mund der Welt.

»Sie müssen warten, lange, sie werden darüber strange, aber wahrscheinlich waren sie das vorher auch schon, typische Mobbing-Opfer eben, verstehst du, sie sind immer da und verpesten mit ihrem schiefen Lächeln deine Freizeit.«

Schneewittchen hielt inne, wischte sich den Rotz von der Nase, nahm Jerseys Glas und trank den Gin Tonic in einem Zug, während sich ihre Mascara langsam in viele verschiedene schwarze Äste über die Wangen verzweigte.

»Diese Mädchen wissen, die Typen werden älter, sie verlieren ihre Kraft, und wenn die ganze Wut draußen ist, wenn die Dudes merken, dass das Leben sie ausgebremst hat, bleibt nichts als Leere, und mit der, Jersey, müssen sie irgendwohin, die müssen sie abgeben, und dann kommen sie immer öfter, und irgendwann bleiben sie bei den hässlichen Entlein, nicht, weil sie sie lieben, sondern weil sie die Beharrlichkeit bewundern, mit der die Hässlichen auf die Schönen warten.«

Schneewittchen biss sich auf die wunde Unterlippe, trotzig und verzweifelt, während die Kraft für den Hass rasend schnell schwand, egal wie stark sie sich dagegen verwehrte.

»Treu sind nur die Hässlichen, Jersey, aber das weißt du ja sicherlich längst.«

Und da hielt es Jersey nicht mehr auf dem Barhocker, sie stand auf, nahm Schneewittchens Gesicht in ihre Hände, zärtlich und grob zugleich, und dann presste sie ihre Lippen auf den schönsten Mund der Welt. Irgendjemand an der Bar kreischte, Schnee, dachte Jersey, dann ließ sie los, blitzschnell und traurig, ließ sie los, den Mund, den Kopf, den ganzen Hass, sie drehte sich um, nahm ihre Tasche, sagte dem Barkeeper: »Sie zahlt«, und während Jersey zum Ausgang ging, folgten ihr Schneewittchens schöne Augen mit einem ins Bodenlose gefallenen, lichtweißen Blick.

Sie hatte Mister nie davon erzählt. Warum auch?

Mister war laut, chaotisch, WLAN-süchtig und fragil wie eine Eisscholle, vor allem aber war es seine Gegenwart, die dafür sorgte, dass Mutters Tod nicht mehr heillos in ihr wütete.

Doch damit war es jetzt vorbei. Im Privatleben des anderen rumzuwühlen, war das Letzte, auch wenn dieses nur aus unbezahlten Rechnungen bestand.

Jersey zog die Sonnenbrille von der Nase, lief in die Küche, nahm den Brief vom Tisch, dann ging sie zurück auf den Balkon und beugte sich über die Reling. Sie begann mit der rechten unteren Ecke. *Ihr Thomas Grube* stand auf dem ersten Stück Papier, das sie abriss, irgendwann musste *Mietschulden* dran glauben, aber auch vor *fristloser Kündigung* und *Sie warnen* machten ihre Hände nicht halt. Sie ließ sich Zeit, die Fitzel fielen auf die Balkonbrüstung, wo der Wind sie sogleich mitnahm. Am Schluss blieb ein kleiner Haufen übrig, Jersey nahm ihn, schmiss ihn in die Luft wie Konfetti und sah zu, wie die Schnipsel an Buttkies' hässlichen Plastikblumen vorbei nach unten auf den Asphalt segelten, dann streifte sie die Handflächen aneinander ab, als hätte sie gerade eine schwere Arbeit beendet. Major Tom blickte sie mit seinen klugen Katzenaugen fragend an, aber Jersey zuckte nur mit den Schultern.

In der Küche nahm sie ihr Handy vom Tisch, tippte im Telefonbuch Misters Nummer an, schluckte die Kampfhormone runter und fühlte sich bereit, Mister nun ruhig und sachlich zu erklären, dass er heute Morgen das letzte Mal in ihrer Wohnung und in ihrem Leben zu Gast gewesen war, dieser Penner.

Kaltfront

Draußen hatte es geschneit, die Autos glitten lautlos vorbei, der Sattel eines Fahrrads, das an der Häuserwand gegenüber lehnte, war weiß. Kramer wandte sich vom Fenster ab, und während er zum Sofa lief, stützte er mit der rechten Hand den linken Unterarm ab, der in einem Verband steckte.

»Fraktur des Oberarmkopfes«, hatte der Arzt vor zwei Monaten trocken festgestellt, bevor man ihm ein Zimmer im Krankenhaus zuwies.

Vor der Operation hatten sie ihn darüber aufgeklärt, was es heißt, einen Berstungsbruch sein Eigen nennen zu dürfen, dass dabei der Knochen in zahlreiche Bruchfragmente zerfällt, die durch die vielen am Oberarm ansetzenden Sehnen in ganz verschiedene Richtungen gezogen werden. Seit der OP lief er nun mit dem Schlaufenverband rum, und währenddessen war aus dem goldenen Herbst ein garstiger Winter geworden.

Kramer setzte sich auf das Sofa. Er hatte sich schwergetan. Seit zwei Monaten hatte er sich sehr schwer damit getan, keine Mordlust zu entwickeln. Oft hatte er darüber nachgedacht, wie es wäre, zwei Stockwerke nach oben zu gehen, zu klingeln und Elisabeth Buttkies mit einem handelsüblichen Hammer zu erschlagen. Und das Perfideste war, dass dieser Kalkhaufen wahrscheinlich noch nicht einmal bemerkt hatte, dass er für einen Berstungsbruch verantwortlich war.

Lange hatte in ihm eine Mischung aus Hass, Scham, Angst, aber vor allem Wut gegärt, Wut auf das, was andere gemeinhin als »Welt« bezeichneten.

Dann kam die Müdigkeit. Die Dinge wurden ihm fremd, und oft hatte er jetzt das Gefühl, aus sich selbst herausgezogen worden zu sein. Er beobachtete sich von außen und bewegte seinen Körper wie mit einer Fernsteuerung, bei der nicht nur die Taste für den linken Arm defekt war. Und Kramer wusste genau, wann er das letzte Mal so empfunden hatte.

Mit 17. Exakt zwei Wochen, nachdem er Staub von den Regalen hatte wischen müssen. Es war eine Strafe, weil er mit Mutters sündteurem Parfüm so lange die Katze eingesprüht hatte, bis der Flakon leer war.

Kramer hob die Füße und legte sich auf das Sofa. Dann schloss er die Augen und entschied, sich ganz in das schwarze Loch fallen zu lassen.

Seine Freunde waren zu Besuch gewesen, zumindest dachte er damals, dass sie das wären. Er bezeichnete sie als Freunde, sie nannten ihn schlicht »Dicker«. Schön war das nicht, aber ein Spitzname, immerhin. So was gaben sie nicht jedem, und damals bildete er sich etwas darauf ein.

Sie waren bei ihm zu Hause, Mutter hatte den Besuch erlaubt, es war das erste Mal. Und das letzte. Sie saßen noch nicht einmal zehn Minuten in seinem Zimmer rum, auf seinem Bett, das immer noch wie ein Kinderbett wirkte und nicht wie das Bett eines Jugendlichen, und es hatte nicht lange gedauert, da hatten sie die Bücher unter seinem Bett gefunden. Kinderbücher. Manchmal las ihm Mutter abends noch daraus vor, obwohl er sie gebeten hatte, das nicht mehr zu tun, er sei zu alt dafür, aber sie ließ sich nicht abbringen. Sie zogen ihn auf, machten sich lustig, »Der Dicke liest Märchen«, »Holt sich auf Schneewittchen einen runter«, »Haste immer noch Angst im Dunkeln, was?« Er hatte versucht, sich zu wehren, abzuwinken, »Ach, die Scheißdinger, sind alt, sollten eigentlich in den Keller«, aber sie glaubten ihm nicht.

Im Grunde war er seiner Mutter damals nicht mal böse. Sie arbeitete den ganzen Tag in der Seifenfabrik, und irgendwann hatte er erkannt, dass sie die Märchen nicht ihm vorlas, sondern sich selbst. Ähnlich verhielt es sich mit dem Kochen. Sie tat es für sich, es war eine Art Belohnung, auch wenn sie nichts oder nur wenig aß. Also aß er für sie mit, »damit er groß und stark würde«, und er aß auch noch weiter, als er schon groß und stark war.

Kramer blickte an sich herab. Und bis heute hatte er es nicht geschafft, die Problemzone, die über dem Bund seiner Hose existierte, loszuwerden. Herbert hatte die gleiche Problemzone, nur hatte er ein besseres Verhältnis dazu, und wenn die Sprache auf seinen Bierbauch kam, sprach Herbert nicht ohne Stolz von einem »Überhangmandat«.

Aber damals, in seinem Zimmer, als die anderen Kinder ihn hänselten, wurde ihm bewusst, dass er hängen geblieben war, sie beide, dass sie beide hängen geblieben waren, Mutter und er, in einem hässlichen Märchen. Und vielleicht wäre alles nur halb so schlimm gewesen, wenn damals nicht die Katze zur Tür rein-geschlichen gekommen wäre. Sie war genauso fett wie er selbst, nur dass sie kleiner war und vier Pfoten hatte.

Die anderen hatten sie erst nicht wahrgenommen, aber er, er spürte, dass es Zeit für etwas Neues war. Sie rasierten die Katze so gut es eben ging, dann rieben sie sie mit Mutters Parfüm ein – von oben bis unten. Sie stank noch drei Tage danach wie eine Drogerie. An einigen Stellen blutete sie sogar, schuld daran waren die ruckartigen Bewegungen, als sie sich wehrte, aber er hatte sie festgehalten bis zum bitteren Ende.

Er hatte damals mit Schlimmerem gerechnet, Taschengeldentzug oder Hausarrest vielleicht, wobei Letzteres keine Strafe gewesen wäre, weil er nach der Schule sowieso meist zu Hause war. Doch sie hatte ihn einfach nur die Regale wischen lassen. Er musste ganz oben anfangen, er schwitzte und fluchte, aber in jeder seiner Bewegungen war plötzlich eine neue Kraft und ein Gefühl, das er so noch nicht kannte: Stolz. Natürlich hatten sie es allen in der Schule erzählt. Der Dicke hat die Katze rasiert und einparfümiert. Respekt lag plötzlich in ihren Blicken, doch da war noch etwas anderes, etwas, das er nicht benennen konnte, vielleicht so etwas wie Angst. Seine Mutter sprach zwei Wochen nicht mit ihm, und nach diesen zwei Wochen hatte er, wie heute, Jahrzehnte später, begriffen, dass sich nichts geändert hatte, dass etwas Neues, etwas anderes, wie auch immer das ausgesehen hätte, nicht eingetreten war.

Sie nahmen ihn nicht mehr und nicht weniger mit in die Disco als vorher, nämlich gar nicht, sie grüßten ihn häufiger und hänselten ihn etwas weniger – das war alles.

Das Fell der Katze wuchs langsam nach, und sie ging ihm – wie Mutter – aus dem Weg. Alles wurde so normal wie vorher, nur der leere Flakon stand noch ein halbes Jahr, wie eine Anklage, unter dem Spiegel von Mutters Kommode. Und das war vielleicht das Schlimmste. Sie hatte ihn nicht geschlagen, nicht einmal gerügt. Sie hatte ihm das Säubern der Regale und der Anrichte im Wohnzimmer aufgetragen und noch weniger mit ihm gesprochen als vorher, und manchmal hatte er sich sogar heimlich gewünscht, sie würde wie früher in sein Zimmer kommen und ihm Märchen vorlesen – aber auch das war vorbei.

Vielleicht war es dieses Schweigen, das ihn jetzt an Erika erinnerte und an die letzten Wochen und Monate vor ihrer Trennung. In beiden Fällen ähnelte es sich. Keine Wut, keine Trauer, eher die traurige Erkenntnis, dass es sich bei ihm, Karl Kramer, um einen hoffnungslosen Fall handelte. Nach Erikas Auszug hatte er den Keller umgeräumt, entrümpelt, etwas, um das sie ihn jahrelang gebeten hatte. Manchmal, am Nachmittag, wenn die Stunden in der Wohnung zu lang wurden, hatte er sich auf die Straße vorm Haus gestellt. Er hatte das früher oft gemacht, einfach so, die Gegend beobachtet, registriert, dass die Häuser nach und nach saniert wurden, schöne Fassaden, hinter denen schöne Menschen lebten. Der Späti an der Ecke hatte vor Kurzem dichtgemacht, jetzt war da 'ne Galerie drin, vor der oft Männer mit viel Bart und junge Frauen mit Dutt – Herbert nannte sie immer die Witwe-Bolte-Frisur des 21. Jahrhunderts – rumstanden, die irgendwie traurig und wohlstandsverwahrlost wirkten, was – das hatte Kramer mittlerweile verstanden – auch genau so beabsichtigt war. Wahrscheinlich passte diese Haltung einfach am besten zu den Klamotten, den Freunden, den blauen Eiswürfeln im Glas und dem verrückten Schaufenster der Szene-Galerie.

Aber seit Erika ausgezogen war, hielt er sich nicht mehr lange damit auf, die Veränderungen im Viertel zu analysieren. Er hätte das Gefühl gehabt, dabei zuzusehen, wie sich die Dinge weiterentwickelten, voranschritten – während er nicht mehr in der Lage war, das Tempo zu halten. Stattdessen suchte er sich jemanden aus der Menge der Spaziergänger und verfolgte ihn so lange mit den Augen, bis dieser verschwand. Ganze Nachmittage gingen so vorüber. Zwischendurch inserierte er das Wohnmobil, mit dem sie ihre erste gemeinsame Reise nach Italien gemacht hatten, an die Adria. Er verkaufte es schließlich weit unter Wert, aber er brauchte das Geld.

Wäre sein Leben ein gebrauchter Kleinwagen, hätte die Geschwindigkeitsanzeige an der Hauptstraße informiert: »Sie fahren 15 km/h«, und er hätte wahrscheinlich einen Strafzettel bekommen für zu langsames Fahren.

Die Tage in diesem Sommer waren endlos gewesen, immer das gleiche Bild, als würde an dieser Stelle der Film hängen, der Asphalt, die Hitze, das Geräusch des Gummiballs, mit dem die Kinder auf dem Fußweg spielten, Beton um Beton. Kramer fuhr so langsam, dass er alles um sich herum sah wie nie zuvor, zeitentrückt. Und nun, Ende November, war zu der körperlichen Versehrtheit noch eine Lethargie dazugekommen, und in einem seiner dunkelsten Momente, Kramer öffnete die Augen, hatte er eingesehen: Er war ein grauer Mann auf einem grauen Sofa unter einem grauen Himmel, und schon mit 17 waren alle Weichen dafür gestellt worden.

Das Telefon klingelte und riss ihn aus seinen Gedanken. Er atmete tief ein, dann zog er sich mit der gesunden Hand am Rande des Sofas langsam nach oben. Der Apparat stand direkt auf dem kleinen Beistelltisch neben dem Sofa. Kramer hob den Hörer ab.

»Hallo?«

»Herr Kramer? Herr Kramer?« Ein kurzes Knistern in der Leitung, dann blies jemand in eine Faschingströte.

»Wer ist da?« Kramer spürte seinen Puls steigen.

»Kramer, die Geisterbahn ruft an.« Wieder wurde getrötet.

Kramer rollte die Augen und atmete schwer aus.

»Herbert.«

»Mensch, wollte mal hören, wie es dem Invaliden so geht.«

»Bestens.«

»Das Wichtigste, Kramer, du hast dir untenrum nichts gerissen, das ist das Wichtigste.«

Kramer stöhnte.

»Und du lebst noch. Das sollte man auch nicht außer Acht lassen.«

»Herbert, was gibt's?«

»Pass auf, du, ich lese grad Zeitung, und jetzt stell dir mal vor, hier is 'ne Meldung, das glaubst du nicht …«

Herberts Stimme überschlug sich fast. Es hörte sich an, als fiele ein Kind laut quiekend in einen Bottich mit Zuckerwatte. Herbert hatte die Begabung, ohne Vorankündigung direkt in einen Menschen einzufallen, unabhängig, in welcher Lage oder welchem Gedankenfluss dieser sich gerade befand, um ausschließlich seine eigene momentane Stimmung in den Mittelpunkt zu stellen. Man konnte es auch ein gestörtes Nähe-Distanz-Verhältnis nennen, und es gab exakt zwei Parteien in Herberts Leben. Die, die ihn hassten, und die, die ihn liebten. Kramer hatte sich schon vor langer Zeit für Letzteres entschieden, obwohl ihm gerade Zweifel an dieser Entscheidung kamen.

»Kramer, hol die Zeitung.«

Kramer zögerte, aber dann griff er über den Apparat zu der zusammengerollten Zeitung. Wenn Herbert in der Stimmung war, war Widerstand zwecklos.

»Seite 13, Rubrik Vermischtes.«

Kramer schlug die Seite auf und überflog den Artikel.

»Stell dir das mal vor, die Frau hat direkt unter dem Rochen gelegen. Platt wie 'ne Flunder!« Das Kind fiel jetzt in einen Schokoladenbrunnen. Quieken.

Kramer räusperte sich, dann fragte er sich, ob der Witz so flach war wie der Körper der Frau, nachdem der Rochen auf sie draufgekracht war. Oder noch flacher.

»Mensch, Kramer, 35 Kilo. Direkt auf den Kopf der Uschi drauf. Bämm!«

Herberts flache Hand schlug auf den Tisch, es knallte im Hörer, Kramer zuckte zusammen.

»Das musste dir mal vorstellen, Kramer: Das Leben hält für

dich immer nur den Sonnenaufgang parat, Champagner, Seychellen, Porzellanzähne, und mit einem Mal: Zack! Alle Lichter aus!«

Neben dem Artikel war das Foto der Frau abgebildet. Es stammte aus besseren Tagen – also aus der Zeit, als die Frau noch lebte. Sie war mittelalt, hübsch, hatte große Brüste und war vielleicht einen Ticken zu braun gebrannt, und für Kramer war es nur schwer vorstellbar, dass die Frau nicht zufrieden gewesen sein könnte, in diesem Moment, als sie auf dem Deck des Segelbootes gelegen und sich gesonnt hatte. Aber dann war der Rochen aus dem Wasser geschnellt, hatte sich irgendwie in der Richtung vertan und war dann anstatt ins Meer auf die Frau gefallen. Und obwohl Kramer auf Frauen momentan nicht gut zu sprechen war, vor allem auf die mittelalten, hübschen, mit großen Brüsten, die einen Ticken zu braun gebrannt waren, tat ihm ausgerechnet diese Frau jetzt irgendwie leid.

»Is' schon verrückt«, Kramer nickte, nachdenklich, dann holte er tief Luft, »es gibt einfach nie genügend Sonnenaufgang für alle.«

Schweigen in der Leitung, dann ein Knistern.

»Hä?«, sagte Herbert. Es hallte leer.

»Na ja, bei uns allen gehen irgendwann die Lichter aus, Herbert, aber so …« Kramer schüttelte gedankenverloren den Kopf. Von einem Rochen erschlagen während des Sonnenbadens. Das war würdelos. Das wünschte man keinem. Die Zeitung hatte kein Bild des Tatorts abgedruckt, aber das war auch nicht nötig. Man hatte es sofort vor Augen.

»Als würde er sein Ziel genau anvisieren, sprang der Rochen vor der Küste Süd-Floridas in das Boot«, las Herbert vor, »aber pass auf, jetzt kommt's: Ihr Mann hatte einen Schock. Er war nur kurz unter Deck gewesen, um seiner Frau ein Glas Champagner zu holen. Als er wieder an Deck kam, war seine Frau weg und nur noch der Rochen da.«

Herbert machte eine Kunstpause, dann rief er:»Was für ein Glückspilz!« Und ohne ihn zu sehen, wusste Kramer, dass Herberts Gesicht jetzt den Ausdruck eines Lottogewinners hatte, der bereits vor langer Zeit und vor lauter Freude grenzdebil geworden war.

»Herbert!« Kramer verzog angewidert die Stirn.

»Nee, jetzt mal ehrlich, jetze. Weißt du, wie oft ich mir gewünscht habe, ich wach morgens auf und neben mir liegt nicht mehr meine Frau?«

»Sondern ein Rochen?« Kramer zog die Augenbraue nach oben.

»Das nich grade«, Herbert dachte nach, »aber irgendwas Liebes ...«, er seufzte, »und etwas, was nich reden kann.«

»Verstehe«, sagte Kramer.

Das Zeitungspapier raschelte und Herbert begann erneut, Passagen aus dem Artikel vorzulesen. Kramer legte den Hörer mit der Muschel nach oben, positionierte eines der Sofakissen vor seinem Bauch, legte vorsichtig den linken Arm darauf, um dann mit der rechten Hand die Kristallschüssel mit den Erdnussflips heranzuziehen.

Beinahe zeitgleich waren Herbert und er verlassen worden. Herbert von Antonia, Kramer von Erika. Antonia war eine freundliche, dunkelhaarige Übersetzerin, die in Miniröcken rumlief und um die Herbert alle beneideten. Sie war lustig, charmant und alles in allem 'ne heiße Partie. Aber dann hatte sie von einem Tag auf den anderen umgestellt auf vegan, und von da an war in Herberts Leben nichts mehr heiß, nur noch eiweißfrei – im wahrsten Sinne des Wortes.

96

Herbert wurde immer übellauniger, was dazu führte, dass Antonia und er sich immer häufiger stritten. Doch im Gegensatz zu Kramer stellte sich Herbert an dem Tag, an dem Antonia ihre Koffer packte und auszog, auf die Straße und sang laut und falsch irgendwas mit »Halleluja«.

Seitdem hatte er Sex in der Sauna, Sex zu viert, Sex mit einem Mann, und beim Cunnilingus war ihm einmal das Zungenbändchen gerissen. »Tat ein bisschen weh, aber hat sich gelohnt.«

Kramer hingegen hatte ununterbrochen an Erika gedacht, und das eine Mal, als er betrunken war und nicht an Erika gedacht hatte, hatte er aus Versehen ein Bleistift-Abo bei Amazon abgeschlossen. Eine miese Nummer, aus der er für ein Jahr nicht mehr rauskam. Erika war also weg, dafür hatte Kramer bereits 40 identisch aussehende Bleistifte, und jede Woche kamen drei neue hinzu. Wenn man das Leben als einen Wettbewerb begriff, einen nie enden wollenden, anstrengenden, die Energien reduzierenden Wettbewerb, dann musste man neidfrei sagen: 1:0 für Herbert.

»He, Kramer, he!«

Hastig nahm Kramer den Hörer in die Hand. Die Kristallschüssel mit den Erdnussflips kippte vom Sofakissen. Kramer wollte noch zugreifen, da war es bereits zu spät.

»Hörst du mir überhaupt zu?«

»Na klar«, Kramer schätzte, dass etwa 30 bis 40 Flips auf dem Teppich gelandet waren.

»Und weißt du, was Jorge Pino von Floridas Wildschutz-Behörde zu dem Unfall sagt?«

Kramer riss seinen Blick vom Teppich los. »Nee, aber du wirst es mir sicher gleich sagen.«

»Pino sagt, dass das Deck voller Blut gewesen sei, dass es ihm sehr leid tue für den Ehemann, dass der Rochen aber auch tot is', das dürfe man nicht vergessen, und dann sagt er: Die Frau war einfach zur falschen Zeit am falschen Ort.«

Kramer hörte, wie Herbert die Zeitung zuschlug, triumphierend, als habe das Pferd, auf das er gesetzt hatte, schon wieder gewonnen.

»Der Mann ist mir sympathisch. Von acht Millionen möglichen Todesarten die unwahrscheinlichste, aber Jorge Pino hat schon viel in seinem Leben gesehen und liefert auch hier, wie immer, eine präzise Einschätzung der Sachlage. Zur falschen Zeit am falschen Ort. Das könnten die als Abschiedsspruch in die Todesanzeige setzen.«

»Herbert!«

»Nee, ehrlich, was schreibste denn da jetzt in die Todesanzeige?«

»Plötzlich aus dem Leben gerissen.«

»Kramer, hat dir schon mal jemand gesagt, wie langweilig du bist?«

»Ja. Erika.«

Herbert räusperte sich: »Okay, tut mir leid, war nich so gemeint.«

»Is heute einfach nicht mein Tag, verstehste.«

»Soll ich dir noch was vom Supermarkt holen?«

Kramer blickte auf die Erdnussflips auf dem Teppich. »Nee, lass mal, hab alles.«

Nachdem er aufgelegt hatte, lehnte sich Kramer im Sofa zurück. Früher hätte er sofort den Staubsauger geholt und die Flips weggesaugt, egal wie waidwund er in der Gegend rumgelegen hätte. Ordnung musste sein, doch mittlerweile war es ihm egal. Und hätte er sich selbst in letzter Zeit nicht sehr viel besser zu verstehen gelernt, vielleicht sogar viel zu gut, dann hätte er sich in dieser Situation über sich selbst gewundert, aber diese

Hürde lag schon weit hinter ihm. Herbert hatte Recht. Das Leben war zu kurz. Eh man sich versah, wurde man von einem Rochen erschlagen. Anstatt depressiv in dunklen Löchern abzuhängen, sollte man das bisschen Zeit, das einem noch blieb, nutzen und es sich gut gehen lassen.

Kramer blickte auf den Couchtisch, die aufgeschlagene Fernsehzeitung lag dort und daneben der Haarschopf. Er hatte ihn schon wieder vergessen. Er beugte sich nach vorn und betrachtete das fellartige Wesen, das die Buttkies noch bis vor Kurzem auf dem Kopf getragen hatte. Es war grau, straßenkötergrau. Die Locken waren an einem elastischen Gurt befestigt, und dort hatte er einen winzigen Aufnäher gefunden. Kramer konnte sich nicht mehr erinnern, aber offensichtlich hatte er noch versucht, sich irgendwo festzuhalten, nachdem ihm die Alte ihre Tasche ins Gesicht gepfeffert hatte. Nur leider war es eine Kunsthaarperücke, an der er sich festgehalten hatte – und kein Geländer. Er wischte sich mit der rechten Hand die letzten Flipskrümel vom Mund, dann befühlte er das Material, aus dem die Locken gemacht waren. Doch mitten in der Bewegung hielt er inne, ließ den hässlichen Haarberg los und erhob sich. Seine Laune hatte sich schlagartig gebessert. Auf dem Aufnäher standen nur drei Worte, aber das waren die schönsten drei Worte, die er seit Langem gelesen hatte: »Vorsicht! Leicht entflammbar!«

Die Wünsche bewaffnen

Jersey wollte Zigaretten holen gehen, ganz einfach, und diese Entscheidung war das Erste, was sie bereute, als sie auf den Fußableger starrte: dass sie die Wohnungstür überhaupt geöffnet hatte – so sorglos, unbefangen und süchtig wie ein Kind auf dem Weg zum Eisladen.

Jetzt lag sie auf dem Fußboden in der Küche, neben Major Tom, und hatte ihre Hand in das Fell des Tieres gegraben. Warm war es noch, und weich. Wie der Bademantel, in den Mutter sie einmal gesteckt hatte, als sie zwei Wochen lang die Rotze hatte. Er hatte immer ein bisschen nach Bratfett gerochen, weil Mutter den Bademantel zwecks Erwärmung in die Herdröhre steckte, aber das war egal. Sie war neun Jahre alt und ein flachsfarbenes, krankes Kind, doch als Mutter den Bademantel über ihre knochendürre Vogelbrust legte, wurde es in ihr ruhig und hell.

Vor Major Tom stand der Futternapf und quoll über. Schlemmerhappen *Rind mit feiner Soße*, Kracker mit Ente, Knuspertaschen mit Huhn, *Sheba* Thunfischfilets. Jersey hatte alles in den Napf geschüttet, alles, was da war, Trockenfutter, Fleischpastete, Leckerli – als könnte das helfen, als ließe sich der Tod überlisten. Wenigstens dieses eine Mal. Aber das Einzige, was sich im Raum bewegte, war ein Stück pergamentpapieralte Tapete, das sich gerade von der Wand löste, auf den Fußboden blätterte, leise, als wollte es die Ruhe der beiden merkwürdigen Gestalten, die da auf dem Küchenboden lagen – eins mit Fell, eins ohne – nicht stören.

»Wenn man noch mal die Zeit zurückdrehen könnte«, hatte Mutter gesagt, damals, als sie zusammen auf dem Ausflugsdampfer saßen, der zu allem Übel auch noch *MS Heiterkeit* hieß. Jersey wusste nicht, warum sie ausgerechnet jetzt an den Satz denken musste, in diesem Moment, in dem Major Tom und sie gerade dabei waren, abzuschließen mit der Welt – jeder auf seine Weise. Und schon damals hatte sie sich gefragt, was das für ein bekloppter Gedanke war: die Zeit zurückdrehen. Die Zeit war doch keine Person, der man erklären konnte: »Nee, Schätzchen, jetzt bist du aber falsch abgebogen, gehste noch mal 'n Stück zurück und nimmst die richtige Abzweigung, kleines Dummerchen.« Man konnte die Zeit nicht zurückdrehen. Man konnte nur versuchen, sie für ein paar Momente, für die Dauer eines flüchtigen Kusses vielleicht, für ein Lächeln oder eine brennende Wunderkerze, zu überlisten, sich etwas Zeit zu stehlen von der Zeit. Hätte Jersey die Tür nicht geöffnet, hätte sie Major Tom nicht auf dem Fußabstreifer gefunden, und in ihrer Welt, ihrer Zeit, wäre Major Tom noch nicht tot, er würde irgendwo draußen rumstromern, so einfach war das.

Natürlich hätte sie die Tür irgendwann geöffnet und die tote Katze vorgefunden, und all das Diebesgut wäre mit einem Schlag verloren gewesen, aber das war eine andere Geschichte.

»Wir werden niemals Könige sein«, hatte Jersey damals auf dem Ausflugsdampfer gedacht – zwischen all den Kuchengabeln und Tortenstücken, dem wilden Kreischen der Möwen und den schönen Altersflecken auf Mutters blasser Hand. Sie hätte sie gerne berührt, die Finger umfasst, aber Mutter zog die Hand weg, stützte den Kopf darauf und ließ ihren Blick gedankenverloren über die Nebentische schweifen. Ein paar Tage vor der Dampferfahrt hatte Mutter sie angerufen. »Lass uns doch mal wieder was gemeinsam machen«, hatte sie am Telefon gesagt, und Jersey wollte gerade zu einer Ausrede ansetzen, als ihr Blick auf den Kalender fiel, der an der Küchentür hing, und auf das Datum, das Mutter für das Treffen vorgeschlagen hatte. Natürlich hatte sie für Situationen wie diese einen Vorwand parat, so wie man immer ein, zwei Euro-Münzen in der Tasche parat hat, nur für Mutter, jahrelange Übung, aber dann ließ sie zu, dass die Münzen zurück in die Hosentasche glitten. Es war Mutters Geburtstag. »Wir könnten einen Ausflug machen, an den See, draußen vor der Stadt. Was denkst du?« Das war keine Frage, sondern eine Feststellung, und Jersey sagte »Ja«, so wie sie früher immer »Ja« gesagt hatte.

Mutters Wohnung war nur eine von vielen in einem Komplex von vielen, am Rande der Ausfallstraße, und als Jersey sie abholte, lief in der Küche gerade Roger Whittaker und Mutter sang laut mit. *Ein bisschen Aroma, ein bisschen Paloma, ein bisschen Chichi brauch ich heute, chérie, so wie noch nie!*

Sie hatte eine große, beigefarbene Bluse an, auf der Klatschmohnblumen leuchteten und die ihren Körper noch schwerer wirken ließ. Darunter war sie nackt oder beinahe, der Bund einer weißen, großen Unterhose blitzte hier und da auf, über den bleichen Beinen mit den Besenreißern. Sie hatte sich die Haare nicht zurechtgemacht, aber einen viel zu grellen Lippenstift aufgetragen, der weit über die Konturen der Lippen hinaus gemalt war. In der einen Hand hielt sie ein Saftglas, aus dem der Sekt rausschwappte, wenn sie sich drehte. Die andere Hand schwebte in der Luft, als würde sie dort jemand festhalten, der zwar unsichtbar war, aber, so wie Mutter, auf den Takt bedacht. Die Tür zum Hausflur stand weit offen, die

Musik schallte in die Gänge, ein kleiner türkischer Junge stand grinsend in der Wohnungstür und sah Mutter beim schwerfälligen Ausflippen zu.

Kurz blieb Jersey hinter ihm stehen und sah auf das Treiben, er drehte sich zu ihr um,»Alte Frau, balla balla«, sagte er und tippte sich an die Stirn, aber da hatte ihn Jersey schon zur Seite gedrängelt:»Schieb ab.«

Sie schloss die Wohnungstür hinter sich, kurz blickte Mutter auf,»Jersey, komm, lass uns tanzen.« Sie stellte das Glas ab und umarmte Jersey, ohne jedoch den Zweiertakt aufzugeben. *Mmhhh, der Alltag kann ganz schön nerven, das hält man gar nicht aus. Komm mit, zieh dein buntes Kleid an, wir müssen mal raus!*

Jersey atmete tief ein, dann schob sie sie sanft von sich weg: »Wollten wir nicht 'nen Ausflug machen?«

»Na, das machen wir doch gleich!« Mutter lachte.

»Vielleicht sollteste dir erst mal was anziehen?«, sagte Jersey und blickte an Mutters Beinen hinab.

»Du bist so spießig, Jersey, wirklich.« Sie stellte das Glas ab, und dessen Unterseite schloss gerade noch so mit dem Rand des Tisches ab.

»Ich bin spießig? Nur weil du hier besoffen einen auf Tanztee machst und das ganze Haus dabei zusehen muss?« Wütend pustete sich Jersey den Pony aus dem Gesicht. »Hast du eine Ahnung, wie peinlich du aussiehst?«

Mutter ließ die Hände sinken, die Schultern, alles sank in sich zusammen, der Klatschmohn auf der Bluse ging augenblicklich ein, und Jersey bereute sofort, was sie gesagt hatte, sie bereute jedes einzelne Wort, und dass sie hergekommen war, ein Fehler war das, sie hatte gewusst, dass es so kommen würde, aber sie hatte es ignoriert, und das war eben die Strafe. Sie war allein, mal wieder wurde ihr bewusst, wie allein Mutter und sie waren, jeder für sich. »Ich habe heute Geburtstag, Jersey«, sagte Mutter. Es sollte vorwurfsvoll klingen, aber im Gegensatz zu früher fehlte ihr mittlerweile die Kraft für die Wut.

»Ich weiß«, sagte Jersey, sie presste die Lippen aufeinander, »hab's nicht so gemeint.«

Mutter wischte sich langsam die Hände an den nackten Oberschenkeln ab, als ob sie gerade den Braten in den Ofen geschoben hätte, nun über die Kochschürze strich und sich überlegte, was als Nächstes zu tun sei. Ein großer Klumpen Traurigkeit stand da, ein schwarzer Granitpflock, und Jersey zog es den Magen zusammen, während Roger Whittakers Lied zu Ende ging mit dem sanften, lang gezogenen Refrain *Ein bisschen Aroma, ein bisschen Paloma, ein bisschen Chichi*.

Aber dann hatte sie es geschafft. Sie hatte dem Klumpen Traurigkeit einen Kaffee gemacht, gemeinsam hatten sie eine Hose ausgesucht, sie hatte ihr die Haare gewaschen und sich einen Kommentar zur Bluse verkniffen, dann waren sie vor die Stadt gefahren und hatten sich auf das Oberdeck des Ausflugsdampfers gesetzt. Es war ihr letzter gemeinsamer Ausflug.

Jersey blickte nach rechts. Für einen Moment hatte sie geglaubt, Major Tom hätte sich bewegt, aber es war wohl nur ein Windhauch, der über das Fell getanzt war, ein letzter Gruß von der undichten Tür.

Sie hätte Mutter jetzt gerne angerufen. Ihr gesagt, dass sie sich krank fühle, ob sie den Bademantel in die Backröhre … Und sie hätte gerne gewusst, dass sie Mutter auch nächste Woche würde anrufen können, um sie zu fragen, ob sie beide einen Ausflug machen wollen.

An dem Tag, an dem sie Mutter gefunden hatte, hatte es die ganze Zeit über geregnet, aber dann riss der Himmel wieder auf und die Sonne schien ins Wohnzimmer, Staub tanzte durch

104

die Luft, irgendwo rauschte eine Klospülung, dann war es still. Sie hatte begonnen, Mutters Bluse zu schließen, es war die mit den großen Mohnblumen. Der Notarzt hatte sie bei den Wiederbelebungsversuchen hastig aufgerissen, es hingen nur noch ein paar Knöpfe daran. Dann strich sie ihr die Haare aus dem Gesicht, schnell und hastig, zog den Rock bis zum Knie und fuhr mit der flachen Hand glättend über die Strumpfhose. Zuletzt klopfte sie ihr zärtlich auf den Unterarm, kurz, zwei-, dreimal.

»Wir könnten in die Stadt«, hatte Jersey gesagt und genickt, »da gastiert gerade ein Zirkus, die haben singende Seelöwen im Programm, stell dir das mal vor.«

Die Pillenschachtel mit den Medikamenten, von denen der Notfallarzt damals gesprochen hatte, hatte sie wenig später ordentlich entsorgt im Abfalleimer gefunden – als sie gerade dabei war, Punkt 5 der »Todesfall«-Checkliste abzuarbeiten: *Wohnung versorgen, Haustiere und Pflanzen versorgen, ggf. Strom, Gas, Wasser abstellen.*

Sie hatte mit dem Stift einen Haken gemacht, dann war sie übergegangen zu Punkt 6: *Bestatter auswählen.* Sie hatte den Erstbesten, den sie im Telefonbuch gefunden hatte, angerufen, dann war sie mit der Straßenbahn an den Rand der Stadt gefahren, am Zirkuszelt vorbei, an den singenden Seelöwen und weiter bis zu den Geistern. Dort stand sie dann neben dem Bestatter, einem Mann, an dessen Gesicht sie sich bis heute nicht erinnern konnte, und zeigte auf den hellsten Fleck auf der Wiese, den sie ausmachen konnte, aber vielleicht war es nur eine Sinnestäuschung. Im Grunde war die Wiese so gleichmäßig oder ungleichmäßig fahlgrün gewesen wie Hunderte andere beschissene Friedhofswiesen im Sommer. »Dort«, hatte sie gesagt, und der Bestatter, der Mann ohne Gesicht, hatte genickt und mit dem Stift einen Haken auf seiner Liste gemacht. Es war ein anonymes Grab, dort sollte Mutter liegen, eine unter vielen, für mehr reichte das Geld nicht. Als man am frühen Abend den Leichnam holte, drückte sie einem Mitarbeiter des Bestattungsunternehmens eine CD in die Hand, *Roger Whittaker* hatte sie mit Edding auf die Scheibe geschrieben, und darunter: *7 Jahre, 7 Meere*.

»Könnte man vielleicht auf der Beerdigung spielen, is nur ein Lied.«

»Kostet extra«, sagte der Mann, »müssen Se mit dem Chef klären.«

Im Flur blieben sie mit der Leichentrage stecken, Mutters selbst gesticktes Bild »Spielende Katze« fiel runter, einer der Helfer fluchte, im Treppenhaus plärrte ein Kind, und Jersey dachte, »Wir werden niemals Könige sein.«

Jersey spürte jetzt den nächsten gezielten Angriff aus Richtung Herz, das alles hochpumpen wollte. Also begann sie, sich – wie ihre Lieblingscomicfigur *Scarlet Witch* – Alternativen zur Realität zu überlegen. Sie würde eine kleine Schaufel aus dem Keller holen und Major Tom im Hinterhof begraben. Unter der Ulme. Anschließend würde sie bei der Alten klingeln und ohne Worte zuschlagen. Das Gleiche würde sie bei Kramer machen. Sie würde ruhig und gelassen die Wohnungstür hinter sich zuziehen, und wenn man das Haus sprengen würde, würde sie auf der anderen Straßenseite stehen und zusehen, wie zwei Leichen unter Bauschutt begraben würden. Vielleicht würde man ihr auf die Schliche kommen, »Warum, Frau Weber, zwei so bestialische Morde?«, und das Letzte, was sie tun würde, bevor sie ins Frauengefängnis musste, wäre, Major Tom wieder auszugraben und dem Kommissar den halbverwesten Tierleichnam auf den Tisch zu knallen: »Darum!«

So wie Jersey Kramer und Buttkies hasste, hassten sich Buttkies und Kramer. Sie könnte also auch einfach beide an Stühle fesseln, knebeln und die Stühle vis-à-vis aufstellen. Sie würde sie langsam verdursten lassen, und das Letzte, was Kramer und Buttkies sehen würden, wäre der Mensch, den sie – nach Jersey – am meisten hassten. Sie würde sie im Keller verrotten lassen wie altes Zeitungspapier oder verschimmeln lassen wie eingemachtes Kirschkompott.

Dann würde sie Mutter anrufen, die gerade aus dem Zirkus kam, »Singende Seelöwen, Jersey, stell dir das mal vor«, und Jersey würde rufen »Mutter, ich habe gerade meine Nachbarn getötet«, mit lauter Stimme und so fröhlich, als habe sie sich soeben einen schönen Nagellack gekauft, hellblau vielleicht, in der Farbe des Zirkushimmels.

»Man muss sich nicht immer alles gefallen lassen, Mutter«, hätte sie gesagt, »man kann sich wehren. Und ich fang jetzt damit an.«

Und in *Scarlet Witchs* Vorstellung hätte Mutter am Telefon genickt und geantwortet: »Du bist ein gutes Kind, Jersey, das habe ich immer gewusst.«

Sie hätte Mutter die beiden Leichen gezeigt, die endlich friedlich und frei von Hass auf den Stühlen saßen und den ewigen Schlaf schliefen, und dann hätten sie einen Ausflug gemacht, wie damals, auf der *MS Heiterkeit*.

Mutter hätte die anderen nicht mehr angelächelt wie ein großes Glück, nach dem man sich sehnt, obwohl man weiß, dass es einem verwehrt bleibt. Sie hätte stattdessen Jerseys Hand genommen und gesagt: »Wir schaffen das schon.« Einfach so. Das alles. Das ganze Schwere und Schwierige. Und Jersey hätte genickt und geantwortet: »Wir müssen nur unsere Wünsche bewaffnen.«

Vielleicht wäre der Wind aufgefrischt und hätte die Schirmchen aus dem Eisbecher über das Geländer gefegt, und sie hätten gelächelt, und Jersey hätte sich vorgenommen, dafür zu sorgen, dass die Zeit in die Puschen kam und Mutters Wunden heilte. Oder wenigstens ein einziges, ein kleines Wunder mit ihr teilte.

Blinde Fenster

Von der unmittelbaren Erkenntnis aller Dinge im Universum, die sein werden, die sind und die waren – davon hatte ich immer geträumt und nicht von einer neuen Fassade oder einer Trockenlegung der morschen Nischen.

»Träume«, werden Sie jetzt denken, »pfffff … im 21. Jahrhundert!? Der Trend ist so was von vorbei.« Ja, vielleicht haben Sie sogar recht! Auch ich musste erst kürzlich einsehen, dass die Wirklichkeit absolut kein Interesse daran hat, meinen Illusionen die Möglichkeit zu geben, im Bereich des Machbaren zu parken.

Nehmen wir den Kramer. Ich hatte mich schon gefreut, hatte gedacht, jetzt ist es so weit, und sie schließen sich zusammen. Offenbar war die Sache mit der Schulter vergeben und vergessen – und Vergebung ist immer ein Schritt in die richtige Richtung. Der Kramer läuft also tatsächlich mit einer Schüssel in der Hand zur Buttkies hoch. Jetzt bringt er ihr einen warmen Kuchen oder vielleicht einen Pudding, denke ich mir, denn die Schüssel hat noch ein klein wenig gedampft. Er stellt also die Schüssel direkt vor Buttkies' Tür, dann geht er wieder. Seltsam genug, kommt wenig später die Katze meines Sorgenkindes die Treppe herunterspaziert, frisst den für die Buttkies vorgesehenen Pudding, und plötzlich, 3 x würgen, 3 x miauen, kippt die um. Mausetot.

Und da fiel mir wieder ein, wie der Kramer letztens im Garten gegrillt hat – mitten im Winter. Dass er dem Tier nicht einmal das Fell abgezogen hat, hatte ich noch gedacht, und dann dieser künstliche Geruch. Aber jetzt sehe ich die tote Katze und den verklumpten Rest in der Schüssel und kann eins und eins zusammenzählen. Das, was der Kramer da im Garten abgefackelt hatte, war kein Tier, sondern Elisabeth Buttkies' Perücke. Anschließend hat er ihr den zusammengeklumpten Kunsthaarbrei vor die Tür gestellt, wo ihn dann die Katze gefunden hat.

Seit diesem Tag hatte ich also beschlossen, das mit dem Träumen sein zu lassen, denn die Wirklichkeit hatte sich, wie bereits erwähnt, entschieden, meinen Illusionen das ewige Halteverbot zu erteilen. Also hatte ich mich damit zufrieden gegeben, immerhin stets zu wissen, wer und was zur Eingangstür raus- und wieder reingeht. Aber nun will man mir sogar die Teilnahme an der Realität versagen. Um es kurz zu machen: Man lässt mich langsam erblinden. Sie haben mich eingerüstet. Komplett. Die ganze Fassade. In einer Nacht- und Nebelaktion. Als hätte ich nicht schon genug Sorgen. Der Winter ist dieses Jahr besonders hart, und ich bin im Grunde die ganze Zeit damit beschäftigt, darauf zu achten, dass mir die Rohrleitungen nicht einfrieren.

Ich wusste also gar nicht, wie mir gestern Nacht geschah, und heute Morgen dann der bittere Faktencheck: Plastikplane, fest verzurrt mit dem Gestänge eines Gerüstes, das mich einzwängt wie ein Korsett. Dagegen sind Käfige luxuriöse Wohnlandschaften! Außerdem haben sie mir Löcher in die Fassade gebohrt und dort anschließend Befestigungshaken reinkatapultiert, diese Idioten, als könnte man das nicht anders regeln.

Ich hatte mich von dem Überfall noch nicht ganz erholt, da höre ich, wie die Buttkies losläuft. Etwas stimmt nicht, denke ich mir, die Elisabeth geht ja so gut wie gar nicht mehr aus der Wohnung, es ist doch schon so, als wäre sie, mit dem Biedermeiersofa verwachsen. Aber dann vergisst sie, den Briefkasten wieder zu schließen, und wenig später hört es sich an, als ob sie die letzten Stufen runtergefallen ist. Gut, der letzte Absatz ist voller Schutt und Steine, vor einiger Zeit haben Grubes Leute ja den Putz von den Wänden im Eingangsbereich abgeschlagen, aber bis jetzt kam die Buttkies trotz ihres Alters doch immer sehr flink über den Schutthaufen. Zum Schluss, glaube ich, ist sie dann noch gegen die Eingangstür gelaufen. Dabei ist das so gar nicht ihre Art.

Ich will mir also ein Bild machen, aber siehe da: Meine Welt besteht bloß noch aus einem winzigen, schmalen Streifen, welcher nur dann um ein paar Zentimeter erweitert wird, wenn der Wind gnädigerweise das Stück lose befestigte Abdeckplane durchfährt. Es ist alles ein großes Schrecknis.

»Kein Wunder«, werden Sie sagen, »bei der Hausnummer! Die 13, eine Unglückszahl, damit will eben keiner in Verbindung gebracht werden, nicht mal das lose Stück Abdeckplane.«

Hier aber möchte ich Ihnen vehement widersprechen. Ich komme aus einem Betonmischer höherer Klasse, und schon damals, als ich noch unbedeutender Kies war, hatte ich eine beinahe magische Furcht vor geraden Zahlen. Als sich mein Geist vor vielen Jahren schließlich mit der Fertigstellung des Gebäudes vollends entfalten konnte und mir die Hausnummer zugewiesen wurde, beglückwünschte ich mich auf das Herzlichste.

Nein, es muss an der neuen Welt liegen, deren Entwicklung schon seit einiger Zeit ein Missklang von Pfiffen und schrillen Tönen begleitet. Nun beginnt also auch für mich eine andere Zeitrechnung. Seit heute Morgen fröstelt es mich und ich empfinde eine unpersönliche, fast anonyme Traurigkeit. Mein Verantwortungsbewusstsein rät mir, der Sache mit der Buttkies nachzugehen, da sei etwas im Argen. Aber wie, frage ich Sie, soll das einem Blinden gelingen? Sich ein Bild zu machen?

Es läuft alles auf eine Leuchtreklame hinaus, mehr wird am Ende nicht bleiben. »Willkommen in der Hebelstraße«, wird darauf stehen, »Ein Traum aus Plastik.«

111

Eva

Etwas war anders als die letzten Tage. Heute Morgen war ihr ein wenig schummrig gewesen, wie so oft in letzter Zeit, die Tabletten vielleicht, aber nun war es ihr, als hätte sie etwas vergessen. Und woher kam plötzlich diese Hitze? Sie riss sich den Schal vom Hals, dann blieb sie vor den Schaufenstern eines Schuhgeschäfts stehen und betrachtete die Auslagen. Irgendwann wurde die Tür des Ladens geöffnet, ein helles Glöckchen erklang, dann schloss sie sich wieder, und jetzt fiel es Elisabeth auf: Sie kannte das Geschäft nicht.

Sie blickte sich um. Auch diese Straße war sie noch nie entlanggegangen, und das sollte was heißen. Immerhin war sie in dieser Stadt geboren worden, und bis auf die Hochzeitsreise mit Walther nach Italien 1963 hatte sie diese auch nie verlassen, nicht mal als Kind, als die Stadt bombardiert wurde, neunzehnhundertvierund…, nein, Elisabeth stockte, neunzehnhundertneun… Sie dachte nach, aber ihr wollte das Jahr partout nicht einfallen. Stattdessen sah sie die Straßen ihrer Kindheit vor sich. Glasscherben hatten dort gelegen und leere Konservendosen. Hinter einem Bretterzaun hatten Kinder auf einem alten Lastwagen gespielt, eines davon war sie. Manchmal hatte der Fleischer das Blut mit dem Wasserschlauch in den Kanalabfluss gespritzt, und wenn sie, wie jetzt, in Gedanken durch diese Straßen ging, wurden ihre Schritte langsamer und ihr Herz müde.

Elisabeth hob den Kopf. Vom Himmel fielen kleine, weiße Staubflocken herab, vorsichtig öffnete sie ihre Hand, dann lächelte sie, *aber nein Dummerchen, das sind Kirschblüten.* Nach einer Weile ließ sie die Hand sinken und überlegte. Vielleicht stand sie irgendwo auf einer Straße in einer der verlassenen und wüsten Vororte der Stadt, vielleicht war sie auch nur ein paar Häuserblocks von ihrer Wohnadresse entfernt. Eine Gruppe Menschen lief an ihr vorbei. Sie sahen aus wie aus einem Wachsfigurenkabinett. »Schöne Haare«, rief ihr einer hinterher, »gehst du als Kojak?« Er trug einen riesigen Zylinderhut. Sie umklammerte die Henkel ihrer Tasche und blickte ihnen nach.

Wenig später hielt auf der anderen Straßenseite ein Taxi, zwei Harlekine stiegen aus, sie waren kleinwüchsig und betrunken. Auch sie sahen ihr herausfordernd und direkt in die Augen, dann pfiffen sie.

Hastig senkte Elisabeth den Blick, überlegte, wo sie sich verstecken könnte, wie damals als Kind, dann zählte sie die Schritte zurück zum Schuhgeschäft. Als sie den Kopf wieder hob, waren die Harlekine längst verschwunden. Ihre Hände aber zitterten noch immer, und etwas in ihr fühlte sich jetzt krank, geschändet, von all dem Kehricht um sie herum und in ihr drin, all den Abwässern, ein trüber See kurz vorm Umkippen.

»Reiß dich zusammen«, hörte sie Walther plötzlich sagen, und für einen Moment saß sie wieder im Krankenhaus, mit dem Kind auf dem Arm. Es war so kalt wie der Kirschblütenregen auf ihrer Haut. »Eva« hätte sie heißen sollen.

Die Trauer schoss ihr in die Hüfte wie schwarze Farbe in klares Wasser, und ihr Magen wurde zu einer brennenden Flipperkugel, die durch ihren Körper jagte, auf der Suche nach einem Ausgang. Dort, wo sie anstieß, hinterließ sie einen Brandfleck.

Sie hätte jetzt gerne etwas getrunken, ein Glas Wasser würde reichen.

Eva, dachte sie, dann lief sie los. Vorbei an Brachen, Hausmauern, Straßenkreuzungen, Kneipen. Aus einer Lücke zwischen zwei Bauzäunen vernahm sie das Grollen eines Raubtiers, Vögel kreischten, und irgendwo hinter ihr hielt sich hartnäckig das Geräusch, das von einem ungeölten Scharnier ausging. Vor dem Gebäude am Rande des Parkplatzes blieb sie stehen. ALDI stand auf dem Schild. Etwas sagte ihr, dass sie dort Wasser finden würde, eine moderne Trinkhalle vielleicht. Kurz schloss Elisabeth die Augen, atmete tief ein, *alles wird gut*, aber als sie die Augen wieder öffnete, stand anstelle der Trinkhalle ein Viehwaggon vor ihr, und von weit her rief jemand nach Eva.

Wintermärchen

Seit fünf Minuten bewegte sie sich durch eine riesige Dunst-
wolke aus Bratenfett, und so, dachte Jersey, während sie mit
ihrem Kaffee an einen der letzten freien Tische ging, müsste es
in der Hölle sein. Die Wolle der Norwegerpullover, die Nacken,
die über Currywurst und Pommes gebeugt waren und von der
inneren und äußeren Hitze glänzten, die Locken der Kinder,
sogar die Luftschlangen auf den Plastiktischdecken – die ganze
Welt eine Bratendunsthölle. »Faschingszelt« stand auf dem
Schild vor der schweren Holztür in bunten, handgeschriebenen
Buchstaben, aber das war schon die erste Verarsche, denn im
Grunde war das »Faschingszelt« eine massive Fressbude aus
Holz, die noch vom letzten Weihnachtsmarkt übrig geblieben
war. In einigen Fenstern hing sogar noch Adventsschmuck aus
Stroh, Glas oder Holz.

Jersey nahm die pinke Perücke ab, steckte die Flyer in ihre
Hosentasche, setzte sich, nahm den Kaffeebecher in beide
Hände und pustete kleine Vertiefungen in die schwarze Brühe.
Pappunterteller stapelten sich auf dem freien Stuhl neben ihr,
und auf der weißen Plastiktischdecke waren Mayo-Flecken und
Ketchup-Sprengsel so diffus ausgesät worden, als wären sie die
Vorboten einer unheilvollen Hautkrankheit.

»Helau, Alaaf«, rief jemand in ihre Richtung, Jersey hob den
Kopf, und zwei offensichtlich betrunkene Handwerker, die ge-

rade gekommen waren, winkten ihr mit den Flyern zu, die sie ihnen zuvor gegeben hatte. Hastig wandte sich Jersey ab und schaute aus dem Fenster. Sie war müde, von diesem noch jungen Tag, von den Tagen zuvor, vielleicht auch den Jahren.

Es war halb elf, sie hatte erst zweieinhalb Stunden gearbeitet, und fünfeinhalb sollten es noch werden, und sie vermied es, sich die Frage zu stellen, ob sie in der Lage wäre, das auszuhalten, denn dann war's das mit dem Job. Als sie sich das letzte Mal die Frage gestellt hatte und anschließend zu früh gegangen war, hatte sie am nächsten Tag Jürgen von der Personalabteilung angerufen und verwarnt.

Sie wischte mit dem Ärmel ihres Pullovers über die beschlagene Scheibe und blickte nach draußen. Auf dem Asphalt vor dem Fenster stand Sabine oder Sandra. Jersey hatte sich ihren Namen nicht gemerkt. Sie hatte eine grüne Perücke auf, rief fröhlich »Helau« und »Alaaf« und drückte den Baumarkt-Kunden ebenfalls Flyer in die Hand. Jersey konnte den Text auswendig. »20 % Rabatt auf alles außer Tiernahrung und 1x Currywurst mit Pommes für drei Euro – nur heute und nur im Faschingszelt.«

Sie trank langsam einen Schluck Kaffee, er schmeckte schrecklich und sorgte dafür, dass sich ihr Magen zusammenkrampfte, aber sie hatte nichts anderes erwartet. Sie ließ ihren Blick über den Parkplatz schweifen bis zum Horizont. Dort lag die Zufahrt, und sobald ein Auto langsam die Einfahrt passierte, sprang ein grüner Punkt auf die Fahrerseite zu. Jersey musste lächeln. Es gab nur einen Job, der schlimmer war als ihrer, und den hatte Sebastian. Er stand als lebensgroße Tanne verkleidet dort am Eingang und musste wie Jersey Flyer verteilen, mit fröhlicher Stimme, nur warben seine für billiges Brennholz. Das ganze Lager war noch voll davon, irgendein Fehler bei der Warenbestellung letztes Jahr.

Im »Faschingszelt« hatte jetzt einer der Typen, die hinter dem Indoor-Grill standen und als Piraten verkleidet waren, die Musik lauter gemacht, die betrunkenen Bauarbeiter riefen »Stimmung«, ein Kleinkind fing an zu weinen, und dann sang irgendein Schlagerclown auf Mescalin von Polonäse und Löchern im Käse. Eigentlich hatte sie sich vorgenommen, sich wenigstens ein paar Minuten hier drinnen aufzuwärmen. Schon seit Tagen steckte ihr die Kälte in den Knochen, die Heizung in der Wohnung funktionierte nicht mehr richtig. Vielleicht war irgendwas daran defekt, oder Grube, dieser Arsch, hatte vor, sie ganz abzustellen. Ausgerechnet in diesem nie enden wollenden Scheißwinter.

Sie trank die letzten Schlucke Kaffee und wollte sich gerade erheben, weil alles besser war als diese Faschingshölle, da grätschte die grüne Perücke in Jerseys Gesichtsfeld. Auch das noch. Sandra? Nee. Suse? Nee. Sylvia?

»Oh Mann, ist das kalt da draußen.« Sandra-Suse-Sylvia setzte sich auf den freien Stuhl vor Jersey und stellte eine Ladung Pommes auf den Tisch.

»Was du nicht sagst«, dachte Jersey.

»Macht hungrig, die Kälte«, Sandra-Suse-Sylvia lachte ein frisches »Der frühe Vogel fängt den Wurm«-Lachen, »aber macht ja auch Spaß, irgendwie.«

Sie blickte Jersey jetzt freundlich an und wartete auf eine Reaktion, aber Jersey verzog keine Miene. Stattdessen sah sie Sandra-Suse-Sylvia so direkt ins Gesicht, dass es schon unhöflich war, aber Jersey bemerkte es nicht einmal. Sandra-Suse-Sylvia hatte sich doch tatsächlich die »falschen Wimpern in Lila – XL« angeklebt, die an der Kasse zum »günstigen Mitnehmpreis« rumlagen.

»Is was?« Sandra-Suse-Sylvia sah Jersey jetzt prüfend an, während sie sich eine Pommes in den Mund schob.

Jersey fing sich wieder und riss ihren Blick von den Wimpern los.

»Nee, ich muss gleich wieder los«, sagte Jersey. Sollte heißen: Für ein Gespräch reicht es nicht, Schätzchen, und wenn du mich fragst, hat das mit der Zeit nichts zu tun.

Aber Sandra-Suse-Sylvia verstand den Subtext nicht.

»Ach komm, bleib noch 'n bisschen, bis ich fertig gegessen habe, okay?« Sie schickte ein herzliches Lächeln hinterher, dessen Subtext wiederum unmissverständlich war. Er lautete: »Hey, wir sind doch Kolleginnen, du und ich, wir haben beide Perücken auf! Und hey, sind wir da nicht eigentlich schon Freundinnen?« Sie stand abrupt auf: »Komm, ich hol dir noch 'nen Kaffee.«

Jersey sah ihr hinterher. Dann atmete sie tief ein. Aus irgendeinem Grund war ihr Schutzschild heute so einsatzfähig wie ein defekter Schneepflug. Vielleicht war es auch zu früh am Morgen, vielleicht wurde sie einfach zu schnell alt und Leute wie Sandra-Suse-Sylvia, mit ihrer unbedarften Nettigkeit, machten aus ihr ruckzuck eine von der Liebe des Personals abhängige Altenheimbewohnerin.

Sandra-Suse-Sylvia stellte jetzt einen heiß dampfenden Kaffee vor Jersey.

»Danke«, sagte Jersey, »und wie heißt du noch mal?«

»Andrea«, sagte ihr Gegenüber und lächelte arglos. »Und du bist Jersey, stimmt's?«

Jersey nickte, dann nahm sie den Kaffeebecher, senkte den Blick und wartete, bis die Du-solltest-dich-schämen-Truppe an ihrem inneren Zensor vorbeigezogen war, was leider langsamer ging als erwartet.

»Ich studier Bio im dritten Semester und bekomm eigentlich Bafög, aber das reicht nich. Weggehen is ja auch teuer gewor-

den, und die Miete erst. Mann, Mann, Mann, was die für ein
WG-Zimmer verlangen, also ...«

Jersey begann zu nicken, nach fünf Minuten gab sie auf und
ließ ihren Blick an den Wimpern, der Perücke und an dem sich
beständig zwischen dem Import von Pommes und dem Export
eines Redeschwalls hin und her bewegenden Mund vorbeiglei-
ten. Mädchen wie Andrea kannte Jersey zuhauf, und wenn sie
früher auf Pillen war, war sie genauso drauf gewesen. Sie begann
sogar langsam, Andrea zu mögen, aber deshalb musste sie sich ja
noch lange nicht den »Darf ich dir kurz erzählen, wie ich mein
Leben bewältige«-Schrott anhören.

Der grüne Punkt am Ende des Parkplatzes kam jetzt unmerk-
lich auf die Holzhütte zu. Wahrscheinlich wollte sich Sebastian
auch aufwärmen, und Jersey freute sich, denn dann könnten sie
noch eine rauchen, bevor es weiterging. Sie mochte Sebastian.
Er war durch und durch Autist, und wenn sie gemeinsam rauch-
ten, beschränkten sich ihre Sätze auf »Hast du mal Feuer?«,
»Soll ich dir eine drehen?«, »Scheiße, ich hab meine Filter vergessen«, und die Antworten waren ein klickendes Feuerzeug, ein
Nicken und das wortlose Herüberreichen eines Filters – alles in
allem also: Stille von ihrer schönsten Sorte.

»Mein Freund wohnt nich hier, ich pendel aber immer am
Wochenende. So 'ne Fernbeziehung, ich sag's dir ...« Andrea
war nicht mehr aufzuhalten.

Draußen begann es jetzt zu schneien, Sebastian hatte die
Hälfte des Weges schon hinter sich gebracht. Gleich 'ne Kippe,
wie schön, dachte Jersey, als sich ihr Blick an der Bank festzurrte,
die dem Holzhaus gegenüberstand.

Es war ein Ausstellungsstück, das man direkt neben dem asphaltierten Leitsystem für Fußgänger platziert hatte, um zu zeigen, wie wetterbeständig die Baumarkt-Bänke doch waren. Zum

Sitzen waren sie gar nicht gedacht, ein Schild auf der Lehne der Bank wies darauf hin, aber das konnte man jetzt nicht sehen, denn auf der Bank saß jemand, direkt vor dem Schild. Jersey schätzte die Frau auf Anfang 70, vielleicht älter. Sie kniff die Augen zusammen. Das, was sie bis eben für eine Jacke gehalten hatte, war eine zitronengelbe Bluse, deren Stoff dünner wirkte als Seide und auf die jetzt Schneeflocken fielen. Etwas stimmte nicht mit der Mütze, aber der Flockenfilm auf der Scheibe machte es unmöglich, genauer zu sagen, was.

Andrea beugte sich zu Jersey herüber und quetschte ihre Nase ans Fenster. »Isst die etwa Kekse? Ohne Mantel? Was is'n das für 'ne seltsame Mütze?«

Jersey zuckte mit den Schultern.

»Oh Gott, wir müssen was machen, die holt sich ja den Tod«, sagte Andrea hastig, ließ sich in den Stuhl zurückfallen und begann, die Pommes noch schneller in sich reinzuschieben. Jersey legte ihre Hand auf Andreas Unterarm, etwas, was ihr nicht unbedingt leichtfiel, aber es musste sein, Andrea-Mädchen mochten so was. »Lass mal, iss du mal deine Pommes fertig, ich kümmer mich drum«, sagte sie, dann stand sie auf und warf im Hinausgehen den Pappbecher in den Mülleimer.

Es war nicht so, dass Jersey das große Bedürfnis hatte, Mutter Teresa zu spielen, aber so entkam sie ganz ohne Ausrede Andreas Redeschwall, und außerdem war ihr alles willkommen, was die »Helau«-und-»Alaaf«-Flyernummer noch ein wenig hinauszögerte. Und irgendwo, in der letzten, aber wirklich allerletzten Absteige dieses Hotels, das hinter ihren Lungenflügeln lag und dessen Kammern sie zum lebenslangen Aufenthalt verdammten, hatte sie vielleicht sogar Mitleid mit der Frau, aber das würde sie nie zugeben. Sie zog den Reißverschluss ihrer Jacke zu und lief mit raschen Schritten auf die Bank zu. Je näher sie kam, umso zerbrechlicher wurde das Wesen, das dort saß. Vogelknochen-artig, dachte Jersey, und jetzt wurde ihr auch bewusst, was fehlte: Haare, die Frau hatte keine Haare mehr.

»Kann ich Ihnen he…« Jersey blieb der Satz irgendwo zwischen Kehlkopf und Rachen stecken. Das durfte doch nicht wahr sein.

»Bist du Eva?«, fragte die Alte, aber Jersey hörte es nicht. Sie stand wie in den Boden gepflockt vor der Bank, starrte auf das zitternde Etwas und fragte sich, ob sie gerade den Moment für einen Lachkrampf verpasst hatte.

»Bist du Eva?«

Jersey schluckte. Regal drei, Gang F, unten rechts, dachte sie. Da lagen die Schädlingsbekämpfungsmittel. Sie würde ihr einen Kaffee holen, unauffällig ein paar blaue Kügelchen rein, und fertig. Der Kaffee aus dem Faschingszelt hatte so scheiße geschmeckt, da würde sich keiner wundern, wenn eine völlig unterkühlte 72-Jährige anschließend den Löffel abgab.

»Bist du Eva?« Die Hände der Alten zitterten, aber das hinderte sie nicht daran, den nächsten Keks aus der krokodilledernen Konrad-Adenauer-Handtasche zu holen.

Jersey musste an nackte Menschen denken, die ein Voyeur fotografiert hatte, und diese Bitterkeit ließ sie aufwachen. Aber nichts von alledem nahm ihr den Hass, diese kleine tollwütige Katze aus der Gosse.

»Nee, ich bin Jersey, wohne drei Stockwerke über dir, du Hexe, und ich werde dir jetzt gleich einen schönen, heißen Kaffee bringen, dann wird dir ganz schnell warm«, wollte sie gerade sagen. Dann sah sie den Blick.

Vor noch nicht allzu langer Zeit waren Buttkies' Blicke kleine bissige Terrier gewesen, die einem plötzlich ins Herz beißen.

Jetzt war da nichts mehr, kein Grund, kein Boden, nur der

haltlose Versuch, die Welt zu begreifen, aber egal, wie sehr sie sich anstrengte – übrig blieb nur das Abtasten von Schemen. Das war nicht Elisabeth Buttkies, die Mensch gewordene *Schwarze Witwe*, die mit ihren perfiden Mitteln Major Tom vergiftet hatte, nein.

»Bist du Eva?«

Das war eine Wachkomapatientin.

»Das Haus ist leer.«

Die noch reden konnte.

An einem anderen Tag, in einem anderen Leben hätte Jersey sich jetzt einfach umgedreht und hätte weitergemacht im Takt, hieß: Sie hätte, ohne mit der Wimper zu zucken, Flyer verteilt, als ob nichts geschehen wäre. Aber es war nun mal dieser Tag, und es war nun mal ihr Leben, und dennoch wusste Jersey schon in diesem Moment, dass alles, was sie in der Folge tun würde, wahrscheinlich ein großer Fehler war. Dass die nächsten Schritte absolut nicht zu ihrem mühsam erlernten Verhaltensmuster passten, mit dem es ihr immerhin gelungen war, bis hierher zu kommen, allgemein gesprochen. Der Einzige, den das freuen würde, wäre der Therapeut. »Schön, wie Sie das Reiz-Reaktions-Schema unterbrochen haben, wir sind gut vorangekommen«, hätte er gesagt, wenn sie noch bei ihm in Behandlung wäre. »Den Gefallen darfst du dem auf keinen Fall tun«, rief jetzt plötzlich die soeben erwachte Schutzschild-Partei, »selbst wenn er gar nichts davon erfahren würde«, und sie hatten ja recht, sie hatten immer recht, dachte Jersey, also nein, zurück zum Takt. »Bleib in deiner Schiene, Jersey!«, riefen sie, Jersey atmete tief ein und wollte sich gerade umdrehen, bereit zur sicheren Flucht, da fiel ihr Blick auf Buttkies' Kopf.

Dort war nicht mehr viel, außer seidenpapierdünner Haut, die über den Schädel spannte, und nur hier und da noch von vereinzelten, flaumartigen Haarbüscheln verdeckt war. Dazwischen rote Striemen und Kratzer, Buttkies musste irgendwo dagegengerannt sein.

»Das Haus ist leer«, sagte Buttkies, Krümel hingen an ihrem Mund.

»Kommt vor«, sagte Jersey, dann nahm sie Buttkies' Hand.

»Wir machen jetzt aber trotzdem los.« Buttkies stand bereitwillig auf, ihre Hand war so vereist wie Jerseys Kühlschrank damals, kurz bevor die Sicherung durchgebrannt war.

Am Eingang zum Faschingszelt stand jetzt Sebastian, die lebende Tanne, und rauchte. Sie nahm Buttkies' Hand, führte sie zu Sebastians freier Hand und sagte: »Halt mal.« Dann rannte sie in den Baumarkt.

Das Büro von Jürgen lag ebenerdig direkt neben der Kasse. Jersey betrat es, ohne anzuklopfen. »Da draußen ist 'ne alte Frau, die hat Probleme.« Jürgen saß gerade über einem Stapel Bestellzettel gebeugt und hob langsam den Kopf. »Haben wir die nicht alle?«, fragte er, und es war sofort klar, dass er von den zwei Personen im Raum derjenige war, der sich in das »wir« nicht mit einbezogen hatte.

An jedem anderen Tag in ihrem Leben hätte sie Jürgen mit nur einem Blick zu verstehen gegeben, dass sie ihm die Pest an den Hals wünschte, aber heute war es ein anderer Tag und ein anderes Leben.

»Nee, ehrlich Jürgen, da draußen, da steht sie.« Jersey zeigte hastig aus dem Fenster.

Jürgen erhob sich so gelangweilt, wie es ihm möglich war. Dann blickte er aus dem Fenster und grinste: »Kennst du die?«

Ein Gesichtsausdruck, der Sorge bekundete oder zumindest das Interesse, dieser Frau zu helfen, sah anders aus.

»Is meine Oma.«

Hatte sie das gerade tatsächlich gesagt?

»Und was macht die hier?« Jürgens Grinsen wurde breiter.

»Is aus'm Pflegeheim abgehauen, völlig unterkühlt, ich muss die jetzt wieder zurückbringen«, sagte Jersey und dachte: WAS, MARINA WEBER, ERZÄHLST DU HIER BITTE GERADE FÜR EINEN SCHEISS?

»Kannste machen, dann gibt's eben für heute kein Geld.«

»Was? Aber ich hab doch schon zwei Stunden gearbeitet!«

»Deine Entscheidung«, sagte Jürgen und beugte sich über die Bestellzettel, was so viel hieß wie: Ende der Diskussion.

Jersey drehte sich um, lief durch die automatischen Schiebetüren des Baumarkts und schnaubte wütend aus. Sie hätte auf die Schutzschildpartei hören sollen, verdammte Scheiße.

Tanne und sein Wachkomapatient standen immer noch Hand in Hand vor dem Faschingszelt. Jemand hatte Buttkies einen Bettvorleger aus Schaffell um die Schultern gelegt und eine grüne Perücke aufgesetzt, Andrea wahrscheinlich, und jetzt musste Jersey doch lächeln. Die beiden sahen aus, als würden sie gleich zu einem Maskenball gehen, zu dem Tim Burton sie eingeladen hatte.

»Alles klar, Tanne, ich übernehm jetzt wieder.« Sie nahm Buttkies an die Hand, als plötzlich ein Taxi vorfuhr. Sie blickte Tanne fragend an.

Der zuckte mit den Schultern: »Dachte, ihr könntet das vielleicht brauchen.«

Jersey lächelte: »Stimmt, danke dir. Wir sehen uns nächste Woche.« Tanne nickte, dann drückte er mit der Schuhspitze die Zigarette aus.

Der Fahrer des Taxis öffnete die Wagentür. »Gehen wir tanzen?«, fragte Buttkies.

»So was Ähnliches«, sagte Jersey und legte vorsichtig die Hand auf Buttkies' Kopf, als diese sich runterbeugte und in den Wagen stieg.

Ein Kratzer weniger, dachte sie und: Was für ein beschissener Tag. Dann lief sie um das Taxi herum und setzte sich neben Tim Burtons Großmutter auf die Rückbank.

Wer Liebe für das Größte hält

Natürlich würde es eine körperliche Vereinigung geben, aber es würde dabei nicht nur um schnöden Sex gehen, wie Herbert immer behauptet hatte. Schon kurz nachdem man Kramer endgültig von dem Schlaufenverband befreit hatte, hatte er sich den Hometrainer zugelegt. Ein nachträgliches Weihnachtsgeschenk an sich selbst. Mittlerweile waren anderthalb Kilo runter, die Investition hatte sich gelohnt. Er fühlte sich täglich fitter, keine Frage – Kramer schmiss den Keks, der auf dem Unterteller der Kaffeetasse lag, in den Aschenbecher –, na ja, vielleicht nicht »täglich«, aber doch oft.

Er blickte auf die Uhr. Er war viel zu früh, aber das machte nichts. Am Telefon hatte er vorgegeben, mit ihr über die Kartons im Keller sprechen zu wollen. Aber natürlich ging es hier um etwas ganz anderes, und es würde nicht nur zu einer körperlichen Zusammenkunft kommen, sondern zu einer seelischen, geistigen, vollumfänglichen Wiedervereinigung.

Er würde Erika zeigen, dass er sich geändert hatte, dass sie wieder gemeinsam die Langstrecke schwimmen könnten, die da hieß Leben, dass er bereit war, auch weiter an sich zu arbeiten, dass der graue Mann auf einem grauen Sofa unter einem grauen Himmel jetzt nur noch eine Fotografie war, wie sie sich beispielsweise erfolgreiche *Weight Watcher* neben die Yuccapalme ins Wohnzimmer hängen, um zu zeigen: »Das war ich damals.

So, wie ich hier stehe, bin ich heute. Ja! Sieh her! Ich. Ist. Ein. Anderer.«

Die Tür des Cafés öffnete sich. Kramer hob die Hand und winkte.

Das durfte doch nicht wahr sein.

Sie kam direkt auf ihn zu. Sie sah fantastisch aus.

Sie hatte abgenommen. Ihre Arme und Beine waren schlank, fast drahtig, ihre Haut leicht gebräunt. Die Haare hatte sie sich leicht aufhellen lassen, ein natürlicher Blondton, und sie strahlte über das ganze Gesicht.

Erika setzte sich, sie gab ihm sogar einen freundschaftlichen Kuss auf die Wange, ihre Hand zeigte auf jemanden, ihr Mund öffnete und schloss sich, aber Kramer verstand kein Wort. Er starrte auf die Person an Erikas Seite, und obwohl alle Pfeile aufs Verstehen zielten, alle Signale bereitstanden, um den Zug der Erkenntnis mit voller Wucht über die Schienen der Synapsen rasen zu lassen, obwohl es um diesen Moment wie um eine einfache mathematische Rechnung bestellt war, bei der die Lösung bereits hinter dem Gleichzeichen stand, obwohl alles vor ihm lag, hätte Kramer die Feststellung 1+1=2 nicht vollumfänglich bejahen können. Nach zwei Minuten und einer halben Sekunde löste sich ein Haken, der Stecker fand die Steckdose, der Schlüssel das Schloss, Lampen gingen an, ein Motor startete, ein lange in der Box zurückgehaltener Windhund raste pfeilschnell auf die Rennbahn, Raketen wurden gezündet, und ein gewaltiger Chor sang himmelscharengleich »Halleluja«.

Kramer fuhr sich durchs Haar. Das, was da am Tisch neben Erika saß, dieses große aufgeblähte Nichts, das ihn belustigt musterte: Das war Erikas Neuer.

Die Geräusche um Kramer kamen zurück und mit ihnen die Erkenntnis in ihrer ganzen zerstörerischen Kraft.

Als Erika und der Fremde an ihrer Seite auf ihn und den Tisch, an dem er saß, zuliefen, hatte sein Unterbewusstsein bereits registriert, was sein Bewusstsein in der Folge noch zwei Minuten erfolgreich verdrängt hatte. Das war der Gang eines Mannes, der schon viel im Leben erreicht hatte, der sich wohlverdient weit vor der Zeit in Rente begeben könnte, was nicht infrage kam, denn er hatte noch viel vor – und der um die Wirkung dieser Entschlossenheit bestens wusste.

Kramer begann, sein Gegenüber von oben bis unten abschätzig zu betrachten, zumindest hatte er sich das fest vorgenommen, aber sein Blick blieb schon an der Lederjacke hängen. Cognacfarben, feinstes Nappa, es machte den Typen um zehn Jahre jünger, und es gab keinen Zweifel daran, dass dieser Luxuspornokittel den Wert eines gebrauchten Kleinwagens hatte. Kramer stellte sich vor, wie die Verkäuferin in der Boutique erklärt hatte:»Dieses Modell verspricht eine coole und gleichzeitig extravagante Ausstrahlung. Gönnen Sie sich doch diesen zeitlosen Chic der besonderen Art!« Und während er sich zufrieden im Spiegel vor der Umkleide begutachtete, strichen Erikas Finger zärtlich und gierig zugleich am Kragen vorbei über seinen Nacken.

Kramer versuchte, den entsetzlichen Film in seinem Kopf zu stoppen, aber es gelang ihm nicht. Er hätte jetzt gerne Herbert angerufen und ihm von Erikas Neuem erzählt. Er hätte ihm gerne gesagt, dass der Typ aussähe, als sei er auf Klassenfahrt in der Toskana hängen geblieben, nur leider hätte das nicht der Wahrheit entsprochen.

Natürlich, er hätte auch einfach aufstehen und gehen können, er war ein freier Mann, und so war das Treffen zwischen Erika und ihm auch nicht abgesprochen gewesen. Klar, nichts war abgesprochen, aber dieses Treffen, ihre Zusage, das war doch so etwas wie eine schweigende Übereinkunft gewesen, mit dem Ziel …

Aber es gab noch ein anderes Problem.

Seine eigene Jacke.

Kramer hatte sie extra für das Treffen ausgewählt, weil er der Überzeugung war, sie mache ihn schlanker. Ein dunkelblauer Blouson, aus einem leicht glänzenden Stoff, schön mit Reißverschluss, dagegen war noch nichts einzuwenden, auch wenn er den Reißverschluss nicht ganz zubekam. Im Gegensatz zu Erikas Nappa-Model war er in keine Boutique gegangen, sondern die Boutique war zu ihm gekommen. Und zwar gestern Abend, in die »Blaue Perle«. Die Verkäuferin hatte keine zarten, manikürten Fingernägel gehabt, sondern einen Damenbart und war besoffen gewesen. Sie nannte sich Ella, obwohl sie wahrscheinlich anders hieß. Sie kam immer mal wieder und verkaufte irgendwas Gebrauchtes, mal Klamotten, mal Nippes, mal Kuschelrock-CDs. Herbert hatte ihn überredet, die Jacke anzuprobieren, und er hatte noch nicht mal den Reißverschluss angefasst, um die Jacke zu schließen, da grölten schon alle und riefen »Reiner Calmund, Reiner Calmund«. Nur Ella hatte ihn an sich gedrückt und geflüstert: »Hör nicht auf die Idioten, Schätzchen, die sind nur neidisch, du siehst toll aus.« Dann war sie ein paar Schritte zurückgetorkelt, um ihn noch einmal von oben bis unten prüfend zu betrachten, der Sekt schwappte aus ihrem Glas, und dann sagte sie: »Karlchen, das macht 'ne richtig gute Figur. Ich würd dich nehmen.«

Als er gestern Abend nach Hause gegangen war, hatte er sich über die Jacke gefreut. Ein Schnäppchen sei das gewesen, hatte Herbert ihm noch beigepflichtet, 45 Euro, »Is' im Laden teurer, kannste wissen«, hatte Gerda, Zackos Neue und die schönste Tresen-Lolita aller Eckkneipen, gesagt.

Als er die Jacke heute Morgen vom Bügel genommen hatte, war ihm nichts aufgefallen. Und bis vor wenigen Minuten hatte er diesen Kauf nicht bereut. Doch dann hatte er sich kurz in dem wandhohen Spiegel vor der Toilette des Cafés begutachtet. Er hatte sich hin und her gedreht, hatte sich gefragt, was es plötzlich mit diesem Glitzern an seinem Rücken auf sich hatte, hatte den Blouson ausgezogen, und erst da hatte Kramer entdeckt, was auf der Rückseite der Jacke in silberglänzenden Plastikbuchstaben stand: *Hitradio FM. Dein Sender, deine Musik.*

Es war ein Schock, keine Frage. Aber als er ihn überwunden hatte war er sich sicher: Wenn er Erika erst einmal dazu gebracht hätte, ein paar Gläser Prosecco zu trinken, und selbst darauf achtete, ihr nicht den Rücken zuzuwenden, bis sie beide schön betrunken zu Hause ankämen, dann würde ihr der peinliche Schriftzug möglicherweise gar nicht auffallen.

Aber dieser Plan war soeben gestorben. Irgendwo in Kramers Innersten fiel etwas zusammen, sehr langsam, wie im Fernsehen, wenn man in Zeitlupe zeigte, wie ein Haus nach einer Sprengung fast lautlos in sich selbst zusammensackte. Er saß in der Falle, ein Grab war das hier, und er hatte es sich sogar selbst geschaufelt.

All das wurde ihm jetzt in Sekundenbruchteilen bewusst, aber bevor er sich überhaupt eine Strategie überlegen konnte, einen kühlen Schachzug, der ihn als unerwarteten Sieger aus dieser Nummer rausgehen lassen würde, als den Torschützen, auf den keiner gewettet hatte, nicht einmal der Torschütze selbst, begann Erika das, was Herbert immer »Dünnschiss-Duell« nannte, nämlich Small Talk.

»Das ist Antonio«, sagte Erika, dann lächelte sie Antonio an, als handle es sich bei ihm nicht um einen Menschen, sondern um ein großes Wunder, und Antonio lächelte zurück, räusperte sich und sagte: »Na ja, eigentlich Antonio.«

Kramer starrte in die Luft. Antonio – Antonio. Es klang bei beiden exakt gleich.

Antonio machte eine Geste mit der Hand, nonchalant, »Nicht so schlimm, Baby«, sollte das heißen. Erika hingegen legte ihre Hand an die Wange wie ein junges Mädchen und errötete.

Kurz schloss Kramer die Augen, atmete tief ein, dann nahm er das Glas Apfelschorle in die Hand, so dachte er, aber es war nur die Kaffeetasse. Und die war leer.

Plötzlich legte Erika ihre rechte Hand auf seine linke. Irgendwo hinter dem Café klirrte etwas, dann schrie ein Kind. Kramer begann zu schwitzen.

»Entschuldige bitte, Karl«, sie beugte sich nach vorn – Parfümduft, frisch, angenehm, Apfelnote –, »erzähl doch mal von dir! Wie geht's dir denn?«

Kramer nickte und zog seine Hand weg. »Läuft.«

»Was machen Sie beruflich?«, sagte Antonio, das lebende Pissoir, jetzt, dann fuhr er sich durch die Haare.

Er fuhr sich durch die Haare.

Er fuhr sich durch die Haare.

Er fuhr sich durch die Haare.

Tataaa!! Dachte Kramer. 1, 2, 3! Letzte Chance vorbei! Ob du wirklich richtig stehst, siehst du, wenn das Licht angeht! Kramers Stimmung besserte sich schlagartig, nein, man konnte sogar sagen, seine Stimmung wurde so hell wie der Feuerball bei einer Kernwaffenexplosion, denn Antonio hatte fast keine Haare mehr!

Erika räusperte sich jetzt hörbar, warf Kramer einen irritierten Blick zu und antwortete statt seiner. »Karl arbeitet als Logistiker.«

Kramer lächelte wie ein kleiner Junge, der sich mitten in einer Prügelei befand.

Logistiker. Das war zu 100 Prozent gelogen. Er war arbeitslos, ein arbeitsloser Hausmeister. Bis vor Kurzem hatte er sich noch als »Vertreter der Städtischen Wohnungsbaugesellschaft« vorgestellt, und Herbert hatte ihm einmal vorgeschlagen zu sagen, er habe eine »verantwortungsvolle Position im Facility-Management«, aber das waren alles dicke, beleibte, kleine Lügen. Im Grunde hatte er nichts mehr, nur eine Sache. Er hatte sie gerade entdeckt, sie machte ihn glücklich, und um sie ging es jetzt: seine Haare.

»Und was machen Sie beruflich?«, fragte Kramer, dann hob er blitzschnell den Arm und fuhr sich mit der Hand über den Kopf. An der Seite verweilte er etwas und schob die Hand ruckartig nach hinten, als sei sie bei dieser einfachen, im Grunde flüssigen Bewegung hängen geblieben, aber das war ja auch kein Wunder – bei diesen dicken, kräftigen Borsten.

Antonios Blick blieb an Kramers Haaren hängen, Kramer lächelte. Wenn man die Augen als Fenster zur Welt verstand, dann sah Kramer jetzt in den Fenstern seines Gegenübers fallende Glasscherben.

Er lehnte sich zurück, verschränkte die Arme hinter dem Kopf und dachte: Nimm das!

Eine Löwenmähne, das war es, was sein Gegenüber jetzt sah, eine prächtige, volle, gesunde Löwenmähne, durch die Hände am Hinterkopf noch deutlicher in Szene gesetzt.

Die Hyäne gegenüber mit den wenigen, grashalmdünnen, zerfitzelten Fäden auf dem Haupt räusperte sich und senkte den Blick.

1:0, dachte Kramer, 1:0.

»Logistiker, interessant«, das Gesicht seines Gegenübers umspielte ein sarkastisches Lächeln.

Kramer wartete. Aber es kam nichts. Der war fertig.

Stattdessen lehnte sich Erika nach vorn.»Antonio ist Privatier.«

Privatier! Irgendwo ertönten Fanfaren. Privatier! Das sagten auch einige Zechbrüder aus der »Blauen Perle« aus Spaß, wenn sie gerade pleite waren und noch kein neuer Job in Aussicht war. Kramer war jetzt in Fahrt.»Privatier, aha, mein Beileid. Augen auf bei der Berufswahl, würde ich da sagen.« Dann lachte er herzlich, aber da war er der Einzige am Tisch. Erikas Gesicht nahm nun einen wütenden Ausdruck an, Kramer kannte ihn nur zu gut.

»Antonio war Bauunternehmer, jetzt hat er sich vorzeitig in Ruhestand begeben.«

Erika blickte Kramer aufmerksam an, als warte sie auf etwas, und zwar den Moment der Erkenntnis in Kramers Gesicht, dass er das mit dem »Privatier« falsch verstanden hatte. Aber da kannst du lange warten, dachte Kramer. Stattdessen versuchte er, den Gesichtsausdruck eines Welpen nachzuahmen, der zum ersten Mal in seinem Leben ein vorbeifliegendes Holzstöckchen sieht.

Antonio schloss kurz die Augen, dann hatte er die Fassung wiedergefunden und atmete tief ein.»Was Erika damit sagen will: Mittel sind vorhanden.«

Erika lachte ihr Mädchenlachen.»Ach, Antonio.«

Aber Kramer lächelte nur still in sich hinein. Dann nahm er eine kurze Strähne in die Hand und versuchte, sie um den Zeigefinger zu drehen. Es würde maximal tuntig aussehen, aber das war ihm egal. Ein letztes Mal die fallenden Glasscherben sehen, das wär's.

»Sag mal, is was mit deinen Haaren?«, fragte Erika.

Kramer ließ langsam die Hände sinken:»Nein, wieso?«

»Ach egal«, Erika sah auf die Uhr.»Wir können sowieso nicht

mehr so lange bleiben, wir haben Karten für das Pokalspiel. Viertelfinale.« Der Klang der Fanfaren wurde jäh zerrissen.

»Wie bitte?« Kramer glaubte, sich verhört zu haben.

»Es war nicht leicht, an die Karten zu kommen, aber ...«, Erikas Hand glitt über den Tisch zur Hyänenpfote und strich zärtlich darüber. Die Hyäne zuckte mit den Schultern und grinste nonchalant: »Kontakte.«

Kurz glaubte Kramer, das Bewusstsein zu verlieren, alles begann sich zu drehen, er schloss die Augen und atmete tief ein. Das durfte doch nicht wahr sein. Dieser Arsch hatte nicht nur Karten fürs Viertelfinale, er ging da auch noch mit Erika hin.

Kramer sah es augenblicklich vor sich, der kommentierte jedes Spiel live mit, neben Erika auf dem Sofa, als sei er Béla Réthy persönlich. Dabei reichte es nicht mal zu Marcel Reif, und das musste man erst mal schaffen. Gut, auch Kramer hatte Erika mit seinen Sprüchen während der Fußballspiele vor dem TV gelangweilt, da musste man ehrlich sein, aber doch nur, weil die Erika von Fußball einfach null Komma null Ahnung hatte. Die dachte, Kagawa sei eine japanische Sanitärfirma. Als Kramer einmal während eines Spiels vor dem Fernseher »Mkhitaryan« brüllte, weil dieser gerade dabei war, das Tor des Jahrhunderts zu schießen, antwortete Erika aus der Küche: »Gesundheit.« Und Kramer konnte sich jetzt richtig vorstellen, wie dieser Marcel Reif für Arme klugschiss, wie der Sätze brüllte wie »Da muss man auch mal gegenhalten!« oder »Die Viererkette muss dichter stehen« oder, Platz eins der hirnlosesten Fußballkommentare: »3:0 – da war die Abwehr heute wohl zu schwach.«

Um es kurz zu machen: Bis eben hatten er und sein Selbstbewusstsein sich darauf geeinigt, dass Erikas Neuer nichts konnte und nichts war. Dass er Privatier war, war sein großes Glück, denn mit dieser Pep-Guardiola-Glatze würde er keinen

Job mehr bekommen – außer als Deoroller für King Kong vielleicht. Sie hatten sich bis eben in der Nachspielzeit befunden und es hatte 1:0 gestanden. Völlig zu Recht. Er war es gewesen, der Erika die Abseitsregel erklärt hatte, damals, als sie sich kennengelernt hatten, als er noch aktiv war im Verein, SV Elberwang, Kreisliga D, aber immerhin. In der Lokalpresse hatte sie mal jemand als die *Helden der Kreisklasse* bezeichnet. Dazu ein Foto ihrer Mannschaft und eins von den Rängen. Es gab nur drei Ränge, aber in der Mitte, strahlend: seine Erika. Er hatte das Bild nach ihrer Hochzeit rahmen lassen und drunter geschrieben *Erika Kramer: Schön, schlau, Spielerfrau* und ihr neben den Schminkspiegel gehängt. Und heute war Kramer, nach langer Zeit, endlich einmal wieder über sich hinausgewachsen, er hatte sich in den Abenteurer verwandelt, der er nie hatte sein wollen, den Hochrisikospekulanten, der Gelegenheiten schon nutzte, bevor andere sie überhaupt erkannt hatten, die Erika-Rückholaktion lief bestens, aber dann hatte Antonio noch einmal ausgeholt, zwei Chancen rausgeholt – einmal Ecke, einmal Elfmeter – und getroffen.

Kramer blickte auf die leeren Biergläser, die vor ihm standen. Dann sah er sich um. Das Café war leer, die Stühle um ihn herum waren schon auf die Tische gestellt worden. Und es wäre eine schöne Vorstellung, dachte er, wenn auch der Stuhl, auf dem er saß, auf den Tisch gestellt worden wäre – inklusive seiner selbst. Dafür hätte man kurz die Schwerkraft aussetzen müssen, aber im Grunde reichte der Gedanke daran, dass es in Kramer etwas aufhellte. Nichts sein, kein Mensch mehr, weit weg von all diesen Anforderungen, vom Haben oder Nichthaben eines Jobs, der Existenz oder Nichtexistenz von Finanzen, Kommunikation, sozialem Miteinander, vor allem aber weit weg von Erika. Es gäbe nichts mehr, was ihn anfechten würde, er wäre ein Sitzmöbel, ein einfaches Sitzmöbel. Hier bin ich Stuhl, hier darf ich sein, dachte Kramer und lehnte sich zurück. Er war besoffen. So viel stand mal fest, aber er hätte jetzt dennoch gerne ein Bier bestellt. Leider war weit und breit keine Bedienung zu sehen. Kramer hätte nicht sagen können, wie lange er schon hier saß, alleine, nachdem sie gegangen waren, Erika und ihr Neuer. Er hatte begonnen zu trinken und versucht, die kleinen Einzelteile, die auf dem Tisch und auf dem Boden verteilt waren, wieder zusammenzusetzen zu so etwas wie einem »Ich«, aber möglicherweise hatte er nicht jedes an die dafür vorgesehene Stelle gesetzt. Sein Kopf fühlte sich an, als klemme er unter den Achseln, ein Auge rollte über die Schulter, ein Bein war falsch herum angesetzt worden, und sein Herz hatte gerade noch im Schraubstock Platz gefunden, zwischen dem ersten und zweiten Zeh des linken Fußes. Immerhin ergaben alle Teile ein Großes, wenn auch nicht ein Ganzes.

Kramer stand langsam auf, er verließ das Lokal und lief auf die Allee zu. Herbert hatte ihm vor Stunden eine SMS geschickt: »Und, wie war's? Seid ihr noch beim Versöhnungssex?«, und da musste Kramer lachen, so laut und hilflos, dass sich einige Gäste verwundert umsahen. Ein kalter, schneidender Wind fegte jetzt über den Asphalt. Er zog die Schultern hoch. Es würde noch eine Weile dauern, und vieles würde nur langsam gehen, er würde das Haus vielleicht noch weniger verlassen, vielleicht gar nicht mehr, das hieß es abzuwarten. Es verhielt sich wie mit diesem bitterkalten Wintertag. Man weiß, es wird wieder einen Sommer geben, auch wenn man es sich noch nicht recht vorstellen kann angesichts der Minusgrade. Das Handy in seiner Tasche brummte. Kramer blieb stehen und griff in die Tasche seiner Hitradio-FM-Jacke. Herbert hatte noch mal geschrieben, wahrscheinlich ahnte er schon was. Kramer las die Nachricht, dann steckte er das Handy zurück, stellte sich breitbeinig an den nächstbesten Baum, öffnete den Reißverschluss seiner Hose, schloss die Augen, das Plätschern hallte in der Allee, und zum ersten Mal seit drei Stunden lächelte Kramer.

»Wer Liebe für das Größte hält«, hatte Herbert geschrieben, »der war noch nie nach zehn Bier pinkeln.« Und er hatte Recht, denn wahrscheinlich war es das, was die Leute meinten, wenn sie vom Glück im Unglück sprachen.

Eine halbe Kinokarte für Ihre Beteiligung am Weltuntergang

Wir haben eine Räumungsklage am Hals, Heizung und Wasser wurden abgestellt, die Buttkies wird den Grube kidnappen und du denkst an ein *Happy End*?

Finde den Fehler.

Ich spiele mit dem Gedanken an eine Naturkatastrophe. Dann wäre alles schnell vorbei. Vielleicht sollte ich aber auch einfach lernen loszulassen. Dieses entsetzliche Bedürfnis nach Harmonie im Keim ersticken und stattdessen den Niedergang einleiten. In der Hölle macht es sowieso mehr Spaß als im Paradies, und ein Mörder ist immer interessanter als ein Immobilienmakler.

Sehen Sie, ich habe mich wirklich bemüht. Ich habe mir gewünscht, eine besänftigende Aura um mich herum zu haben, wenn ich am Ende meiner Tage stehe und die letzten Schritte Richtung Tunnelende antrete. In meinen glücklichsten Stunden habe ich mir vorgestellt, sie heiraten eines Tages: der Kramer, die Buttkies und die Jersey. Und dann wackeln sie alle drei gemeinsam Richtung Happy End. Jeder mit einer Hand am Rollator des anderen. Sie werden einander wissend anschauen, wie sie es ein halbes Leben lang getan haben, und in Gedanken wird jeder für sich das Gespräch nachahmen, das sie sich schon so oft vorgesprochen haben.

Aber das hat sich jetzt erledigt, das können Sie mir glauben.

Das Einhorn ist in die Jauchegrube im Hinterhof gefallen, und der Regenbogen wurde von Drohnen, die man für die energetische Sanierung eingesetzt hatte, zerfetzt.

Also los, reißen wir uns zusammen, sehr verehrte Damen und Herren, den Berg hinan! Und dann ruckzuck hinunter in den Höllenkrater. Es geht darum, Mauern zu bauen statt Brücken. Ich weiß, dass das mitunter Ängste auslöst. Ich weise diese Polemik ausdrücklich zurück. Uns geht es um ein faires Gegeneinander.

Meine Damen und Herren, wir gehen den Weg erniedrigt, versehrt und beleidigt, aber durchaus entschlossen voran.

Herzlichen Dank für diese Arbeit! Eine halbe Kinokarte für Ihre Beteiligung am Weltuntergang. Für Alarmismus ist da wahrlich kein Raum. Und ich danke ausdrücklich der Drogenbeauftragten der Bundesregierung.

Wir sind kurz vor dem Verfallsdatum, und deshalb wird jetzt noch einmal richtig gefeiert. Wir tanzen Tango mit dem Ruin und schmeißen die letzten Reserven über Bord. Scheitern muss man sich leisten können, aber wir haben Glück, denn wir sind die Könige der Müllverbrennungsanlage.

Wir hissen die Fahnen und gründen einen Chor, wir bauen die Landschaft um und malen die Sonne schwarz. Wir zitieren das Ende und betonieren die Krankenhäuser ein, wir räumen auf, verteilen den Rest, wir lieben uns ein letztes Mal, mit all unserem Hass, wir sind die Kinder des Schmutzes, wir sind die Letzten, und die machen ja bekanntlich das Licht aus.

Schnallen Sie sich also an, verehrteste Leserinnen und Leser, ab sofort geht es bergab.

III

Ich ziehe Revolution dem Krieg vor, zumindest nehmen an der Revolution nur die teil, die wollen.

Marcel Proust

Leichenwetter

Kramer hockte in einem blattlosen Gebüsch. An einer Kreuzung. Mitten in der Nacht. In Thermounterwäsche. Und das war auch schon der positive Teil der Nachricht. Das mit der Thermounterwäsche.

Er zog die Nase hoch. Ein Röcheln. Es hallte.

Und über all dem hing immer noch die entscheidende Frage: »Warum?«

Warum tat sich ein intelligenter, vernünftiger, bis dato unbescholtener Mann seines Alters diesen Wahnsinn hier an?

Er biss die Zähne zusammen. Die Punkerin hatte sogar etwas von Strumpfmasken geschrieben, aber so weit hatte er es nicht kommen lassen. Er blickte nach links. Natürlich hatte sich Marina »Jersey« Weber eine 1-a-Gesichts-Vermummung zugelegt, eine selbst gestrickte Sturmhaube nämlich, die mit hoher Wahrscheinlichkeit biologisch abbaubar war. Es sah aus, als gehöre sie zum *Inner Circle* eines Schwarzen Blocks oder zu jenen jungen Menschen, die sich auf die Rettung der Welt spezialisiert hatten, was bedeutete, dass sie tagsüber vegane Döner verkloppten und am Wochenende in ihren selbst gebauten Schwitzhütten Rudelbumsen mit Anfassen spielten.

Die Buttkies wiederum hatte sich aus unerfindlichen Gründen eine Taubenmaske aus Latex aufgesetzt, und ihre Jacke wirkte, als sei sie hastig zusammengenäht worden – aus den grel-

143

len Sitzbezügen eines Regionalzuges. Kurz überlegte Kramer, ob er ihr sagen sollte, dass man als überdimensionale Taube mit Warnweste keine Schlacht für sich gewinnen könnte. Aber das verkniff er sich. Die Punkerin hatte ihm erzählt, dass die Alte an Krebs erkrankt war, und auch wenn es – außer Herbert – keiner vermutet hätte, so konnte er, Karl Kramer, doch so etwas wie ein Herz sein Eigen nennen.

Zwei, drei Atemzüge, dann wandte er sich von den beiden ab und blickte auf die Kreuzung.

Man durfte nicht darüber nachdenken. Kramer blickte auf die Uhr. Gleich Mitternacht. Seit mindestens zwei Stunden saßen sie im Zentrum eines Tiefs, das die Spaßvögel vom Wetterdienst auch noch »Antonio« genannt hatten. Erst hatte es begonnen zu schneien, dann wurden seine Augenbrauen von Graupelfrost verhärtet, später spürte er seine Zehen nicht mehr, und irgendwann traf ein spitzer Pfeil zielgenau die Mitte einer Dartscheibe, anders konnte man den stechenden Schmerz, der ihm in die Bandscheiben geschossen war, nicht beschreiben. Kramer schüttelte den Kopf, holte ein Taschentuch hervor und versuchte, sich so geräuschlos die Nase zu putzen, als wäre er tot.

»Pssst«, zischte die Buttkies, während ihm die Punkerin einen bösen Blick zuwarf. Und dann starrten beide wieder so gebannt auf die Kreuzung, als säßen sie in einem seit Wochen ausverkauften Abo-Konzert, in dem der Stargeiger aus Übersee jeden Moment die Bühne betreten würde. Dabei sah sogar ein Kind, dem man beide Brillengläser abgeklebt hatte, dass der Einzige, der mit Starallüren auf der Kreuzung abhing, der Nebel war, und dass sich daran auch erst mal nichts ändern würde.

Kramer zog die Beine näher an den Körper. Es begann wieder zu nieseln. Feine Nadelstiche. Direkt auf seine unverpackte, wehrlose Stirn.

Angefangen hatte alles an einem Sonntag vor drei Wochen. Im Keller. Also an dem Ort, von dem die meisten Menschen völlig zu Recht annahmen, dass dort jene Geschichten beginnen, die keinen guten Ausgang nehmen.

Grube hatte nicht nur den Putz abschlagen lassen, das Haus eingerüstet und eine Abmahnung nach der anderen geschickt, nein, er hatte eines Tages auch einfach die Schlösser zu den Kellerabteilen ausgetauscht. Wahrscheinlich hätte Kramer es nie gemerkt, wenn die Anzeige des »Christofight Fitness Racer XL« nicht geblinkt hätte – rot und in kurzen Abständen –, und das war ausnahmsweise ein gutes Zeichen gewesen. Denn Kramer hatte ein neues Level erreicht. Er hatte den Hometrainer noch nicht lange, aber er war innerhalb kurzer Zeit zu so etwas wie einer Vertrauensperson geworden, nach Herbert und Dose. Ganze Sonntage hatte Kramer bereits damit verbracht, im Wohnzimmer auf dem Hometrainer zu radeln, und auch wenn es so aussah, als bewege er sich nicht vom Fleck, so hatten er und der Fitness Racer doch bereits einen sehr weiten Weg hinter sich gebracht, bildlich gesprochen.

Er musste bereits fünf Minuten fassungslos vor seinem verschlossenen Kellerabteil gestanden und auf die Gebrauchsanweisung gestarrt haben, die zusammengefaltet auf dem Versandkarton des Hometrainers lag, als er plötzlich das Krächzen neben sich vernahm.

»Haben Sie die Kellerschlösser ausgetauscht?«

Kramer erschrak. Neben ihm stand die weibliche Version von Darth Vader. Er griff sich sofort an die Schulter und wich einen Schritt zurück. »Noch einen Schritt und ich werde Sie wegen Körperverletzung verklagen.«

Darth Vader blickte ihn verständnislos an.

»Bitte?« Das Krächzen hallte leer im Keller nach.

»Berstungsbruch«, hatte Kramer geantwortet und auf seine Schulter gezeigt, »wochenlang außer Gefecht, weil Sie zu dämlich sind, einen Einbrecher von ihrem Nachbarn zu unterscheiden.«

Darth Vader klappte jetzt der untere Teil des Helms nach unten. »Ach, Sie waren das …« Sie nickte betroffen, es sollte unschuldig aussehen, aber Kramer ließ der Verdacht nicht los, dass Elisabeth Buttkies vor allem eins war: schrecklich amüsiert. »Sie haben sich an meiner Perücke festgehalten.«

Kramer räusperte sich. »Ich dachte, es sei ein Geländer.«

Buttkies' Mund umspielte ein Lächeln, das zwischen Mitleid und Süffisanz hin- und herpendelte. »Tja, und nun frage ich Sie, …« – sie begann, ihn von oben bis unten zu mustern, im Keller war es plötzlich so still wie im Klassenzimmer einer Schule während der Sommerferien – »… wo befindet sich die Perücke, von der *wir* nun wissen, dass sie k-e-i-n« – sie betonte jeden Buchstaben einzeln – »Geländer war? Hm? Hm?«

Ja, wo ist sie denn, die Perücke, hatte ihr Blick gefragt, ja, wo ist sie denn? Und wahrscheinlich hätte nicht mehr viel gefehlt, und sie hätte ihm einen Hundekuchen unter die Nase gehalten.

Kurz war sein Blick auf den Spaten gefallen, der hinter ihr an der Kellermauer gestanden hatte, doch dann hatte Kramer sich zusammengerissen. Er hatte ihr ausführlich erklärt, dass ihre haarige Fellmütze den Feuertod gestorben sei, dass er aber, weil er ja nun mal kein Dieb sei, die Reste in einer Schüssel vor ihre Wohnungstür gestellt habe und dass sich dieser schimmelgraue Plastikklumpen doch sicherlich gut als Brosche eignen würde. Zu ihrem Teint würde die Farbe jedenfalls passen.

Nach diesem Vorfall hatte sich seine Laune maximal gebessert, doch bereits ein paar Tage später hatte er schmerzlich erfahren müssen, dass es ein Fehler, ein sehr großer Fehler gewesen war, Madame Buttkies über den Verbleib ihres Strohhelms aufzuklären. Da war es jedoch schon zu spät, denn da stand er bereits, gemeinsam mit der Buttkies und der Weber, in einem Bestattungsinstitut für Tiere und lackte tatsächlich 280 Euro ab für eine Urne in 80er-Jahre-Farben, von der ihn das Konterfei einer schielenden Katze angrinste, die zu Lebzeiten auf den beknackten Namen »Major Tom« gehört hatte.

Vielleicht war der Tiefpunkt aber auch erst jetzt erreicht. Hier. In der Hecke. In der er saß. In einer Nässeschutzjacke der Bundeswehr.

Wahrscheinlich waren die Townhouses, denen sie gegenübersaßen, sogar mit Überwachungskameras ausgestattet, und dann wäre er der Einzige, den man, per Gesichtserkennung, zur Verantwortung ziehen könnte. Immerhin käme er dann in den regionalen Abendnachrichten vor, wenn auch anders, als er sich das vorgestellt hatte. Kramer blickte zur Ampel. Sie stand auf Rot, aber zu sehen war nur ein matter orangefarbener Lichtfleck. Ein Ufo in der Nacht. Ein Fremdkörper, verloren. Er kannte das. Nicht mehr lange, dann würde man es mit einem Lasso vom Himmel holen. Ein Kinderchor würde singen »Wir haben einen Stern gefangen«, anschließend Blaulicht und Sirenen und dann Stille. Jahrelang. Hinter Gittern. Vielleicht würde ihn Erika ab und zu im Gefängnis besuchen. Sie würde anfangen zu weinen, und er würde sie trösten, obwohl eigentlich er es war, der Hilfe benötigte. Aber was sollte man machen. Die Regeln waren seit Hunderten von Jahren so festgelegt. Und vielleicht wäre im Knast ein Dokumentarfilm-Team vor Ort, und später würde irgendjemand eine Petition starten, »Free Kramer«, oder so ähnlich. Dann wäre der ganze Mist hier zumindest für eine Sache gut: das Gelingen der Erika-Rückholaktion. Gegen dieses herzzerreißende Drama käme nicht mal Antonio an.

Hastig holte er den Flachmann aus der Brusttasche seiner Jacke und trank einen kräftigen Schluck, dann steckte er ihn zurück und zog den Reißverschluss bis unters Kinn. Diese verrückte Punkerin hatte es tatsächlich geschafft, dass er nicht nur die Beerdigung für ihre blöde Katze gezahlt hatte, sie hatte ihn auch tatsächlich glauben lassen, dass sie mit einer Aktion wie dieser hier irgendwas bewirken könnten. Bei den Aktionen, bei denen er bisher mitgemacht hatte, gab es ein Auto zu gewinnen, das Codewort hieß »Frühling« und stand bereits auf dem Gewinnschein.

Kramer fuhr sich durchs Haar. Außerdem war bereits die Nummer mit dem Kohler ein totaler Reinfall gewesen, und wenn eine Sache einmal schlecht angefangen hatte, dann ging sie auch sehr oft schlecht weiter. Damit kannte Kramer sich aus. Wütend zog er die Nase hoch.

Sie hatten Kohlers Kontakt auf der Website des Mietervereins gefunden, unter dem Link »Rechtsberatung im Wohn- und Gewerberaummietrecht durch erfahrene Juristen und Rechtsanwälte«, und sofort einen Termin bekommen.

Dr. Kohler sah aus wie jemand, der versuchte, so zu wirken, als habe er sein halbes Leben auf Internaten verbracht und der noch zu den wenigen Passagieren gehörte, die bei der Landung eines Flugzeugs klatschen. Alles an ihm war exquisit. Zur Jeans trug er ein dunkelblaues Leinen-Jackett sowie einen geschmackvollen Pullunder, auf den als Logo ein Polospieler aufgestickt war.

Eine Viertelstunde lang hatte er ihnen erklärt, dass der Run auf die letzten unsanierten Altbauten seit Jahren überproportional zugenommen hätte.

»Ooooh«, hatte Jersey gesagt, »der *Run*«, und Dr. Kohler hatte freundlich gelächelt, weil er gedacht hatte, vor ihm säße ein affirmativer Mensch. Kramer bekam sofort Mitleid mit Kohler.

»In Hinterhöfen und Seitenstraßen«, hatte dieser weiter erörtert, »dämmern noch viele klapprige Häuser vor sich hin.«

»Das kenne ich«, hatte die Buttkies fröhlich gesagt, und es war nicht klar, ob es sich auf das Haus oder ihren Zustand bezog. Doch Dr. Kohler hatte nur nachsichtig gelächelt.

»Manche stehen seit vielen Jahren leer, die Fensterscheiben zerschlagen, die Dächer löchrig, manche sind aber auch noch bewohnt.« Gerade die letzte Tatsache schien Dr. Kohler Sorgen zu bereiten, denn seine Stirn hatte sich von einem makellosen Spannbettlaken in einen lose zerknitterten Überwurf verwandelt.

Dass ihr Haus aber keine Bruchbude sei, hatte Kramer da geantwortet, es jedoch bald zu einer werde, wenn der Grube so weitermachte. Dass er bereits grundlos das Haus hatte einrüsten lassen, hatte Kramer weiter erklärt, dass er den Putz im Treppenhaus hatte abschlagen lassen, dass in seiner, Karl Kramers Bude, kein Tropfen Wasser mehr aus dem Hahn kommt, dass dafür jetzt ein Dixi-Klo im Hinterhof stehe, weil der Grube mit Sicherheit ihnen allen bald das Wasser abdrehen würde. Schließlich hatte er ihm die Schreiben mit der Modernisierungsankündigung, die Abmahnungen und Drohbriefe vorgelegt.

Dr. Kohler hatte genickt, als würde das alles ihm genauso Sorgen bereiten wie den Hilfesuchenden, die vor ihm saßen, aber seine Stirn war wieder ein einziges Spannbettlaken, und da war Kramer stutzig geworden.

»Sehen Sie«, hatte Kohler gesagt, »viele Menschen freuen sich, wenn das Haus, in dem sie leben, frisch gestrichen wird, der Kohleofen durch eine Zentralheizung ausgetauscht oder die Sanitäranlagen auf den neuesten Stand gebracht werden.«

Jersey, die Buttkies und er selbst hatten aufmerksam zugehört, hatten gewartet und geschwiegen, weil sie dachten, da käme noch etwas, aber da kam nichts mehr.

Schließlich legte Kohler ihre mitgebrachten Unterlagen auf einen Stapel und blickte auf die Uhr. »Natürlich ist das gesetzlich alles nicht erlaubt«, erklärte er knapp und schob die Unterlagen über den Tisch, »aber dagegen vorzugehen dauert eben oft. Viele lassen sich zermürben.« Er machte eine Pause und ließ den letzten Satz im Raum nachhallen. Dann beugte er sich nach vorne und sagte halbherzig: »Aber es ist wichtig, dass Sie sich als Mieter zusammenschließen.« Er nickte höflich.

Kramer glaubte ihm mittlerweile kein Wort mehr.

»Wenn der Vermieter merkt, dass da ein Widerstand ist, eine feste Mietergemeinschaft«, Kohler ballte die Faust, aber es wirkte eher, als habe er gerade ein kleines Küsschen aus der Luft gefangen, »dann bringt das immer was.« Er lächelte zuversichtlich. »Und wenn ich Ihnen einen Rat mitgeben darf: Schauen Sie immer mal wieder rechts und links, auf den Immobilienseiten oder im Netz nach einer neu…«, er räusperte sich, »nach einer Notlösung. Also nur für den Fall, Sie müssten dann doch leider …« Kohler hob entschuldigend die Schultern.

Da hatte sich Jersey, die in ihren zerrissenen Jeans und der Bomberjacke die meiste Zeit ruhig dagesessen hatte, im Stuhl zurückgelehnt. Dann hatte sie die Arme vor der Brust verschränkt, hatte die Kaugummiblase vor ihren Lippen immer größer werden lassen, bis sie schließlich platzte, und dann hatte sie Kohler gefragt, ob er sie verarschen wolle oder ob er nicht wisse, dass Chuck Norris der Einzige sei, der ein Happy Meal zum Weinen bringen und eine Drehtür zuknallen könne.

An jenem Tag, vor anderthalb Wochen, waren sie so niedergeschlagen wie drei Schulabbrecher in die Hebelstraße 13 gelaufen. Jeder war in seinen vier Wänden verschwunden, zwei Tage hörten sie nichts voneinander, und vielleicht hätte er die Sache mit dem Kohler bald vergessen, wenn die Punkerin nicht kurz darauf alle in Elisabeth Buttkies' Küche zusammengetrommelt hätte.

Auf dem Tisch hatte ihr Laptop gestanden, sie hatte auf den Bildschirm gezeigt und gesagt:»Jetzt seht euch das an!« Und während die Buttkies und er sich vor den Computer setzten, hatte Jersey eine Flasche Rum aufgemacht.

Bei der auf dem Bildschirm angezeigten Seite handelte es sich offenbar um die Website von Thomas Grubes Immobilienfirma, und Kramer hatte eine Weile gebraucht, um zu verstehen, warum Jersey und die Flasche Rum bereits am Nachmittag ein tröstendes Verhältnis eingingen. Nachdem er aber die Seite näher betrachtet hatte, stand er auf und nahm ihr die Flasche aus der Hand. Als die Buttkies wenig später fragte, ob jemand der Anwesenden ein Glas wünsche aus Respekt vor den Errungenschaften der Zivilisation, war die Flasche beinahe leer.

Unter einer Collage aus Eichenparkett, bodentiefen Fenstern und einer hübsch verschnörkelten Klinke stand auf der Website das übliche parfümierte Sanierungsvokabular. Von der Erschließung »wertvoller Bausubstanz« für die Anforderungen der Gegenwart war da die Rede, von der »Verantwortung für das Stadtbild« und Grubes Beitrag zur Verbesserung der Lebensqualität im Stadtraum.

Und dann kam die Bildstrecke. Die Fotos waren im Garten einer sanierten Villa aufgenommen worden, an einem lauen Sommerabend. Über den Partytischen hingen elegante Hussen und auf den Partytischen standen Gläser mit eleganter Puffbrause. Vier Musiker mit Streichinstrumenten saßen im Hintergrund, offensichtlich ein klassisches Quartett, die wahrscheinlich irgendwas Fröhlich-Schmissiges von Mozart oder Strauß spielten, auf der Wiese standen weiße Lampions und dazwischen zahlreiche Gäste. Am linken unteren Bildrand, recht unscheinbar, stand eine junge schöne Frau, mit blendend weißen Zahnreihen, die unsicher in die Kamera lächelte, und daneben ein Mann, der offensichtlich ihr Vater war. »Beatrice Kohler, Kohler Immobilien« stand unter dem Bild, »mit ihrem Mann Dr. Kohler, Anwalt für Miet- und Wohneigentumsrecht«.

Das war der Moment, in dem Kramer wirklich wütend geworden war. Bei der Punkerin aber schien die Sicherung richtig durchgebrannt zu sein, denn gestern Abend standen plötzlich alle Zutaten, die man für die Geschosse eines Farbbeutelanschlags benötigte, auf dem Tisch in Buttkies' Küche, und Kramer hatte es gerade noch geschafft, Jersey davon abzuhalten, ihre alten Bekannten vom aktiven Widerstand anzurufen. Nachdem sie sich alle wieder beruhigt hatten, hatte Jersey ihnen Grubes Website gezeigt, auf der sie eine Reihe strahlend weißer Häuser entdeckt hatte. Sie standen nur ein paar Straßen weiter, Grube hatte sie erst kürzlich dort hinbauen lassen, nun wollte er sie teuer verkaufen. Dass diese Prestigekästen »Townhouses« genannt wurden, hatte ihnen die Punkerin noch erklärt, was sich, wie Kramer fand, irgendwie unartig anhörte. Dabei sahen sie ungefähr so erotisch aus wie das weiße, schmucklose Paket, in welchem man ihm seine Hausmeister-Flyer geliefert hatte. Ein Farbbeutelanschlag war zwar nicht gerade das, was er sich unter einem wohlüberlegten strategischen Angriff vorgestellt hatte, aber so abenteuerlich und kampfeslustig wie die Punkerin dieses Aufbegehren vor ihren Augen skizziert hatte, hatte das Ganze durchaus etwas Aufregendes und Subversives bekommen. Und im Grunde hatte sie ja Recht gehabt. Es würde sich möglicherweise nichts ändern durch ihre Aktion, aber als sie schließlich gemeinsam die Farbeier aus Wachs herstellten, fühlte es sich ein wenig so an, als würden sie Kohler und Grube in den Schampus pinkeln.

Leider war jetzt, hier, in der Hecke, nichts mehr davon zu spüren.

Kramer strich sich mit dem Handrücken über die tropfende Nase.

»Auf was warten wir eigentlich noch?«

»Dass die Luft rein ist«, sagte die Punkerin und blickte auf die Uhr.

»Aha.«

Kramer wischte sich erneut über die Nase, dann starrte er rüber zu der Kreuzung, auf der seit Stunden kein Mensch aufgetaucht war.

Im Busch gegenüber raschelte es, so hatte er gedacht, aber dann drehte er den Kopf und blickte hoch. Das durfte doch nicht wahr sein.

»Chrrr...Hrrr...Chrrr...Chramer?«

Das bleiche Gesicht schwankte über ihm hin und her, und es war nur noch eine Frage der Zeit, bis der dazugehörige Rest auf ihn und die Hecke krachen würde.

»Ws mchst du hier?«

Kramer hoffte noch auf den Moment, in dem der Boden unter ihm nachgab und ein schwarzes Loch sich seiner ganzen kleinen Existenz annahm.

»Wrm stzt du in Busch?«

Die Punkerin wedelte wie irre mit der Hand.

»Ey, du Flitzpiepe, mach die Flocke!« Die Flitzpiepe hob den Kopf und blickte in die der Punkerin entgegengesetzte Richtung, als sei da von weit her ein Summen zu vernehmen gewesen. Aber da war nichts. Außer der Kreuzung.

»Krrrrrrh«, sagte Dose jetzt, kicherte und zeigte auf die Kreuzung. Er war sternhagelvoll, ein wankender Leuchtturm, aber das war unerheblich, denn Kramer sah nicht Dose, Kramer sah sein soziales Aus. Wenn die in der »Blauen Perle« das erfahren würden, dass er mitten in der Nacht in einer Hecke saß wegen eines Farbbeutelanschlags, könnte er sich eingraben lassen. Und sie würden es erfahren, da war sich Kramer sicher. Er blickte in Doses glasige Augen, sah ihn wild am Tresen gestikulieren, sah die Thekenbrüder in der »Blauen Perle« von den Barhockern fallen vor Lachen, sah wie Herbert verzweifelt den Kopf schüttelte, sah Zacko fassungslos hinterm Tresen stehen und vergessen, Bier zu zapfen, sah, wie sich seine ganze, hart erarbeitete Stammgastautorität in Nichts auflöste.

»Krm«, rief Dose jetzt, so laut und trotzig wie ein Kind im Sandkasten, das sofort die Schaufel haben wollte. »Ws mchst du hr?«

Und weil es jetzt sowieso zu spät war, für alles zu spät, vor allem aber für das, was andere als »Würde« bezeichneten, sagte Kramer tatsächlich, ohne nachzudenken: »Ich sehe der Ampel zu, wie sie von Rot zu Gelb auf Grün wechselt.«

Für einen Moment hielt Dose im Schwanken inne, blickte Jersey an, blickte die Buttkies an, blickte Kramer an, wie man drei Ufos anblickt, dann sagte er: »Interessnt«, atmete tief ein und schlurfte einfach weiter.

Und während Kramer den Kopf senkte und auf die Arme legte, die er über den Knien verschränkt hatte, hörte er, wie Dose im Weggehen vor sich hin murmelte, »Krmer«, »Ampl«, »Blaue Perle« und »erzähln«.

Aber da hatte Kramer schon die Augen geschlossen und entschieden, dass jetzt der Augenblick gekommen war, um zu weinen.

Stark abgeliebtes Felltier

Elisabeth nahm die Taubenmaske ab, und sofort legten die fadendünnen Spinnenfinger des Nebels eine durchsichtige Haut aus Feuchtigkeit über ihren nackten Schädel.

Sie blickte nach rechts. Seit einigen Minuten schon starrte Kramer, aus welchen Gründen auch immer, in den Dunstschleier über der roten Ampel – als sei dort oben vor Kurzem ein Paralleluniversum entdeckt worden, das es wert wäre, näher betrachtet zu werden.

Er hatte sich in Schale geworfen, das musste man ihm lassen. Und dass der Flecktarn der Bundeswehr im bewaldeten Gelände seine Wirkung entfaltete, also dessen Träger unsichtbar werden ließ, bezweifelte niemand. Nur hatte sich Kramer ausgerechnet in den blattlosesten aller Büsche gesetzt. Man sah ihn wahrscheinlich schon auf 800 Meter Entfernung. Ein Eimer Tarnfarbe im Gestrüpp. Elisabeth drehte den Kopf nach links. Und auch Jersey, dieses seltsame Mädchen, das sich nach einem Baumwollgewebe benannt hatte, schien mal wieder in ihre eigene Welt abgetaucht zu sein. Immer wieder blickte sie auf die Uhr.

Immerhin: Die Sturmhaube saß. »Mit Panorama Sichtfenster« hatte Elisabeth stolz gesagt, als Jersey vor ein paar Tagen das erste Mal zur Anprobe kam, aber das Baumwollmädchen bestand darauf, dass die Maske nur Augen und Mund frei lassen sollte. Also hatte Elisabeth sich noch einmal dem Gemisch aus

Wolle und Acryl gewidmet, und nun blickte sie auf zwei große hautfarbene Kreise, in deren Zentrum Jerseys schwarze Knopfaugen funkelten, während direkt darunter ein hervorstehender, schwarzer Strickknubbel die Nase verhüllte. Wegen der Kälte hatte sich das Baumwollmädchen noch eine dunkelbraune, explodierte Fellmütze aufgesetzt und wirkte alles in allem wie ein zu groß geratenes, schon etwas derangiertes Monchichi.

Das letzte Mal hatte Elisabeth diese kleinen japanischen Affenpuppen beim Altwarenhändler gesehen. Sie lagen in der »Zu verschenken«-Kiste am Ausgang – zusammen mit den anderen, stark abgeliebten Felltieren. Und im Katalog vergessener Spielzeuge würde unter Jerseys Bild stehen: Gummihose verschlissen, aber vorhanden; Brummstimme intakt; Kratzer im Gemüt.

Dass sie eines Tages zusammen mit diesem lebenden Fellknäuel an einer Kreuzung sitzen würde, um Farbbeutel zu schmeißen – daran hätte Elisabeth im Traum nicht gedacht. Aber seit jenem Tag im Krankenhaus hatte sie das Mädchen tatsächlich – gegen ein Heer innerer Widerstände, ein großes, sehr großes Heer innerer Widerstände – tatsächlich ins Herz ... – Elisabeth biss sich auf die Zunge, gerade im Alter musste man darauf achten, nicht zu stark ins Gefühlige abzurutschen – ... dass sie seitdem also gerne neben Marina Weber saß.

Das erste Wort, das sie an jenem Faschingsdienstag hervorgebracht hatte, als sie im Krankenhaus erwachte, war: »Walther.«

Ihr Gegenüber hatte jedoch nur stoisch den Kopf geschüttelt und gesagt: »Falsch, aber Sie dürfen noch mal raten.«

Elisabeth hatte damals ein wenig gebraucht, doch als ihr bewusst wurde, dass das, was da an ihrem Bett saß, das verwahrloste Läusehotel aus dem Dachgeschoss war, hatte sie tief eingeatmet, tief ausgeatmet, und dann hatte sie das gemacht, was sie aus Vorabendserien kannte: Sie hatte, so laut sie konnte, »Hilfe« gerufen. Tatsächlich kamen der zuständige Arzt und zwei Krankenschwestern sofort angerannt, auch der besorgte Gesichtsausdruck stimmte mit dem der Seriendarsteller überein. Buttkies zeigte auf das schreckliche Mädchen, das da an ihrem Bett saß, sagte »Polizei«, aber der Arzt und die Schwester begannen einfach nur herzlich zu lachen, woraufhin Elisabeth nichts weiter übrig blieb als festzustellen: »Ich werde mich beschweren.«

Der Arzt hatte ihr dann fröhlich erklärt, dass sie es dieser umsichtigen jungen Frau namens Jersey Weber zu verdanken habe, dass sie noch lebte. Sie habe sie völlig unterkühlt und dehydriert auf einer Bank vorm Baumarkt aufgefunden, am kältesten Tag des Jahres, und das einzig Richtige getan: sie ins Krankenhaus gebracht.

Sie müsse sich jetzt schonen, fügte er noch hinzu, während er zum Infusionsständer trat, der neben ihrem Bett stand, aber da hatte Elisabeth ihm schon das Wort abgeschnitten und ihm erklärt, dass sie sich nicht schonen, sondern sterben wolle. Und dass sie niemandem dankbar sei, der sie bei diesem existentiellen Vorgang unterbreche.

Jersey zuckte zusammen, und kurz schaute auch der Arzt irritiert, aber dann ließ er den Infusionsbeutel los, stützte sich auf dem seitlich am Bett angebrachten Gitter ab und sagte freundlich: »So ein existentieller Kältetod, Frau Buttkies, ich weiß nicht. Gibt Schöneres.«

Aber Elisabeth zuckte nur mit den Schultern und sagte: »Per aspera ad astra.« Der Dr. Brinkmann wiederum lächelte, aus welchem Grund auch immer, und dann antwortete er weder bösartig noch beleidigt, eher gewitzt: »Wenn Sie meinen Rat wollen: Verbluten, Frau Buttkies, verbluten. Das ist gnädig.«

Schließlich schwirrte er ab, gemeinsam mit der Krankenschwester, und als die Tür hinter den beiden zugefallen war, war sie wieder mit dem schrecklichen Mädchen allein, das leider überhaupt keine Anstalten machte zu gehen.

»Jersey«, hatte Elisabeth da in die Stille gesagt, »kommt das eigentlich von Johannes? Joachim? Oder Jost?«

»Nee«, antwortete ihr Gegenüber ruhig und ohne Argwohn, »das kommt von Jersey.«

»Ich habe ein diffus großzelliges B-Zell-Lymphom in fortgeschrittenem Stadium«, sagte Elisabeth, ohne Luft zu holen, und schob den Satz mit aller Kraft in Jerseys Souveränität hinein. Es klang vorwurfsvoll und genau so war es auch gemeint. Sie spürte, wie die Kraft zurückkam, und schließlich setzte sie noch hinterher: »Man lässt mich nicht sterben.«

Aber das schreckliche Mädchen zuckte nur mit den Schultern und sagte: »Man kann nicht alles haben.«

Doch Elisabeth ließ sich nicht beirren und deutete mit dem Kopf ins Krankenzimmer. »Wenn ich das *alles* hier sehe«, sie machte ein Pause und ließ ihren Blick schließlich eine Sekunde zu lang auf Jersey liegen, damit dieser unmissverständlich klar war, dass auch sie mit »alles« gemeint war – »wenn ich das also alles hier sehe, habe ich das starke Bedürfnis, mich sofort von einem Hochhaus zu stürzen.«

»Warum machen Sie's dann nicht?«

»Höhenangst!«, rief Elisabeth ihrem Gegenüber beinah schon verzweifelt zu. Und das war wirklich das Schlimmste an der ganzen Angelegenheit. Der Tod hatte keinen verlässlichen Kompass. Aber Humor, den hatte dieser Dämlack.

Nach zwei leeren Minuten, in denen keiner von beiden etwas gesagt hatte, die ihr jedoch wie eine Ewigkeit vorgekommen waren, war die Göre endlich aufgestanden und hatte »Gute Besserung« gesagt. In der Tür aber hatte sie sich noch einmal umgedreht und fast unhörbar hinzugefügt: »Eigentlich kann ich Sie gar nicht leiden.«

»Na, da haben wir ja immerhin etwas gemeinsam«, rief Elisabeth fröhlich, »ich kann mich auch nicht leiden. Aber Sie noch weniger.« Leider hatte es dann doch weniger gehässig geklungen, als sie es sich gewünscht hatte.

Aber das schreckliche Mädchen stand in der Tür, stand einfach da, ging nicht, obwohl sie doch schon im Begriff gewesen war zu gehen, und blickte Elisabeth an, nein, sie schaute durch sie hindurch, zu einer anderen, nur für sie selbst sichtbaren Seite. Von der Lässigkeit dieser Jersey war nichts mehr übrig gewesen, sie schien nur noch leer, als habe sie die 20 Minuten im Krankenzimmer unendlich viel Kraft gekostet, und erst später, sehr viel später, beim Nachdenken über dieses seltsame Baumwollmädchen, war Elisabeth klar geworden, dass dieses wehrlose Verhalten, diese traurige Akzeptanz von Elisabeths Feldkrieg nur einen Grund haben konnte: dass dieses Mädchen nicht das erste Mal einem Menschen begegnet war, der mit dem Leben haderte. Und dieses Warten darauf, wie ein Mensch sich entscheiden würde, für das Leben oder für den Tod, musste eines der wenigen Dinge in Marina Webers Leben sein, bei dem es ihr noch nicht gelungen war loszulassen, selbst bei einer Schreckschraube namens Elisabeth Buttkies nicht. Und dass Jersey sie dafür gehalten hatte, stand außer Frage.

Man musste nicht sentimental werden, möglicherweise hätten sie jeder weiter in ihren Wohnungen gelebt, die Sache wäre bald vergessen gewesen, und vielleicht hätte sie die Punkerin doch noch eines Tages wegen der toten Katze zur Rede gestellt. Lebensrettung hin oder her.

Tatsächlich hatte eines Tages eine tote Katze auf ihrem Fußabstreifer gelegen – neben einer leer gefressenen Schüssel. Nach dem ersten Schock war Elisabeth zu dem Entschluss gekommen, dass nur eine Person im Haus infrage kommen könne für diesen makabren Streich. Und weil es mit hoher Wahrscheinlichkeit nicht mal ein Tier lange mit Kramer aushalten würde, hatte sie die kleine Katze genommen, drei Stockwerke nach oben gebracht und sie vor die Wohnungstür der schrecklichen Göre gelegt.

Nachdem sie Kramer allerdings im Keller getroffen hatte, kurz nach ihrer Entlassung aus dem Krankenhaus, war ihr klar geworden, wie der Tod und die Katze in Wirklichkeit zueinander gefunden hatten. Plötzlich war ihr etwas Moralisches ins Gemüt geschossen, weil sich ihre Rache im Nachhinein dann doch als große Bösartigkeit entpuppte. Also war sie wenig später die Treppen rauf bis ins Dachgeschoss gestiegen, hatte geklingelt und dem Baumwollmädchen alles erklärt. Dass der Kramer schuld sei und dass das arme Tier die zu einem Brei versengte Perücke gefressen hatte, in dem Glauben, es handle sich um »Sheba«-Katzenfutter.

Er hieß Major Tom, aber man musste klar feststellen, dass ihm die Zeit im Frostfach etwas zugesetzt hatte und er nun ebenfalls aussah wie eines der stark abgelebten Felltiere aus der »Zu verschenken«-Kiste.

Wie auch immer, eine halbe Stunde später standen sie dann mit dem steif gefrorenen Kater vor einem fassungslosen Kramer und erklärten ihm, dass er Verantwortung übernehmen müsse, dass es mit seiner Seele sonst vollends bergab gehen würde, dass er die Beerdigung zahlen müsse, inklusive Urne. Der Kramer hatte aber nur gelacht, weil er zu diesem Zeitpunkt ja auch noch inwendig ganz verkrustet war. Da war das Baumwollmädchen völlig zu Recht wütend geworden und hatte gesagt: »Schönes Hemd, Kramer. Gibt's das auch für Männer?«

Dass der Kramer dann doch Verantwortung übernommen hatte, in voller Höhe – sagte man das so, »in voller Höhe«? –, Elisabeth versuchte sich zu erinnern, egal, also dass der Kramer jedenfalls Verantwortung übernommen hatte in voller Höhe, das war schon eine Leistung. Gut, es war nicht unbedingt ganz freiwillig vonstatten gegangen, aber manchmal musste man die Menschen eben zu ihrem Glück zwingen.

Und schön war der Abschied von Major Tom, da gab es nichts auszusetzen. Der Abschiedsraum war geschmackvoll eingerichtet, die Bänke, auf denen sie während der Trauerfeier gesessen hatten, waren bequem, und im CD-Player lief »Time to say Goodbye«. Jersey hatte zwar erklärt, dass sie *das* nicht vertreten könne und dass Major Tom spätestens jetzt sterben würde, wenn er nicht schon tot wäre, aber es gab nur dieses Lied zur Auswahl. Auf dem Altar stand sogar ein eingerahmtes Foto von dem Kater. Auch hatte man ihnen einen Rabatt gewährt, weil Jersey und sie beinahe alle Serviceleistungen aus dem Katalog für Tierbestattungen in Anspruch genommen hatten. Zum Schluss hatte Jersey sogar noch einen Kettenanhänger bekommen, an dem ein Gedenkkristall hing mit einem 3-D-Bild von Major Tom.

Dass man zu Lebewesen, die keine Menschen waren, ein ganz besonderes Verhältnis aufbauen konnte, verstanden ja nur die wenigsten. Und sogar zu Lebewesen, die keine Lebewesen waren. Aber das verstand im Grunde niemand. Weil sich niemand Mühe geben wollte. Der Grube zum Beispiel. Dass er sie ständig anrief, um ihr den Auszug nahezulegen, »Frau Buttkies, so ein Umzug wird ja mit zunehmendem Alter immer schwieriger«, war das eine. Das perlte an ihr ab. Und manchmal, heimlich, stellte sie sich vor, wie sie einer vom Räumkommando aus dem Haus tragen würde, ganz kurz vorm Abriss, praktisch mittendrin, auf seinen muskulösen Armen, ähnlich wie der Rettungsschwimmer in dieser amerikanischen Serie die Beinahe-Ertrunkenen aus der Brandung schleppte, um sie dann am weißen Sandstrand abzulegen.

Doch dann, es war kurz nachdem sie aus dem Krankenhaus wiedergekommen war, teilte ihr Grube am Telefon mit, dass in den Gemeinschaftsflächen zukünftig keine persönlichen Gegenstände mehr abgestellt werden dürfen. Natürlich wusste sie sofort, auf was er hinauswollte: auf die Chrysanthemen. Die Azaleen. Die Hortensien. Die Gerbera, Portulakröschen, Krokusse, Dahlien. Und als Krönung: die spanischen Gänseblümchen.

»Sie müssen die Pflanzen aus dem Hausflur räumen.«

»Das geht nicht!«

»Warum nicht?«

Mit all diesen wunderbaren Geschöpfen hatte sie im Jahre 1996 den 3. Platz beim Wettbewerb der Stadtteilzeitung gewonnen. Noch heute blieb sie gerne vor dem Zeitungsausschnitt stehen, der eingerahmt über der Kommode im Schlafzimmer hing und schwarz auf weiß, ein für allemal festhielt:

»Elisabeth Buttkies, 54 Jahre, macht den Bewohnern der Hebelstraße viel Freude mit ihrem Balkon: ein buntes Bouquet schillernder Grazien, jede besonders, auf ihre Weise. Schönheitsköniginnen vor einer Leinwand aus Beton und Asphalt.«

Schönheitsköniginnen! An so etwas legte man keine Hand an. Da könnte man auch gleich Elizabeth Taylor aus ihren Filmen rausretuschieren, übrig blieben Richard Burton und Beton. Diese Pflanzen hatten eine Seele, und die aufmerksame Dame von der Stadtteilzeitung hatte das sehr gut erkannt.

Als die Fotografin damals bei ihr klingelte, hatte Elisabeth sie durch die Freisprechanlage auf einen Tee in ihr Wohnzimmer eingeladen, aber die Frau lehnte ab. Sie sei nur die Fotografin und habe leider keine Zeit, eine Redakteurin aber würde sich noch per Telefon bei Elisabeth Buttkies melden. Sie hingegen würde nur ein Foto von der gegenüberliegenden Straßenseite schießen wollen und ob sich Elisabeth vielleicht kurz auf den Balkon stellen könnte »zwischen all diese Wunder« und zum Schluss hatte sie sie noch gefragt, wie sie das hinbekommen würde, diese blühende Pracht. »Q-30XM Reinigungs- und Pflegespray«, hatte Elisabeth gedacht und gesagt: »Viel Liebe.« Die Frau schien gerührt zu sein und hatte sich verabschiedet.

Und jetzt wollte ihr Grube am Telefon tatsächlich erzählen, sie solle die Pflanzen aus dem Hausflur räumen.

»Ich muss Ihnen das Abstellen der Blumen an den Fenstern im Treppenhaus leider untersagen«, wiederholte Grube.

»Warum?«

»Diese Pflanzen sind eine Gefahr für andere.«

»Wie bitte?«

»Sie könnten Träger gefährlicher Keime sein.«

War sie etwa die Einzige, die ihre Tabletten regelmäßig nahm?

»… und so die Gesundheit der anderen Hauswohner gefährden.«

»Haben Sie grad *Hauswohner* gesagt?«

»*Haus – be – wohner*, meinte ich natürlich, ich habe mich versprochen…«

Elisabeth setzte sich. Seit einiger Zeit war sie feinnerviger geworden, was andere Menschen anbelangte, und auch in diesem Fall sah es danach aus, als habe sie Grube Unrecht getan.

»Haben Sie oft Schwindel? Leiden Sie an Schlaflosigkeit? Immer wiederkehrende Sprachstörungen?«, fragte sie besorgt.

»Wie bitte?«

Was wussten sie denn schon von ihm? Gut, er machte ihnen seit geraumer Zeit das Leben schwer, aber vielleicht gab es einen ganz einfachen Grund für diese Vehemenz, mit der Grube seine

Interessen durchsetzen wollte: Ihm blieb nicht mehr viel Zeit. Vielleicht wollte er einfach noch alles erledigt haben, bevor er gehen musste.

»Haben Sie manchmal das Gefühl, die Sprache entgleitet Ihnen? Die Wörter verstecken sich? Und alles, was Sie noch sagen können, klingt nach dem ersten Volksschulaufsatz? *Mimi mit Tim im Auto. Johanna mit Papa. Peter hat ein Rad. Oma, es regnet! So ein Pech!*«

»Frau Buttkies, was soll das?«

»Es liegt an den Nebenwirkungen der Tabletten. Orale Chemotherapie, nehme ich an. Sie können nichts machen.«

»Wovon reden Sie?«

»Wie viel Zeit geben Ihnen die Ärzte noch?«

Plötzlich sah sie ihn in einem anderen, weicheren, freundlicheren Licht.

»Wovon reden Sie, bitte?«

»Von ihrem Lymphknotenkrebs«, hatte sie ehrlich und aufrichtig geantwortet, und da hatte er aufgelegt.

Ein paar Tage später dann rief Grube jedoch wieder an und erklärte, er habe gesehen, dass die Blumen immer noch da seien, »und Frau Buttkies, noch etwas, das, was Sie als Pflanzen bezeichnen, ist 100 Prozent Polyester. Ich möchte, dass Sie zeitnah den Müll wegräumen.«

»Das sind Lebewesen, Herr Grube, wie Sie und ich.«

»Nein, Frau Buttkies, Ihre Hortensien sind mausetot.«

»Nein«, hatte sie da ganz ruhig geantwortet, »die schlafen bloß.«

Das wusste nun wirklich jedes Kind, dass Balkonpflanzen an einem kühlen, trockenen Ort überwintern sollten, welcher ausreichend mit Licht durchflutet war. Bevor sie sie im Frühjahr wieder auf den Balkon stellte, ging sie einmal über alle Blüten und Blätter mit dem Staubwedel drüber, zum Schluss ein Pflegespray, das farbauffrischend wirkte, fertig. Dann und nur dann wurden aus ihnen unzerstörbare Prinzessinnen. Aus Plastik, natürlich, aber was hieß das schon? Wenn sie eins verstanden hatte, dann, dass das meiste, was sich auf dieser Welt natürlich und authentisch gab, in Wirklichkeit ein mit allerlei Tricks aufgehübschter Budenzauber war. Dann doch lieber gleich avantgardistische Diven, die keinen Hehl um ihre synthetischen Fassaden machten.

Zwei Tage später war das Treppenhaus leer. Grube musste in einer Nacht- und Nebelaktion all ihre Freundinnen rausgeräumt und auf den Müll verfrachtet haben, in eine stinkende Hölle, in der sie mit Sicherheit augenblicklich eingegangen waren.

Und jetzt freute sich Elisabeth Buttkies sehr darüber, dass sie mit 72 Jahren, vielleicht zum ersten Mal, mit glühender Wut etwas schmeißen würde. 100 Prozent Lack. Direkt auf diese blütenweiße Wand. Aus den einzelnen Farbflecken sollte am Ende ein buntes Bouquet schillernder Grazien werden, jede besonders, auf ihre Weise. Schönheitsköniginnen auf einer Leinwand aus Beton und Asphalt.

Wenn sie das im Hospiz erzählen würde, die einen würden vor Neid sterben und die anderen aus Liebe.

Farbeier aus Wachs mit Volker

Dachgeschoss

»Alle Kampfhandlungen«, hatte Mister mal gesagt, während er versucht hatte zu schauen wie Robert de Niro kurz vorm Duell mit Al Pacino in »Heat«, »finden nachts statt, im Regen und am Schnittpunkt von vier Kartensegmenten.« Jersey starrte in den Nebel über der Kreuzung. Sie hatte sich damals darüber lustig gemacht, weil es bei Mister so klang, als habe er es aus einem Buch geklaut mit dem Titel »Die Kosmonautin weint«. Natürlich hätten sie Grube auch ganz anders kommen können. Und wenn es nach ihr gegangen wäre, hätten sie noch viel härtere Geschütze aufgefahren, aber, Jersey blickte nach rechts, sie war schon froh, dass die beiden überhaupt mitmachten. Kramer zum Beispiel. Früher hatte sie immer gedacht, der Kramer befasse sich vor allem mit einer Sache: sich von der linken auf die rechten Arschbacke zu setzen, aber da hatte sie ihm Unrecht getan. Als er die Beerdigung für Major Tom organisierte, hatte sie noch geglaubt, dass ihm das wirklich gegen den Strich ging. Aber als sie dann kurz darauf bei dieser Pfeife von Anwalt saßen und nichts dabei herauskam außer astreiner Luft, und als sie wenig später die Website von Grube entdeckt hatten und, mittendrin in den Feierlichkeiten, den Kohler in pausbäckiger Proseccolaune, während ihnen der Arsch auf Grundeis ging, da konnte sie sehen, was es hieß, wenn dem Kramer wirklich was gewaltig gegen den Strich ging. Er hatte nichts gesagt, aber es begann in ihm zu arbeiten, zu brodeln, wie die Kraft im Inneren eines Berges brodelt, und es war nur noch eine Frage der Zeit, bis diese aus dem Berg herauswollte. Gestern Abend hatte er ihr dann erklärt, er würde nur unter einer Bedingung mitmachen: dass sie kein Sterbenswort über die Aktion verlieren dürften, zu keiner Menschenseele, nirgendwo. Sie hatte gönnerhaft genickt und »Geht klar« gesagt, aber insgeheim war sie froh, dass Kramers Angst vor dem Spott seiner Zechbrüder genauso groß war wie die ihre vor dem Spott von Mister und seiner Clique.

Jersey blickte zu Buttkies und Kramer. Es war die Wut, die sie alle hierher getragen hatte. Sie hatten 20 Tonnen Hass im Herzen, und manchmal kamen sie mit dem Atmen nicht mehr nach, aber das war egal. Was hatten Grube und Kohler sich gedacht: dass sie sie loswerden können wie abgenagte Rippenknochen nach 'nem Grillevent?

Im ersten Moment hatte sie keinen Plan gehabt, wie so eine konzertierte Rache zu bewerkstelligen wäre. Aber wenn der Plan nicht zu dir kommt, musst du eben zum Plan gehen, und der Plan hatte sogar einen Namen, nämlich »Volker«, genauer »Farbeier aus Wachs mit Volker«.

Sie hatte die Seite, kurz nach der Sache mit Grube und Kohler, im Netz gefunden. Eigentlich hatte sie schon weiterklicken wollen, denn die Farbeiernummer klang nach einer Gruppentherapie für Burn-out-Patienten, die beruflich im Bereich Vogelschutz tätig waren. Es war ein Workshop, den ein Verein aus dem Umfeld der Uni angeboten hatte, aber dann hatte sie das Kleingedruckte gelesen und war auf einen winzigen Link gestoßen, der den Titel trug: »Wem gehört die Stadt?«

Der Workshop fand am nächsten Tag statt, in der Nähe der Uni, es gab sogar noch einen freien Platz. Sie hätte stattdessen auch zur »Langen Nacht der aufgeschobenen Seminararbeiten« gehen können, die zeitgleich ein paar Blocks weiter in der großen Aula abgehalten wurde. »Gemeinsam statt einsam« hatte auf dem Flyer gestanden. »In der Langen Nacht der aufgeschobenen Seminararbeiten können Sie sich ungestört Ihrer Seminararbeit widmen und sich mit anderen austauschen.« Das wäre möglicherweise eine wichtige Maßnahme in Hinblick auf das Gelingen ihres Studiums gewesen. Aber stattdessen hatte sie alles unternommen, um schnellstmöglich vorbereitet zu sein auf das Hier und Jetzt, nämlich: »Die Lange Nacht der Fassadenverschönerung«.

»Wir brauchen viel Wachs, eine große leere Konservendose, Luftballons, Wasser, einen Topf, einen Herd und natürlich Farbe«, hatte Volker vom Verein für Stadtplanung gesagt und auf jeden einzelnen Gegenstand gezeigt, denn alles stand vor ihm, bereit, zu einer glücklichen Farbbombe amalgamiert zu werden. »Zunächst einmal müssen wir die Arbeitsfläche mit Folie oder Ähnlichem vorbereiten, damit es keine Sauerei gibt«, hatte Volker noch hinzugefügt. Also hatten sie und die zehn anderen Teilnehmer begonnen, den Tisch mit Abdeckplane zu überziehen. Spätestens in diesem Moment hätte sich Jersey fragen müssen, ob wirklich der Verein für Stadtplanung, der suggerierte, zur Uni zu gehören, hinter einem Workshop zum Bau von Farbbomben stand, aber erstens hatte sie nichts unterschreiben müssen, zweitens sah Volker auch nicht aus wie ein bedrohter Vogel, wirkte eher nett als radikal, und drittens war es nie verkehrt, sich Wissen anzueignen.

Gestern Abend dann standen der Kramer, die Buttkies und sie selbst in Buttkies' Küche. Die Anordnung der Zutaten auf dem Tisch glich exakt der des Workshops und Jersey wiederholte genau das, was Volker ihnen gleich am Anfang des Workshops mitgegeben hatte: »Wachseier sind zwar etwas aufwendiger in der Herstellung als, zum Beispiel, gefüllte Christbaumkugeln oder Glühbirnen, aber dafür stabiler.«

Kramers Gesichtsausdruck war ungefähr mit dem vergleichbar, was ein Engländer mit dem Satz *When the lights are on, but nobody's in* kommentiert hätte, und auch die Buttkies blickte ganz besorgt auf den Tisch. Da wusste Jersey, dass sie ganz von vorne anfangen musste.

Also hatte sie das Handbuch für Hausbesetzer rausgeholt, das Volker ihnen zum Schluss noch mitgegeben hatte, und las vor: »Der Kampf gegen die Zerstörung des Wohnraums, gegen Profit und Ausbeutung der grundlegenden Lebensbedingungen kann nicht auf der Ebene der kritischen Theorie geführt werden, sondern nur auf der Ebene einer revolutionären Strategie. Die Hausbesetzer sind eine Avantgarde im Wohnkampf.«

»Avantgarde«, hatte die Buttkies da gesagt und sich die Hände an der Schürze abgestrichen, »also ich weiß nicht«, als handle es sich dabei um etwas Schmuddeliges, und Kramer hatte Jersey augenblicklich das Heft aus der Hand gerissen. Wahrscheinlich suchte er im »Handbuch für Hausbesetzer« das Impressum. Sie hatte noch versucht, Kramer das Heft wieder abzunehmen, aber da war es schon zu spät. Kramer war bereits auf der Seite mit den Knochenbrüchen angelangt und der »Notversorgung verletzter Genossen«. Eigentlich hatte Jersey noch vorgehabt, die Themen »Treppenbarrikade« und »Einsatz von Stacheldraht« bei »aktiver Verteidigung« gemeinsam in der Runde anzusprechen, aber sie beschloss, diesen Punkt der Tagesordnung auf später zu verschieben.

Kramer hatte ihr sodann erklärt, dass er sich hervorragend mit Knochenbrüchen auskenne – in diesem Moment schaute Buttkies betreten zu Boden – und das ganz ohne Straßenkampf, und ob man nicht auch einfach mal die kleine Trommel nehmen könne, zur Abwechslung, anstatt gleich die Luxusboutique für Molotow-Cocktails zu betreten oder die Bude mit Rundhölzern und Stacheldraht voll zu verbarrikadieren. »Dafür müssten die ja erst mal hier räumen und die Polizei müsste einlaufen.«

»Notiz an mich selbst«, dachte Jersey in diesem Augenblick, »mit Spießern lässt sich kein Feld bestellen.«

Also hatte sie die Arme vor der Brust verschränkt, und schon in dem Moment, in dem die Worte ihren Mund noch nicht zur Gänze verlassen hatten, bereute sie den Satz, denn jetzt, wusste Jersey, ist es gleich so weit, jetzt stirbt der Pumuckl, die gute Laune.

»Wissen Sie, was ich an Ihnen mag, Kramer?«

Kramer hatte mit den Schultern gezuckt und zeitgleich den maximalst gelangweilten Gesichtsausdruck aus dem Stockwerk drüber losgeschickt.

»Nichts.«

Da hatte Kramer sie angeblickt, lange, und gesagt, dass es doch ein Wunder sei, dass die Evolution bis hierher gekommen sei, angesichts einiger genetischer Rückschläge, während die Buttkies fragte: »Schnittchen? Möchte irgendjemand Schnittchen?«

Aber irgendwie war es ihr gestern Abend tatsächlich gelungen, den Kramer und die Buttkies von der inneren und äußeren Notwendigkeit einer wohlüberlegten Widerstands- und Protestaktion zu überzeugen. Natürlich hätten sie auch eine Website anlegen können, auf der sie Grubes Schikanen dokumentierten, oder sie hätten sich mit anderen von Entmietung Betroffenen vernetzen können. Es gab noch andere Möglichkeiten, sich zu wehren, aber ihre Strategie sah nun mal so aus. Wahrscheinlich würde sie die beiden noch dazu bekommen, Grubes Konterfei an die Eingangstür des Hauses zu hängen, mit der Aufschrift: »Wir müssen leider draußen bleiben.«

Jersey atmete tief ein.

Seit der Sache mit dem Krankenhaus gab sich die Buttkies irgendwie Mühe – auf ihre Art. Und der Kramer hatte immerhin die Beerdigung von Major Tom bezahlt. Es war ihm ja im Grunde auch nichts anderes übrig geblieben. Als die Buttkies und sie mit der toten Katze bei ihm vorstellig wurden, hatte er noch einen auf dicke Hose gemacht. Aber dann passierte gleich am nächsten Tag die Sache mit der Wasserleitung. Der Grube hatte in beinahe alle leer stehenden Wohnungen Bauarbeiter geschickt, damit sie Wasser- und Stromleitungen und sämtliche Sanitäranlagen rausschlagen. Und einer von den Honks hatte offensichtlich eine der Leitungen erwischt, an der auch die Wasserversorgung für Kramers Bude hing.

Noch am selben Tag hatte der Kramer mit zwei leeren Eimern vor ihrer Tür gestanden. Sie hatte ihm wortlos den Flyer von »Hermes-Tierbestattungen« vors Gesicht gehalten, aber er hatte nur ausgeschnaubt, den Kopf geschüttelt und war auf dem Absatz umgekehrt. Am kommenden Morgen sah sie ihn schwere Wasserkanister schleppen. Am Abend klingelte es erneut. Er hielt mit fragendem Blick den leeren Eimer hoch und Jersey hielt mit fragendem Blick den Flyer hoch. Wieder machte er auf dem Absatz kehrt, und während sie ihm hinterherrief »Versuchen Sie's doch noch mal bei der Buttkies«, brüllte er: »Ihr seid doch komplett irre!«

Als er zum dritten Mal vor ihrer Wohnungstür stand, merkte man ihm die Verzweiflung bereits deutlich an. Er nahm ihr den Flyer von »Hermes-Tierbestattungen« aus der Hand und sagte kraftlos: »Ich zahl den Mist.« Da nahm sie die Eimer, lächelte und sagte: »Einmal randvoll, nehm ich an?«

Vor einer halben Stunde allerdings hätte er beinahe wieder ihre ganze Sympathie für ihn verspielt, weil irgendeiner seiner Kumpel beinahe die halbe Stadt zusammengeplärrt hatte, so hackedicht, wie der war.

Kramer schien die Nummer unendlich peinlich zu sein, schließlich gab ihm Buttkies ein paar Schnittchen, und seine Niedergeschlagenheit wich dem Genuss der Leberwurststullen.

Jersey blickte noch einmal auf die Uhr. Die ganze Nacht über waren immer wieder Autos oder Fahrradfahrer über die Kreuzung gebrettert. Seit zwanzig Minuten aber herrschte eine beinahe vollkommene Stille.

Energisch zog sie Buttkies' Konrad-Adenauer-Tasche zu sich.

»Alle Kampfhandlungen«, dachte Jersey, »finden nachts statt, im Regen und am Schnittpunkt von vier Kartensegmenten.«

Und es müsste noch viel Wasser den Fluss runterlaufen, bis es einer schaffen würde, dass die Kosmonautin weint. Sie atmete tief ein, dann griff sie an den Schnittchen vorbei zu den Farbbeuteln und sagte: »So, Freunde der Nacht, los geht's!«

Rauchzeichen am Horizont

Wenn ich ein Mensch wäre, würde ich mich jetzt auf einen stark frequentierten Platz in die Mitte der Stadt stellen, nackt, mit einem pinken, aufblasbaren Flamingoreifen um die Hüften, einer Kerze im Po und singen:»Davon geht die Welt nicht unter!« Weil: Noch weiter runter geht es ja nun wirklich nicht mehr. Ende. Aus. Amen. Der Drops ist gelutscht. Das kann sich ja keiner ausdenken. Jetzt sitzt diese Chaostruppe doch tatsächlich in der Hecke. Vor Grubes Townhouses. Mit Farbbeuteln. Ich weiß nicht, wie es Ihnen geht, aber da erübrigt sich doch jeder Kommentar. Das kann man ja keinem erzählen.

Also, lässiger Widerstand sieht anders aus, wenn Sie mich fragen. Gut, immerhin können wir verkünden, dass es zu einer Art Annäherung gekommen ist, von »Teamarbeit« kann man noch nicht sprechen, da fehlen noch einige Meter, man schleppt sich ja eher so zu einem Konsens hin, wie der Verdurstende zum Kaktus, aber sie haben jetzt doch so etwas wie Respekt voreinander – und wenn nicht, können sie es gut verstecken.

Vielleicht sollte ich mich einfach zurücklehnen und sie machen lassen, mich nicht mehr aufregen. Immerhin haben sie erkannt, dass es Zeit wird, dem Grube eine Lektion zu erteilen. Der kann uns doch nicht in die Tasche pinkeln, um uns dann zu sagen:»Es regnet!«

Apropos pinkeln. Seit Neuestem steht im Hinterhof ein Dixi, einfach so.

»Na und?«, werden Sie sagen, »ist eben für die Bauarbeiter.«

Ja, nur: Da sind keine Bauarbeiter weit und breit. Die sind gleich wieder abgehauen, als sie die Leitung getroffen hatten, die jahrelang und zuverlässig die Wasserversorgung von Kramers vier Wänden garantiert hatte.

Nein, der Grube will ernst machen, das sag ich Ihnen. Der will das Wasser komplett abstellen lassen, und damit die Letzten nicht in die Badewanne pullern müssen, hat er ihnen netterweise diese Plastikschüssel in den Hinterhof gestellt. Das ist eine subtile Warnung, das ist das Rauchzeichen am Horizont. »Das sollte man nicht übersehen«, will der Grube damit sagen, und dass man es sich dann gut überlegen solle, ob man ihm, dem selbst ernannten Oberhäuptling, die Bärenfelle unterm Arsch wegklauen will.

Ich kann die Letzten jetzt nicht allein lassen, ich muss mich aktiv an der Stabilisierung der Front beteiligen, dabei helfen, Grube, diesen Meister Proper der Immobranche, in seine Schranken zu verweisen. Die Letzten werden es nicht merken, aber es werden kleine Schubser sein, hier und da, in die richtige Richtung, und sie werden sehen, dass sie zwar eher auf das Ziel hingurken, als direkt darauf zuzufahren, aber nicht jeder Achter im Rad generiert gleich einen Platten, und man kann auch mit einer halben Spritladung ins Ziel kommen.

»Hä?«, denken Sie jetzt vielleicht, und Sie haben ja Recht. Es ist eine Unart, in Rätseln zu sprechen. Deshalb höre ich jetzt auch damit auf und gehe gleich konkret gegen das Dixi vor. Das Dixi steht also vor mir. Ich stehe vor dem Dixi. Wer zieht zuerst. High Noon. Natürlich ist das Dixi sehr viel kleiner, aber unterschätzen Sie so ein Dixi nicht, das sind ja ganz fiese Biester. Man müsste es zerlegen, nur wie? Nein, ich hab's: Ziegel. Im Dachgeschoss sind sowieso ein paar locker. Und die runterfallen lassen, aber mit Schmackes, zack, zack, zack, einer nach dem anderen. Wären Maschinengewehre vor Ort, die würden applaudieren.

Nun ja, klar, damit wird es nicht getan sein. Ich muss mir darüber hinaus etwas einfallen lassen, etwas Tiefgreifendes, Grundlegendes, Einschneidendes muss passieren. Leicht wird es nicht, aber was ist schon leicht. Und wenn mir der Grube das Wasser abdrehen will, kann er was erleben. Dann wird er sich wünschen, Terminator I bis III nie gesehen zu haben. Allzu leicht werden wir ihm das Scheitern nicht machen. Er soll leiden. Folgen Sie den Seitenzahlen. Danke. Ende.

Felicità

Herbert hatte ihn abgeholt, und gerade als sie durch die Haustür wollten, trafen sie die Buttkies. Kramer hielt ihr die Tür auf, Buttkies lächelte, sagte »Danke«, und Herbert zog eine Augenbraue nach oben. »Sag mal«, fragte er im Weitergehen, »is das nicht der alte Drachen, dem du den Schulterbruch zu verdanken hast?« Kramer zuckte mit besagter Schulter, ein kurzes Ziehen, aber das war mehr die Erinnerung an den Schmerz als der Schmerz selbst.

»Na ja, sie hat's auch nicht leicht«, antwortete Kramer, außerdem durfte er mit seinen zwei Eimern regelmäßig Wasser bei ihr holen, was, in Buttkies' Worten, »keine zu unterschätzende Annehmlichkeit« war. Seit die Bauarbeiter die Steigleitung erwischt hatten, war seine Wohnung wasserfrei. Auf seine Beschwerdemails hin hatte Grube ihm ein Dixi-Klo in den Hinterhof gestellt. Allein dafür hätte er diesen Protzknilch am liebsten mit dem Kopf nach vorn in die Jauchegrube gedrückt.

Und jetzt – Herbert und er liefen gerade daran vorbei – lag das Dixi aus unerfindlichen Gründen umgekippt unter einem Berg Dachziegel. Man konnte es für eine moderne Installation halten, die Kritik am Sanitärwesen übte, wie auch immer, auf das Klo hatte Kramer sowieso von Anfang an gepfiffen. Eine Zeit lang hatte er in die Badewanne gepinkelt, und seit ein paar Tagen besaß er ein Chemieklo, wie es erfahrene Camper benutzen.

Herbert und er waren nun auf die Hauptstraße gelangt und bogen ab in eine ruhigere Nebenstraße. Herbert zeigte auf ein Graffiti.

»Hast du das letztens mitbekommen, das mit dem Farbbeutelanschlag in der Birkenstraße?« Kramer hörte auf zu atmen. Hatte Dose etwa schon …?

»Da haben ein paar die Wand verschönert, und ich muss dir ehrlich sagen«, Herbert blieb stehen und tippte ihn an, »als ich das Bild in der Zeitung gesehen habe, hab ich erst gedacht, das is Kunst.« Herbert lachte, Kramer nickte, dann lief er hastig weiter. Herbert zündete sich im Laufen eine Zigarette an.

»Mensch, die Träumer sollen sich 'ne Arbeit suchen, es ist doch nun mal so: Städte wachsen und verändern sich, da musste mitgehen.«

Schweigend lief Kramer neben Herbert weiter. Das Problem war nicht das, was Herbert gesagt hatte. Das Problem war, dass er früher genauso gedacht hatte. Aber nun ging es ihm an den eigenen Kragen und Kramer schämte sich, dass er die ganze Entwicklung erst jetzt unter einem anderen Gesichtspunkt sah. Aber so war der Mensch wahrscheinlich einfach. Auf der Aussichtsplattform machst du dir keine Gedanken über die, die mit dem Aufzug ruckzuck nach unten fahren. Er hatte sich gefragt, ob er Herbert die Wahrheit erzählen sollte, ob er mit ihm diskutieren sollte, aber sie waren auf dem Weg zur »Blauen Perle«, es sollte einfach ein Abend wie immer werden, belanglos und bierlastig, und außerdem – sie gingen über die Kreuzung – hatte Kramer noch das Problem, dass es ja einen Zeugen gegeben hatte für den Farbbeutelanschlag. Er verlangsamte seinen Schritt, am Ende der Straße lag die »Blaue Perle«, man konnte sie schon sehen.

»Sag mal, Herbert«, Kramer fuhr sich hastig durchs Haar,

»war ja letzte Woche nich da. Gibt's denn was Neues? Hat wer neue Geschichten auf Lager?«, Kramer räusperte sich, »Dose, zum Beispiel?«

Herbert winkte müde ab. »Keine Ahnung. War auch länger nich. Aber du kennst doch Dose. Erzählt eh nur Märchen den lieben langen Tag.« Bevor Kramer antworten konnte, stieß Herbert die Tür zu ihrem Wohnzimmer auf und blieb abrupt stehen. Beinahe wäre Kramer in ihn hineingelaufen. »Mensch, Herbert, was …«, und dann traute Kramer seinen Augen nicht.

Auf der grässlich glänzend gewienerten Theke der »Blauen Perle« lagen Luftschlangen in Grün-Weiß-Rot, Wimpel steckten in den Gläsern mit den Salzstangen, und auf der Kreidetafel, auf der normalerweise das Bier stand und auf die sie seit gefühlten drei Jahrzehnten keinen Blick mehr geworfen hatten, weil die Bierwahl keine Frage der Vielfalt des Angebots war, standen irgendwelche Rot- und Weißweinsorten mit dem Zusatz: »Fantastico«.

Der Erste, der seine Worte wiederfand, war Kramer. Er drehte sich zu Herbert: »Hä?«

Herbert allerdings befand sich offensichtlich immer noch im Zustand der Schockstarre. Die Bude war rammelvoll mit Friseusen aus dem Kiez, Touristen und jugendlichem Kunstvolk, die alle offensichtlich das hatten, was Herbert, Dose, Zacko, er selbst und all die anderen jahrzehntelang nie mit der »Blauen Perle« in Einklang gebracht hätten: Fun.

Aus den Boxen schallte unterirdischster Italo-Pop, dachte Kramer, aber dann sah er die Freifläche, auf der normalerweise die Bierfässer standen aus Mangel eines Kellers. Die Fläche war frei geräumt worden, nur exakt zwei Bierfässer standen noch dort, und die sangen Karaoke. Es waren Lkw-Fahrer auf der Durchreise, wie Kramer später erfuhr. Und tatsächlich sangen die jetzt hackedicht »Ti amo« von Howard Carpendale. Auf Schwäbisch.

Endlich tauchte Zacko hinter der Bar auf, und Kramer brauchte eine Weile, bis er ihn erkannt hatte. Zackos Haare waren zur Seite geschniegelt, und wenn sich Kramer nicht irrte, war das unter Zackos Nase ein mit Kajal gemaltes, magersüchtiges Oberlippenbärtchen in seiner ärmsten Existenz.

Kramer hob die linke Hand zur Begrüßung, Herbert brachte immer noch kein Wort hervor. »Mensch, Zacko, was'n hier los?«

Zacko schnitt jetzt hastig ein paar Zitronen, dann zuckte er resigniert mit den Schultern, sagte müde »Is mal was anderes« und ließ die Zitronenscheibe in die vollen Avernagläser plumpsen, die auf einem Tablett vor ihm standen.

Kramer stützte sich am Tresen ab und fragte sich, wie es sein konnte, dass die Bude so rammelvoll war, aber dann sah er die Flyer, die überall auf den Tischen herumlagen. Offensichtlich warb Zacko bereits seit einiger Zeit für den »Italienischen Abend« in der »Blauen Perle«, und wahrscheinlich hatte er sogar welche im Viertel verteilt.

Kramer riss seinen Blick von den Flyern los und schaute an die Decke. Auf dem Bildschirm, der normalerweise für die Sky-Ligaspiele reserviert war, flackerten abwechselnd die Temperaturanzeigen für die Städte Venedig, Rom und Mailand. Da griff er schließlich über den Tresen, neben die Spüle, nahm das letzte volle Glas Averna, das noch dort stand und das Zacko wahrscheinlich vergessen hatte mitzunehmen, fischte die weibische Zitrone raus, schmiss sie hinter sich und trank das Glas in einem Zug.

So was Grauenhaftes hatte er erst einmal erlebt, im Frühling vor sechs Jahren, in der Fußgängerzone mit Erika, als eine Damenboutique 20-jähriges Jubiläum feierte unter dem Motto »Bella Italia« und ein abgehalfterter Moderator mit falschen

Zähnen und Berlusconi-Glatze ständig Witze über den schiefen Turm von Pisa machte, die keiner kapierte.

Irgendjemand stellte jetzt zwei Gläser Prosecco vor Herbert und ihn auf die Theke, sagte »Begrüßungsdrink«, und Kramer wollte schon anheben und antworten, dass sie die Puffbrause gleich wieder einpacken könnten, da bekomme man Sodbrennen von, als er den Kopf hob.

Sie hatte heute ein apartes, hellblaues Hängerkleidchen an, ihre Haare waren leicht nach oben toupiert, der schwarze Lidstrich schon ein wenig verrutscht, aber das machte nichts. Man sah ihr die vierzig nicht an. Sie hatte sich eine ganz bezaubernde Mädchenhaftigkeit bewahrt. Und jetzt, in diesem Moment, sah Gerda, die schönste Tresenlolita aller Zeiten, aus, als wäre sie gerade aus dem Bett gehüpft und noch ein wenig verschlafen, und tief in Kramers Innerstem begann ein abgehalfterter Romantiker »Volare« zu singen. Gerda küsste Herbert und ihn rechts und links auf die Wange, zwinkerte ihnen zu, räumte die Puffbrause weg und stellte ihnen stattdessen einen Kurzen hin: »Geht aufs Haus.«

Kramer wollte sich gerade bedanken und ihr ein Kompliment machen, seinetwegen auch mit irgendeinem blöden Italienbezug, vielleicht ein Wortspiel aus Gerda- und Gardasee, dann noch was mit »Sonne« und »Traum«, irgendwie so was eben, aber da war Gerda schon mit einem Tablett voller Avernagläser davongeschwebt.

Irgendwann an diesem Abend hatten Herbert und er es dann tatsächlich geschafft: Sie hatten sich ihre Stammplätze an der Bar zurückerobert, tranken Flaschen- statt Fassbier und hatten endlich etwas gewonnen, nämlich eine Art Durchblick.

Dose hatte ihnen erzählt, dass Zacko selbst die Idee zu dem Italienabend gehabt hatte, nachdem er und Gerda sich überlegt hatten, wie man wieder Schwung in den Laden bringen könne.

»Schwung?«, hatte Herbert gesagt, und es klang, als handle es sich dabei um eine gefährliche Geschlechtskrankheit.

»Der Zacko hat doch Besuch bekommen von so Immofuzzis. Im »Anker«, drüben in der Lackner, bei Biggi, waren sie auch schon«, hatte Dose erklärt, während er einer älteren, korpulenten Frau zuwinkte, die peppige Strähnchen in der Dauerwelle hatte und die Kramer als die freundliche Verkäuferin vom Rossmann gegenüber erkannte, »die sind hier reinmarschiert und ham dem Zacko gesagt, er muss seine »Perle« verkaufen.«

»Nee, jetzt mal langsam«, Kramer legte seine Hand auf Doses Schulter, »das klingt wie in 'nem schlechten Film. Die kommen doch hier nich mit 'nem Koffer voller Mäuse rein. Das ist doch gequirlter Mist.« Aber da war Dose schon aufgestanden, hatte Kramers Hand abgeschüttelt und war zu der Rossmann-Lady gegangen, die gerade auf den Songlisten, die in speckigen Folien abgeheftet waren, nach dem nächsten Schmalzhit suchte.

Herbert umklammerte verzweifelt die leere Flasche. »Karl, das war's, du, das war's.« Er hob den Kopf, in seinen Augen Panik. »Wir müssen hier alle raus, alle.«

»Quatsch, du kennst doch Dose. Erzählt nur Märchen, haste selber gesagt.« Kramer wollte wieder seine Hand heben, um sie beruhigend auf Herberts Schulter zu legen, aber auch der war bereits aufgestanden. Und während Herbert mit hängenden Schultern Richtung Toilette ging, sah Kramer ihm nach. Natürlich stimmte die Geschichte mit den Immofuzzis und einem Koffer voller Geld hinten und vorne nicht, wahrscheinlich hatte Dose im Suff die Realität mit der Handlung einer seiner Jerry-Cotton-Bände verwechselt, aber dass Zacko sich zu einem Abend wie diesem hinreißen ließ, um »Schwung« in die Bude zu bringen, war kein gutes Zeichen. Da gab es nichts zu beschönigen. Vielleicht würde ein Immobilienhai ihm tatsächlich irgendwann ein Angebot machen, das auch ein ausgefuchster Hund wie Zacko nicht mehr ablehnen konnte, so sehr er seinen Laden samt Inventar, also Herbert, Dose, ihm selbst, Karl Kramer, und den anderen Stammgästen auch liebte. Und dann war's das mit der »Blauen Perle«.

Kramer wandte sich wieder dem Tresen zu und griff in das Glas mit den Salzstangen. Sie schmeckten labberig und trist, und früher hätte ihm das nichts ausgemacht, aber jetzt störte es ihn, weil es zu gut zu seinen Sorgen passte. Wenn Zacko die »Blaue Perle« wirklich dichtmachen würde, eines vielleicht nicht so fernen Tages, dann würde es nichts mehr geben, was ihn hier noch halten würde.

Kramer dachte an die Aktion mit den Farbbeuteln. Auch wenn er das für peinlich gehalten hatte und von vorneherein der Meinung gewesen war, das Ganze sei zum Scheitern verurteilt, weil einen wie den Grube ein paar bunte Kleckse an der Wand nicht zum Weinen bringen würden, so musste er sich doch eingestehen, dass ihn der Zusammenschluss beflügelt hatte. Nachdem sie ihm damals gekündigt hatten und nach der Sache mit Erika, hatte er es sich in seinem schwarzen Loch bequem gemacht, weil er es schon immer so gehalten hatte. »Die Depression«, hatte er zu Buttkies' Perücke gesagt, bevor sie abfackelte, »kommt auch im größten Glück zu dir zurück.« Es sollte klingen wie die mutige Reflektion seines eigenen unabänderlichen Zustandes, aber im Grunde war es nur verkleidetes Selbstmitleid.

Doch dann hatten sich die Ereignisse überschlagen, und mittlerweile hatte er bereits einen annähernd so großen Willen zum Widerstand entwickelt wie die Punkerin und einen Trotz wie die

Buttkies. Es war ihr Kampfgeist, der ihn mit antrieb und der auch in ihm den Entschluss hatte reifen lassen, sich nicht alles gefallen zu lassen – auch wenn er das den beiden Schrullen nie sagen würde.

Aber abgesehen von all dem Menschlichen und Menschelndem in ihm drin, das plötzlich in Bewegung kam, war es ausgeschlossen, weiter als 800 Meter von der »Blauen Perle« entfernt zu wohnen. Wer fuhr schon spät abends mit der Straßenbahn durch drei Stadtviertel wegen einer Kneipe, auch wenn es mal so etwas wie das eigene Wohnzimmer gewesen war. Hin wäre ja noch nicht mal das Problem, hin war nie das Problem, aber zurück, mit 3,8 auf dem Kessel, das war Kokolores. In seinem Alter wollte man nur noch schnellstmöglich ins Bett und nicht mehr auf die vermiefte Rückbank irgendeines Taxis.

Kramer schmiss die angebissene Salzstange auf den Tresen. Aus den plärrenden Lautsprechern, die mit der Karaoke-Anlage mitgeliefert worden war, schallte jetzt Roland Kaiser. Zu allem Überfluss hatte sich tatsächlich noch irgendein Trottel dazu entschieden, »Santa Maria« zu singen. Er hob den Kopf. Direkt vor der Karaoke-Bühne, neben seinem Schwarm, stand Dose und winkte ihm, er solle herkommen. Kramer atmete tief ein, schob sich langsam vom Tresen weg, und während er sich durch die Menge an Leuten zu Dose kämpfte, fragte er sich, wo Herbert abgeblieben war und ob er nicht besser aufs Klo gehen sollte, um nach ihm zu sehen, als sein Blick auf die Bühne fiel.

Jemand hatte das Licht gedimmt, unter der Decke drehte sich eine schon in die Jahre gekommene Glitzerkugel und warf müde gesprenkeltes Licht auf die Köpfe der Gäste und in die Rauchschwaden zwischen den Wänden. Herbert saß schief auf einem Barstuhl, genauso eingefallen wie an der Theke, nur jetzt wirkte er noch mehr wie ein Mensch gewordenes, ramponiertes Fragezeichen. Seinen Kopf gesenkt, schien er durch die Bretter des Bodens hindurchzublicken, irgendwohin in eine andere, nur für ihn sichtbare Welt.

Sein Hemd war verknittert und durchgeschwitzt, die Knopfleiste falsch zugeknöpft, und nur der linke Teil des Hemdes steckte noch im Bund der Hose. Die Haare waren zerzaust und das Mikro konnte er kaum halten, aber als er anfing, wurde es still im Raum.

Santa Maria, sang Herbert, *Insel, die aus Träumen geboren*, seine Stimme war brüchig und heiser, immer wieder brach er ab, und es schien, als ob jeder im Raum intuitiv wüsste, dass dieser Ritter von der traurigen Gestalt da vorne nicht einem Mädchen nachtrauerte, das ihm vor noch nicht allzu langer Zeit das Herz gebrochen hatte, sondern, dass es um mehr ging, dass die Sache ernster war, auch wenn sie nicht wussten, was das war.

Kramer spürte, wie sich ihm der Magen zusammenzog. Das Häufchen Elend da vorne, von dem sie immer geglaubt hatten, dass ihm nichts etwas anhaben konnte, der so lässig auf dem Hochseil des Leben balanciert war wie Harald Juhnke einst auf der Showtreppe, der auf so peinliche Sätze von Schalke-Fans wie »Willst du Dortmund oben sehen, musst du die Tabelle drehen«, nur ein müdes Lächeln parat gehabt hatte, den alle für seine spitzbübische Nonchalance bewundert hatten, sang ein Lied über Liebeskummer, nein, er war der Mensch gewordene Liebeskummer, und doch ging es nicht um eine Frau.

Sie war ein Kind der Sonne, sang Herbert, *schön wie ein erwachender Morgen*, er schloss die Augen, im Publikum machte jemand ein Feuerzeug an und Kramer hatte das Bedürfnis, sich irgendwo abzustützen. Der da vorne, der so besoffen und verwundet sang, dass sich all die Blues-Größen im Grab umdrehten, dieser traurige Vogel, der es schaffte, dass sich die Stamm-

gäste, gestandene Männer, und sogar Zacko, am liebsten ver-
krochen hätten, damit ihnen bloß keiner die Rührung ansehen
konnte, dieser Mann, der sein bester Freund war, sang ein Ab-
schiedslied auf die »Blaue Perle«.

Irgendwann an diesem verrückten Abend taten sie alle, Herbert,
Dose, die anderen Stammgäste und er selbst, das, was sie noch
nie getan hatten und für das sie sich am nächsten Morgen wahrscheinlich schämen würden. Sie prügelten sich, sie umarmten
sich, sie heulten. Und als Dose später allen stolz von Kramer in
der Hecke erzählte »und einer riesigen Taube«, interessierte das
keinen mehr. Nur Kramer hatte sich wieder daran erinnert, mit
welch mulmigem Gefühl er eigentlich die »Blaue Perle« betreten hatte, in der Annahme, bald würde sich das schwarze Loch
vor ihm auftun. Aber da ahnte er noch nicht, wie groß das Loch
in Wirklichkeit war und dass sie alle darin Platz hatten. Und das
einzig wirklich Schöne an dem Motto »Italien«, an das sich Kramer noch erinnern konnte, war der Tanz mit Gerda, war der Geruch von Zitronen, Olivenhain und Frühling in ihrem Haar, war
die weiche Rundung ihrer Hüfte, und dass die Punkerin achtmal
versucht hatte, ihn anzurufen, sah Kramer erst, als er mit 3,8 auf
dem Kessel auf der vermieften Rückbank eines Taxis saß und die
800 Meter nach Hause fuhr.

Adieu, mein kleiner Gardeoffizier

Es war früh am Nachmittag. Elisabeth hatte sich vor die Balkontür im Wohnzimmer gesetzt, die Füße auf den kleinen Schemel gestellt und genüsslich am Kognak genippt.

Walther hatte die Flasche »Hennessy« vor Jahrzehnten zu irgendeinem Dienstjubiläum geschenkt bekommen und anschließend sofort in die Vitrine gestellt, »zum Anschauen für Gäste«. Vor einer halben Stunde aber hatte Elisabeth beschlossen, die Flasche aus ihrem gläsernen Sarg zu holen. Sie hatte sie entstaubt, entkorkt und dann »Prost« gesagt, zu den Gästen, die nie gekommen waren. Bis auf den einen.

Sie drehte den Kopf in Richtung Sofa.

Er lächelte.

»Möchten Sie wirklich keinen Tee?«

»Nein, danke.«

An irgendwen hatte er sie erinnert, schon wie er in der Tür gestanden hatte. Nur, wer das war, hatte sie bis jetzt nicht heraussuchen können, nein, »herausfinden« natürlich, anderseits – Elisabeth nippte erneut am Kognak – »heraussuchen« wäre auch nicht falsch, wenn man bedachte, dass die Erinnerungen in ihrem Fall aufgereiht wie Socken nebeneinanderlagen, der eine Socken hier, der andere Socken da, und sie das richtige Paar finden musste. Nur manchmal gab es eben das richtige Pendant nicht mehr.

Vorgestellt hatte er sich schon, als er in der Tür stand, aber sie hatte nichts verstanden, seltsam genuschelt hatte er, als ob die Wörter nicht so richtig aus ihm herauswollten. Außerdem ging dann doch alles sehr schnell, und bevor sie reagieren konnte, hatte er schon seinen Fuß hinter die Schwelle gesetzt, und wenig später saß er auf dem Sofa. Natürlich, man musste schon vorsichtig sein. Ihr Blick fiel auf den Baseballschläger, der an der Kommode lehnte. Aber man durfte auch nicht paranoid werden. Der junge Mann sah nun mal nicht so aus, als ob er ihr an die Gurgel wolle, und auch, wenn auf sonst nicht mehr viel Verlass war, so doch auf ihre Menschenkenntnis. Er wirkte grundsolide, und vielleicht wollte er sich einfach nur ein wenig aufwärmen in ihrem Wohnzimmer, und ja, warum denn nicht?

Seit der Sache mit den Farbbeuteln war da ein Summen in ihr und ein Singen, ein Pfeifen, als würde der Krebs sie plötzlich zum Tanzen auffordern. Eine Großzügigkeit hatte sich ihrer bemächtigt, sie fühlte sich kraftvoll und verschwenderisch, eine unbewachte Zapfsäule! Elisabeth lächelte. Ja, das klang grauenhaft, und hätte ihr das jemals einer der kleinen Bengel in 'nen Aufsatz geschrieben, hätte es ordentlich Punkteabzug gegeben, aber vielleicht lag es am Kognak, dass es ausgerechnet in ihr heute zuging wie in einem Poesiealbum.

Sie drehte ihren Oberkörper jetzt ganz Richtung Sofa.

Eine Weile war nur das Ticken der Kuckucksuhr zu hören.

Sie blickte ihn an und lächelte.

Tick Tack.

Er blickte zurück und lächelte.

Tick Tack.

Und dann hob Elisabeth an. »Mit der Queen spricht man über Verwandte und Reisen, und natürlich sind ihre Pferde und Hunde immer ein Thema.« Der Satz stammte aus einer Frauenzeitschrift, die bei Dr. Augustin in der Praxis gelegen hatte, in dem Artikel wurden Empfehlungen gegeben für den Fall einer Audienz bei der Queen.

»Aha«, sagte der junge Mann.

Sie lehnte sich im Sessel zurück.

»Einmal hätten wir ja beinahe ein Aquarium gekauft«, der Stiel des Likörgläschens wurde jetzt elegant zwischen Daumen und Zeigefinger hin und her gedreht, »beinahe.«

»Tatsache.«

Elisabeth nickte. Sie hatte das Aquarium damals bei einer Arbeitskollegin im Wohnzimmer entdeckt. Ein kleiner Marienkäfer war gerade ins Wasser gefallen und strampelte und strampelte, und die kleinen Guppys hatten seine Beine angeknabbert, in dem Glauben, es sei Fischfutter. Der Marienkäfer hatte sich irgendwann wieder befreit, war losgeflogen, und sie hatte ihm hinterhergeschaut und sich gefragt, wie der jemals landen würde, so ohne Beine. Und anstatt – wie alle anderen – auf der Veranda Kuchen zu essen, hatte sie vor dem kleinen Glaskasten gesessen und stundenlang zugesehen, wie sich das Licht im Wasser brach und all die Farben und Formen um die Wette flirrten. Schön war das, und stumm war es auch.

Nachdenklich nippte Elisabeth am Kognak. Sie hatte sich mit Walther damals nicht gestritten, sie hatten nicht einmal darüber diskutiert, ob sie, Elisabeth, sich ein Aquarium anschaffen dürfte. Stattdessen hatte ein Dackel dann jahrelang auf der Hutablage des Wagens gesessen, stumm und schön, und wenn man ein bisschen von oben auf das Heck drückte oder an der Ampel hielt, dann nickte der Dackel mit dem Kopf, so verständig, als wäre er mit allem einverstanden oder schon frühzeitig an Parkinson erkrankt.

»Möchten Sie Kaffee?«

»Nein, danke.«

»Oder ein Stück Kuchen?«

»Nein, danke.«

Elisabeth stellte das Gläschen mit dem Kognak auf den Bei-stelltisch, legte die Wolldecke, die sie sich über die Beine gelegt hatte, zur Seite und erhob sich langsam.

In der Küche öffnete sie den Kühlschrank und holte den Tel-ler mit dem Stück Schwarzwälder Kirsch hervor. Dann beugte sie sich nach unten, roch an dem Stück und richtete sich wieder auf. »Wo waren wir stehen geblieben?«

»Bei Aquarien«, kam es zögerlich aus dem Wohnzimmer.

»Ah, ja«, sie erinnerte sich wieder. »Zu den Tieren hatte Wal-ther immer ein ganz zerwürfeltes Verhältnis«, sie öffnete die Besteckschublade, griff zur Kuchengabel, aber dann hielt sie in der Bewegung inne, nein, ein zerrüttetes, ja, das war das richtige Wort, »ein zerrüttetes Verhältnis gehabt, da konnte man nichts machen.«

Sie stieß die Kuchengabel in die Torte und nahm eine Servi-ette aus der Verpackung. »Es muss irgendwie mit der Arbeit in der Tierkörperverwertung zusammengehangen haben, obwohl er mit dem Tod und den Tieren nie in Berührung gekommen war, er war ja immer in der Organisation tätig gewesen, Ord-nung, Planung, Ablage. Der einzige Mann unter acht Frauen, ein Schonplatz, wissen Sie?«

Walther war ein Kriegskind gewesen, wie sie selbst – sie hielt inne und sah durch das Küchenfenster nach draußen, es schneite. Aber im Unterschied zu ihr waren bei ihm das Gemüt und die Nerven schon seit der Kindheit so zerrissen wie das Krakelee in der Haut einer steinernen Muttergottes. Elisabeth senkte den Kopf. In der Wohnung war es jetzt still. Er hatte nie darüber ge-redet. Irgendwann im Krieg musste etwas passiert sein, wovon er sich nie erholt hatte. Und wenn ein junger Mensch inwendig so einen Stoß bekommt, dass er mit dem Gesicht die Glasscheibe zerstört, wird er bis zum Lebensende Mühe haben, alle Splitter herauszuziehen. Ein Rest bleibt immer stecken. Und nach der Sache mit der Eva hatte er sich von der Muttergottes noch mehr in den Fleischwolf der Gebote pressen lassen. Und irgendwann hatten sie beide sich dann eben abgemeldet von allem, was ein Genuss war, eine Freizeit, ein Aquarium, und wenn ihr Kolleginnen im Lehrerzimmer vom Urlaub dahin oder einer Reise dorthin vorschwärmten, dann gab es mitunter einen kurzen Stich in der Magengegend, aber mehr auch nicht. Man durfte sich nicht blenden lassen, auch auf dem Balkon kann es sehr einsam sein, egal, wo in der Welt sich dieser befindet und wer neben einem darauf sitzt.

Elisabeth atmete tief ein, schließlich legte sie die Serviette auf den Teller und lief ins Wohnzimmer.

»Im Sommer 1975 hat er die Tauben«, sie stellte den Teller auf den Nierentisch, »zum ersten Mal mit dem Luftgewehr weggeschossen.«

Der Mann nickte abwesend, legte eine Mappe auf den Tisch, aber Elisabeth zog sie sofort zur Seite und schob stattdessen den Teller vor sein Gesicht.

»Na, nun essen Sie schon. Sie sind ja ganz abgemagert.«

Er blickte skeptisch auf den Teller, hob fragend den Kopf, doch sie nickte nur zuversichtlich, und wartete, aufmerksam wie eine Mutter, bis er den ersten Happen auf der Gabel zum Mund geführt hatte.

Schließlich setzte sie sich mit gebührendem Abstand neben ihn auf das Sofa. Beide sanken ein paar Zentimeter nach unten, dafür kam die Platte des Nierentischs näher. Elisabeth beugte sich nach vorne, setzte den Ellenbogen auf und stützte ihren

Kopf auf die Hand. Der junge Mann kaute am zweiten Happen Schwarzwälder Kirsch.

»Seit 1975. Jeden Sonntag«, wiederholte sie und schaute nachdenklich an seinem kauenden Kiefer vorbei aus dem Fenster zu den Balkongeländern auf der anderen Straßenseite. Seit Jahrzehnten hatte sie keine Tauben mehr dort gesehen, wahrscheinlich hatte es sich schon damals unter ihnen rumgesprochen.

»Aber warum?«, fragte der junge Mann jetzt sichtlich interessiert, wenn auch mit vollem Mund. Ein Klecker Sahne spritzte auf den Tisch. Fürsorglich schob sie ihm die Serviette ein wenig näher an den Tellerrand.

»Nun, die Tauben fressen das Vogelfutter, und dann hacken sie den kleinen Meisen die Köpfe auf«, der junge Mann schluckte, »und dann liegen überall die Hirnfetzen rum, meine Liebe, auch auf dem Balkon«, er ließ die Gabel sinken, »das hat der Walther immer gesagt«, Elisabeth nickte bedauernd. Schließlich stand sie auf und lief zurück zu dem Sessel, der bei der Balkontür stand.

Dass das mit den Hirnfetzen der kleinen Meisen nicht schön wäre, in vielerlei Hinsicht, war auch ihr klar gewesen, aber doch vor allem, weil die Reinlichkeit das zweite Gebot war, nach dem der Walther lebte, gleich nach den fleißigen Händen, hat er sie dann auch runtergeschickt auf die Straße, der Tierkörperverwerter, damit sie die Viecher aufsammelte.

Elisabeth setzte sich und zog die weiche Decke über ihre Knie.

Ein um das andere Mal hatte sie dann unten am Gehweg gestanden, die Tiere lagen aufgereiht nebeneinander, friedlich sahen sie aus, und da hatte sie zum ersten Mal gedacht, was doch für eine Ruhe sein kann in so einem roten Blut.

Sie drehte den Kopf zum Sofa, sagte, »was doch für eine Ruhe sein kann in so einem roten Blut«, aber der junge Mann hatte das Kauen eingestellt und sah sie mit ausdruckslosen Augen an. Elisabeth wandte sich ab und nahm das Gläschen Kognak in die Hand.

Von der Straße drang Kindergeschrei nach oben.

Manchmal, jetzt, wünschte sie sich, dass sie sich, trotz allem, nein, wegen allem, mehr Freizeit erlaubt hätten, der Walther und sie. Aber sie waren beide der Meinung, dass es anderswo auch nicht anders ausgesehen hätte als dort, wo sie waren. Natürlich, nach Walthers Tod hätte sie sich ein Aquarium kaufen können, sie hätte alles anders machen können, sich neu erfinden, wie diese Frauen in den Frauenzeitschriften. Stattdessen hatte sie einfach einen Koffer genommen, Walthers Sachen darin verstaut, die Hemden, die Socken, die Plastikauflage, die zum Schluss auf der Matratze lag, und seinen Anzug. Glück konnte man das nicht nennen, aber ein Unglück war es eben auch nicht, und dass die Wohnung noch Walthers Strenge, Enge und Gebote atmete, war ihr auch nicht unrecht, es war Teil ihres Lebens, immer schon, und aus einem Haushaltswarengeschäft wurde eben nicht im Handumdrehen ein mondäner Salon, da brauchte es schon mehr als ein Leben.

Der junge Mann räusperte sich jetzt, Elisabeth drehte den Kopf.

Er schob ein Stück Papier über den kleinen Nierentisch, »wenn Sie hier einen kurzen Blick drauf werfen könnten, Frau Buttkies …«, und der Griff des Stiftes, den er in der Hand hielt, zeigte in ihre Richtung.

»Was ist das?«

»Sie sind ja hier ganz allein, Frau Buttkies, und Sie werden ja auch nicht mehr jünger.« Er lachte charmant, Elisabeth verzog keine Miene. »Sie haben ein Leben lang hart gearbeitet ...«, seine Stimme war jetzt kräftiger, Elisabeth nickte, »warum sollen Sie sich jetzt, im Alter, nicht etwas gönnen?«

Ja, warum nicht? Sie nippte am Kognak.

»Das Wohnen hier in diesem heruntergekommenen Haus wird ja immer beschwerlicher, und mit diesem Vertrag hier«, Papier raschelte, »stimmen Sie ...«

»Papperlapp!«

»Wie bitte?«

Elisabeth winkte ab, dann stand sie auf und lief zur Kommode: »Ich geh in kein Pflegeheim.« Sie zog das erste Fach der Kommode auf und griff hinein. »Hat der Dr. Augustin Sie geschickt?« Sie drehte sich um, lief zum Nierentisch und legte den Zeitungsartikel vor ihn auf den Tisch. »Das kann er vergessen, sagen Sie ihm das!«

»Farbbeutelanschlag in der Birkenstraße«, las der junge Mann die Überschrift laut vor, dann verstummte er, und nach einer Weile ließ er die Hand langsam sinken, in welcher er den Artikel gehalten hatte. Missmutiges Staunen überzog sein Gesicht.

»Sie waren das?«

Sie nickte.

»Sie haben sich strafbar gemacht, Frau Buttkies.«

Sie zuckte mit den Schultern: »Hitler hat sich auch strafbar gemacht.«

»Sie sind quasi Mitglied in einer kriminellen Vereinigung.«

Sein Mund verzog sich jetzt zu einem spöttischen Grinsen, aber sie ignorierte es.

»Ja, ich bin zuständig für die Verpflegung und die Finanzen.«

Sie nahm den Zeitungsartikel, lief zur Kommode und legte ihn vorsichtig zurück in das oberste Fach. Und während sie zum Sessel zurückging, hörte sie, wie er sich Tee eingoss. Aus irgendeinem Grund hielt sie das für keine gute Idee, aber sie war zu müde und zu stolz, darüber nachzudenken.

Immerhin schien der Abgesandte vom Pflegedienst auf den Schreck erst mal was trinken zu wollen, was, in Hinblick auf das Gelingen ihrer Angelegenheit, als gutes Zeichen zu werten war. Sie hatte zwei Fliegen mit einer Klatsche, nee, mit einer Klappe geschlagen. Jemand, der in ihrem Alter in der Lage war, einen Farbbeutelanschlag auszuführen, kam schon aufgrund seiner – Elisabeth überlegte, wie hieß das Wort? – Fit…, Fit…, schon aufgrund seiner Fittigkeit nicht infrage für eine wie auch immer geartete Pflegestufe. Und selbst, wenn man sie zwingen würde, mithilfe einer Vormundschaft oder anderen Folterwerkzeugen, wäre ihm spätestens jetzt klar, dass der Ärger mit einer Radikalen wie ihr vorprogrammiert war.

Auf jeden Fall war ihre kleine Konversation mit dem Pflegeheini hier zu Ende, und um diesem Gedanken Nachdruck zu verleihen, drückte Elisabeth auf die Abspieltaste des kleinen Kassettenrekorders, der im Regal neben ihrem Sessel stand. »Adieu, mein kleiner Gardeoffizier«, sangen Gitti und Erika, und um den Abgang ihres Gastes zu beschleunigen, beschloss Elisabeth mitzusingen.

Das Lied war noch nicht zu Ende, da fand sich Elisabeth plötzlich in der Mitte ihres Wohnzimmers wieder. Fassungslos blickte sie auf den jungen Mann hinab, der sich tatsächlich erdreistete, in ihren vier Wänden ein Nickerchen zu halten. Sie hatte sich sogar nach vorne gebeugt und mit dem runden Ende des Baseballschlägers gegen den Fuß des am Boden Liegenden getippt: »Heh, Sie.« Aber nichts. Stille. Er hatte die Augen geschlossen und einen seltsam friedlichen Gesichtsausdruck. Sie beugte sich ein Stück weiter nach unten. Der wird doch nicht? Und da, plötzlich, tauchte der zweite Socken wieder auf, schwarz, schwarz wie die Nacht. Elisabeth legte die Hand vor den Mund, um Gottes willen. »Adieu, mein kleiner Gardeoffizier«, sangen Gitti und Erika jetzt noch einmal mit Schwung, und Elisabeth dachte mit Blick auf den Toten: Na, das wird was geben in der Stadtteilzeitung.

Schöner Wohnen

»Pflegedienst!!!?«

Jersey starrte auf den am Boden Liegenden. »Aber zu Ihnen kommt doch nie der Pflegedienst.«

Buttkies' Hand zitterte, und sie versteckte sie in der Tasche ihrer Kittelschürze. Jersey hob den Kopf, aber ihr Gegenüber antwortete nicht mehr. Nur Buttkies' Blicke flatterten nervös durch den Raum, Schmetterlinge in Gefangenschaft, und in ihrem Gesicht lag jene Hilflosigkeit, die Jersey an Mutter denken ließ.

Jersey ging auf sie zu, fasste sie am Handgelenk, führte sie zum Sessel und ließ sie sich setzen. Dann holte sie den »High Shine Lipgloss Shimmer Pink« aus ihrer Hosentasche, legte vorsichtig den Finger an Buttkies' Kinn, führte es ein wenig höher und malte zwei runde Kreise auf ihre Wangen. Nachdem sie den Lipgloss kurz auf dem Regal neben dem kleinen Kassettenrekorder geparkt hatte, nahm sie beide Daumen und verwischte das »Shimmer Pink« vorsichtig auf Buttkies' Wangen. Während der ganzen Prozedur hatte Buttkies die Augen geschlossen gehalten, nun hielt ihr Jersey den altmodischen Handspiegel, den sie auf der Kommode gefunden hatte, vors Gesicht und sagte: »Hilft immer«, und Buttkies riss die Augenbrauen nach oben und rief entsetzt: »Hilfe!«

Jersey lächelte und drückte ihr den Spiegel in die Hand. Elisabeth Buttkies war wieder ganz die Alte.

196

Dann ließ sie sich in den Sessel fallen, und während die Buttkies sich im Spiegel betrachtete, das Shimmer Pink abschätzig begutachtete und für einen Moment ihre Angst vergaß, weil es Schlimmeres gab, nämlich das rosafarbene Gift auf ihren Wangen, rekapitulierte Jersey den Ist-Zustand. Auf dem Teppich zwischen Nierentisch und Sofa lag der Grube, wie sie dem Ausweis entnommen hatte, den er in seiner Aktentasche bei sich trug. Und als sie dann noch die Aufhebungsverträge für die Wohnungen in der Tasche gefunden hatte, drei Stück, mit ihren Namen darauf, gab es keinen Zweifel mehr. Jersey blickte jetzt auf das Display ihres Handys. Sie hatte bereits achtmal versucht, den Kramer zu erreichen, aber der machte wahrscheinlich gerade Nacktyoga vor Sat1. Also hatte Jersey das bisschen Wissen, was sie noch aus ihrem Erste-Hilfe-Kurs mitgenommen hatte, den sie damals für den Führerschein machen musste, bei Grube angewendet, und die Liste sah jetzt folgendermaßen aus:

Puls vorhanden? Check.

Atmung normal? Check.

Patient tot oder nur schlafend? Sehr wahrscheinlich Letzteres, also: Check. Krankenwagen rufen? Vorerst nicht.

Jersey nahm einen Schluck Tee.

»Wie ist das denn passiert? Der hat sich doch nicht einfach hingelegt?« Jersey blickte auf die Spitzen von Grubes Schuhen, die so vorwurfsvoll in die Höhe ragten wie zwei Totenkreuze auf 'nem Acker.

Buttkies ließ die Hand sinken, in der sie den Spiegel hielt, und seufzte. »Er hat den Tee getrunken.« Sie schien jetzt wieder gefasster.

»Wie bitte?« Jersey blickte in die Tasse Tee, die ihr Buttkies vor fünf Minuten in die Hand gedrückt hatte und schluckte. Buttkies merkte es, lächelte, strich schnell und hastig über Jerseys Unterarm und sagte: »Keine Sorgen, Herzchen, der is frisch.«

Dann hob sie den Kopf und drehte sich zu dem Nierentisch, auf dem eine Teekanne samt Tasse stand und seufzte: »Aber der nich«, wobei nicht klar war, auf welches der beiden Dinge, die offensichtlich mit dem Verfallsdatum haderten, sich das bezog: auf Grube oder den Tee.

Jersey bemühte sich, eins und eins zusammenzuzählen, aber keine Komponente der Gleichung wollte ordnungsgemäß Stellung beziehen.

»Der Tee …«, sagte Jersey selbstvergessen. Sie klang wie Miss Marple, aber ohne Durchblick.

Die Buttkies schüttelte jetzt so vorwurfsvoll den Kopf, als ob die Lösung schon seit Stunden am unteren Rand des Bildschirms eingeblendet wäre, man sie aber natürlich nicht sehen konnte, wenn man – wie Jersey – die Augen nicht aufmachte.

»Na, die Tabletten«, sagte sie und zeigte auf den Tisch, »Lenalidomid und Lorazepam: Hanni und Nanni.«

»Hanni und Nanni«, wiederholte Jersey mantramäßig das eben Gehörte, und da endlich fiel die dritte Erdbeere in die Reihe, Jackpot, und die Münzen klirrten die Mechanik runter.

»Sie lösen die Tabletten im T …«

»Exakt«, unterbrach sie die Buttkies und nickte, nicht ohne Stolz. »Orale Chemotherapie. Is bekömmlicher …«

»Aha. Und der Grube hat …«

»… hat einfach davon getrunken.«

Die Buttkies zuckte mit den Schultern, dann atmeten beide tief ein, blickten gemeinsam auf den Schlafenden zu ihren Füßen, und Jersey sagte: »Blöd gelaufen«, während die Buttkies ungläubig den Kopf schüttelte und sagte: »Was für eine Handlampe.«

Jersey krauste die Stirn. »Handlampe?«

Die Buttkies zog eine Augenbraue nach oben, was maximal elitär aussah, und sagte tonlos:»Wenn es nicht mal mehr zum Armleuchter reicht.«

»Aha«, sagte Jersey und dachte: Muss ich mir merken.

Dann war es still, und sie blickten stumm auf den bewusstlosen Grube. Jersey hatte ihn nur einmal auf dem Foto der Website gesehen, und schon da war sie ein wenig enttäuscht gewesen. Sie hatte gedacht, der Grube sähe aus wie das 1-a-Klischee eines Maklers, mit Goldkettchen und zu viel Rasierwasser, aber das Gegenteil war der Fall.

»Der sieht so normal aus«, sagte sie.

Buttkies nickte.»Aber da darf man sich nicht täuschen lassen: Je größer die Auffahrt, desto tiefer der Abgrund.«

Jersey war sich nicht ganz sicher, was Grubes Auffahrt mit seinem Aussehen zu tun hatte, aber sie hatte jetzt auch keine Zeit, darüber nachzudenken. Zu stark musste sie sich auf dessen Brustkorb konzentrieren, um festzustellen, dass eine Atmung, wenn auch eine flache, immer noch vorhanden war.

Auch die Buttkies schien die Angelegenheit auf ihrem Teppich nicht loszulassen, sie atmete tief ein und sagte mit Blick auf den am Boden Liegenden:»Ein Mythos, der sich bei Erste-Hilfe-Maßnahmen ja standhaft hält, ist die Pulskontrolle.«

Jersey schloss die Augen und legte den Hinterkopf auf die Nackenstütze des Sessels. Das durfte doch alles nicht wahr sein.

Dabei hatte der Tag so gut angefangen. Sie war seit langer Zeit endlich mal wieder an der Universität gewesen, hatte das Vorlesungsverzeichnis durchforstet und sich einen Überblick über die Seminare verschafft, und als sie am Nachmittag mit dem Fahrrad in den Hinterhof fuhr, hatte sie sogar Jack Nicholson getroffen. Kramers Haare waren unfrisiert, sein Holzfällerhemd nicht zugeknöpft, darunter blitzte ein Feinrippunterhemd, und eine Rasur hatte auch schon lange nicht mehr stattgefunden. Aber trotz allem schien der Menschenfeind gut drauf zu sein. Er hatte an der Stelle gestanden, wo im Frühjahr normalerweise sein Geranienbeet performte, und starrte auf den Schnee, als läge dort eine tiefere Wahrheit. Als er Jersey schließlich bemerkte, sagte er »Aha«, und Jersey nickte wortlos – es war mittlerweile Liebe, auch wenn das keiner verstand, nicht einmal sie selbst.

Noch im Sommer letzten Jahres hatte sie ihr Rad – vor Kramers Augen – so knapp geparkt, dass der Hinterreifen ein paar Stängel seines Spießergemüses unter sich begrub, aus Versehen natürlich, und der Kramer hatte ihr hinterhergerufen, dass er ihr gerne helfen würde, eine neue Wohnung zu finden, in Afghanistan vielleicht oder Syrien.

Früher hätte sie eine Situation wie diese nicht ungenutzt gelassen, und ein wenig bedauerte sie es auch, dass sie Kramer nicht mehr die Stimmung verhageln konnte, weil sie ja eine Art Pakt geschlossen hatten. Aber dass sie sich nun die Energie sparen konnte, war im Grunde auch okay. Außerdem tat er ihr mittlerweile beinahe leid, so ganz ohne Wasser mussten er und die Ableger seiner Geranien jetzt auskommen.

Ein guter Tag war das also gewesen, einer mit Frieden – bis zu dem Moment, an dem sie den Briefkasten geöffnet hatte. Grube hatte ihr eine fristlose Kündigung geschickt mit der Begründung, sie sei infolge der Mietminderung mit der Zahlung des vollständigen Mietbetrages in beträchtlichen Rückstand geraten. Welche Mietminderung?, fragte sich Jersey da, aber dann las sie weiter, denn der nette Herr Grube lieferte die Lösung gleich mit. Dass eine Mietminderung wegen Schimmels ungesetzlich sei, stand da, wenn die Schimmelbildung auf ein falsches Lüftungsverhalten zurückzuführen sei.

Kurz hatte sie überlegt, den Kramer anzusprechen, der stand ja immer noch vor dem Schneebeet, ihm den Brief zu zeigen, »Die Schimmelsache, damals, wissen Sie noch? Und daraus dreht mir der Grube jetzt einen Strick!«, aber was hätte der Kramer schon tun können außer – wie sie auch – auf die Zahlen- und Buchstabenfolge zu starren, auf »§ 543 II Nr. 3a BGB« und »§ 569 III 1 BGB«, die so taten, als sei das alles rechtens.

Wieder einmal hatte die Wirklichkeit dafür gesorgt, dass Jersey den Asphalt küssen musste, und das Einzige, was dagegen half, war der »High Shine Lipgloss Shimmer Pink«. Also hatte sie sich einen Erdbeermund gemalt, zwei Kirsch getrunken und sich einen »Sunshine«-Flicken auf die Laune gebügelt. Bis eben hatte alles gehalten, long-lasting, bis eben.

Jetzt saß sie vor dem Arsch, der dafür verantwortlich war, dass der Tag im Eimer war, dass ihr ganzes Leben bald im Eimer war, nur leider gab er keinen Mucks mehr von sich.

»Was sollen wir denn jetzt machen?«, fragte die Buttkies.

Jersey blickte auf die Zeitanzeige ihres Handys: »Warten.«

Dann tippte sie auf das Display, und nachdem das Läuten sich erneut mit Kramers Mailbox vermählte, beschloss Jersey, noch einmal an diesem Tag Urlaub zu machen. Sie legte den Kopf in den Nacken und dann war da nichts mehr zu hören außer dem Ticken von Buttkies' Kuckucksuhr. Es war der kürzeste Urlaub aller Zeiten, denn noch bevor Jersey die Augen geschlossen hatte, hatte die Buttkies sie am Ärmel ihrer Jacke gezogen.

»Wir müssen die Zeit überbrücken«, sagte sie und sah Jersey flehentlich an.

Jersey richtete sich auf. »Aber wie?«

Buttkies zuckte mit den Schultern. »Wir könnten ...«, sie räusperte sich, es war ihr unangenehm, man konnte es in ihrem Gesicht sehen, »vielleicht reden?«

»Reden«, sagte Jersey, nickte langsam und dachte »Scheiße«. Das war nun wirklich das letzte Regal im verramschten Supermarkt ihrer Empathie, das sie ansteuern wollte.

Eine Weile saßen sie sich beide schweigend gegenüber und blickten jeder in eine andere Richtung.

Jersey spürte, wie sie immer nervöser wurde, je länger die Stille andauerte. Die Situation hatte große Ähnlichkeit mit den Abenden in Mutters Wohnzimmer. Jersey setzte sich aufrecht, sie fuhr sich durch die Haare, sie verkreuzte die Arme vor der Brust, das Ticken der Kuckucksuhr wurde lauter, und je stärker sich Jersey gegen die Stille wehrte, desto schneller fuhr die Achterbahn. Ihr Atem wurde flach, die Angst kreischte vor Freude und zeigte auf die nächste Loopingschleife, Jersey wurde schlecht, und dann schleuderte es sie aus dem Sitz: »Wie geht es eigentlich Ihrem Krebs?«

Sie schloss die Augen.

Das war's.

Jetzt würde die Buttkies sie umbringen. Oder sie selbst stürzte sich vorher in ein Küchenmesser, auf jeden Fall kam jetzt die Szene mit dem vielen Blut.

Sie hörte, wie die Buttkies einen Schluck Tee nahm und dann tief einatmete.

»Ach, na ja, so ein Krebs, wie soll ich sagen …«, sie räusperte sich.

Vorsichtig öffnete Jersey ein Auge.

Die Buttkies schien ernsthaft nachzudenken, und offensichtlich war sie nicht im Mindesten geschockt oder wütend.

»So ein Krebs ist ja ein Gefängnis, machen wir uns nichts vor.«

Sie strich das Kissen glatt, das auf ihrem Schoß lag. Jersey öffnete das zweite Auge.

»… die Hölle auf Erden, man verrottet innerlich und sieht dennoch jeden Tag das Licht, und obwohl man weiß, dass man bei dem Versuch, dem Kerker zu entkommen, sterben wird, klettert man die Wände hoch.«

Sie wandte den Kopf, blickte am Nierentisch vorbei, aus dem Fenster, hinter dem es jetzt schneite.

»Man kann es auch Hoffnung nennen. Sie vergiftet die Seele. Und das, meine Liebe, ist das Einzige, was mich von den anderen unterscheidet, denn ich habe die Hoffnung bereits weit hinter mir gelassen.«

Plötzlich musste Jersey an die Uralte Morla denken, die riesige Schildkröte aus der »Unendlichen Geschichte«, groß wie ein Berg, die in den Sümpfen der Traurigkeit lebte und ihres langen Lebens überdrüssig geworden war. Die Buttkies drehte den Kopf und blickte Jersey direkt an: »Zeit für einen Likör, oder?«

Jersey wollte etwas sagen, aber das Einzige, was sie zustande brachte, war ein Nicken. Buttkies stand auf und lief zur Vitrine.

»Am Ende geht es nur noch um Würde«, sagte Buttkies, während sie den Likör und zwei Gläschen aus der Vitrine nahm. »Und das Letzte, was ich sehen möchte, sind eben diese vier Wände.« Dann lächelte sie, setzte sich wieder neben Jersey und reichte ihr das Glas Likör. »Sie müssen sich also nicht schämen zu fragen, mein Krebs ist ein vollwertiges Familienmitglied. Und Sie, Kindchen? Haben Sie einen Freund?«

Jersey trank den Likör in einem Zug, dann atmete sie tief ein.

»Der Mister. Mein Freund heißt Mister.«

»Mister?« Buttkies zog eine Augenbraue nach oben, und ihr linker Mundwinkel verwandelte sich jetzt in eine steil abfallende Skipiste. »Das klingt wie ein Unfall.«

Jersey zuckte mit den Schultern. »Na ja, er heißt eigentlich Jonas, aber alle nennen ihn immer nur Mister.«

»Hm«, Buttkies beobachtete sie aufmerksam, dann stellte sie das Glas ab, erhob sich und ging zur Vitrine. Jersey sah ihr nach.

»Hat der nich mal vom Dach gegenüber ›La Paloma‹ für Sie gesungen?«

Jersey zuckte mit den Achseln. Das hörte sie zum ersten Mal. Nach der Sache mit der »Kiste der Pandora«, als Mister einfach die sorgfältig verschlossen gebliebenen Rechnungen geöffnet hatte, hatte sie sich eigentlich vorgenommen, ihn erst mal zu ignorieren – so wie man Altglas oder Papiermüll ignoriert. Aber dann hatte sie an ihre gemeinsamen Abende auf der Ruine gedacht, als es immer enger wurde, in ihrer Wohnung und in ihrem Brustkorb, und dann an nicht mehr viel, sie war einfach losgefahren und hatte bei ihm geklingelt. Sie hatte ihm gesagt, dass sie ihn vergessen hatte, dass sie ihn jeden Tag vergessen hatte und dass er ein blöder Fickfuchs sei. Mister hatte gelächelt, gesagt »Und ich dachte schon, du kommst gar nicht mehr«, dann hatte er tief eingeatmet, sie am Handgelenk gefasst und gesagt: »Na los, komm rein, Frodo.«

Die Buttkies setzte sich wieder neben sie mit einer zweiten Ladung Likör.

»Und was machen Sie so? Mister und Sie? Den lieben langen Tag? Außer rumvögeln?«

Jersey verschluckte sich am Likör.

»Gönnen Sie sich auch mal eine Freizeit? Machen Sie auch mal …«, Buttkies überlegte, während sich Jersey Likörreste von der Oberlippe wischte, »was Anständiges? Urlaub zum Beispiel?«

Jersey setzte das Glas ab, ihre Stimme war heiser, und ihr Rachen brannte noch vom Likör. »Ja, manchmal …«

Buttkies erhob sich und lief zum Nierentisch. Dann stieg sie langsam über Grube drüber und legte sich auf das Sofa.

»Na, dann erzählen Sie, Schätzchen, lassen Sie sich doch nicht alles aus der Nase ziehen, Herrgott, Sie sind ja schlimmer als Walther.« Nicht nur ihre Bewegungen waren langsamer geworden, auch ihre Stimme klang jetzt so erschöpft wie die der Uralten Morla.

Jersey lächelte. Noch vor wenigen Minuten hatten Mister und sie oben bei der Ruine, neben dem Lager des Altmetallhändlers, gesessen und durch den fallenden Schneeregen hindurch auf den Ozean geblickt, auf das Meer aus grau funkelnden Dächern, das am gegenüberliegenden Ende der Brache begann. Das Haus, zwei Stockwerke hoch, hatte kein Dach mehr, nur noch Wände, die karg in den Himmel ragten, und ein paar Verstrebungen, Querbalken aus Holz, die so zerlöchert und luftdurchlässig waren wie ihre Kraft, jetzt hier, in Buttkies' Wohnzimmer.

Man konnte durch ein zerbrochenes Fenster einsteigen, dann lief man eine Treppe hinauf, die mittendrin abrupt abbrach, aber von da war es nur ein kleiner Schritt über den Abgrund hin zu der Außenmauer aus Ziegeln, auf der sie schon so oft gesessen hatten, Mister und sie, mit einem Bier oder zwei. Irgendwann im Sommer hatten sie die Ruine entdeckt, nachdem sie mit den Rädern umhergefahren waren, mal hierhin, mal dorthin, und manchmal war der Altmetallhändler vorbeigekommen und hatte nach oben gerufen, das Haus sei einsturzgefährdet, sie sollten sofort herunterkommen, sonst hole er die Polizei. Aber die war nie gekommen, der Altmetallhändler irgendwann auch nicht mehr, nur die Mauer, die trug sie beide immer noch. Noch vor zwei Stunden hatte sie Mister von Buttkies erzählt, aber auch von Kramer und dem Grube und der Sache mit den Farbbeuteln, und dass sie sich nichts mehr gefallen lassen würden, aber es klang erschöpft, noch bevor sie die Sätze zu Ende gesprochen hatte.

»Du brauchst Urlaub«, hatte Mister gesagt, und Jersey hatte genickt.

»Und wo machen Sie beide Urlaub?«, fragte die Buttkies jetzt mit müder Stimme.

»In der Ruine, oben beim Altmetallhändler ...«

»Aha.«

»Oder in der Villa ...«

»In der Villa? Interessant ...«

Jersey nahm den Likör, schraubte den Verschluss ab und setzte die Flasche an, und als sie die Flasche wieder abgesetzt hatte, war die Buttkies eingeschlafen.

»Wir brauchen mal wieder Urlaub«, hatte Mister auch damals schon gesagt, da gab es die Ruine noch nicht, aber das Gewerbegebiet, draußen am Stadtrand, das gab es. Dort stand die Villa, und über dem Eingang standen vier gelbe große Buchstaben: IKEA.

Sie nannten es »Schöner Wohnen«, und wenn sie einer der Besucher fragte, was sie hier taten, warum sie schon so lange in dem Bett, auf der MYRBACKA Memoryschaummatratze lagen, erzählte Mister ihnen ruhig und ohne Ironie die Wahrheit: Dass sie aus einem fernen Land kämen, Jersey und er, dass sie dort zwischen alten Heizboilern gewohnt hätten, zwischen bedruckten PVC-Planen von Billboards, die an den Highways für Zahnärzte und Taxiunternehmen geworben hatten, und dass sie lange Zeit zwischen drei gigantischen, gebrauchten Vogelhäusern für Schwalben gelebt hatten, die auf einer Farm zur Insektenvertilgung aufgestellt worden waren, und dass sie sich geliebt hatten, auf einer Müllhalde, zwischen alten Kindersitzen, beobachtet von hautkranken Eichhörnchen.

Die meisten hielten sie für verrückt, aber manche hatten Mitleid und brachten ein Kissen extra oder zogen die Decke ein wenig höher unter Jerseys und Misters Kinn, wie Mütter, die abends die Kinder zu Bett bringen. »Weißt du noch? Die alte Frau? Die mit dem Kissen ...«, hatte Jersey gefragt, und Mister hatte genickt, und dann sahen sie in den dreckigen Nachthimmel und erinnerten sich.

Wenn sie nicht in dem Doppelbett lagen, liefen sie durch die Gänge, ziellos und vogelfrei. Und wenn die Ansage durch die Lautsprechanlage durchgegeben wurde, dann erhoben auch sie ihre Stimme, als wären sie die einzigen nach einer Katastrophe übrig gebliebenen Regierungsabgeordneten: »Lecker gerollt und trotzdem keine Chance für Hüftrollen – die vegetarischen Wraps sind ein sommerlich leichter Snack, der satt und glücklich macht. Lass dich jetzt im Restaurant und im Bistro um den Finger wickeln!«

Manchmal zog Mister alleine los. Und wenn er wiederkam, erzählte er ihr, was er Neues entdeckt hatte: die Tritthocker zum Beispiel, deren Auftrag, die Menschen einander näherzubringen, wie es ein Aufsteller versprach, nur selten erfüllt wurde, oder den Jugendzimmer-Schreibtisch, den keiner haben wollte, der runtergesetzt war und immer an der gleichen Stelle stand, drüben, in Abschnitt H, zwischen den teuren Esstischen, einsam und melaminbeschichtet.

Sobald die Durchsage mit der Bitte, das Gebäude zu verlassen, verklungen war, gingen sie rüber ins »Spieleparadies«, und noch bevor das Licht ausging, lagen sie am Boden des mit Plastikbällen gefüllten Beckens, hielten die Luft an, bis der Sicherheitsdienst vorbeigelaufen war, und während sie die Flasche mit schwedischem Glühwein austranken, warteten sie, bis jemand irgendeinen Hebel betätigte, es einen dumpfen Schlag gab und die Hallen mit einem Mal im Dunkeln lagen. Einmal hatte Mister sogar einen Ghettoblaster mit in die Villa geschmuggelt, und als das Licht ausgegangen war, hatte er Kerzen angezündet. Es waren Hunderte, sie waren frisch und gut drauf, sie kamen direkt aus dem Regal, und während Mister andächtig von Docht zu Docht ging und etwas murmelte, was sich anhörte wie ein schwedisches Erntedank-Gebet, hatte sie ihm aus dem Katalog vorgelesen, Rubrik »Wohnung sicher machen: 7 Wege für mehr Schutz«.

Dann hatte Mister den Regler hochgedreht, sie fingen an zu tanzen und zu singen und bewarfen sich mit Plastikbällen. Mister hatte sogar Sektgläser besorgt, SVALKA stand auf dem Karton, 6 Stück à 4,99, »für den prickelnden Genuss«.

»Mademoiselle«, hatte er gesagt, während er ihr den lauwarmen Glühwein aus dem Food Shop einschenkte, »Champagner aus der Eifel«, und Jersey hatte den kleinen Finger abgespreizt und gesagt: »Eifel? Gibt's da überhaupt Champagner?« und Mister hatte geantwortet: »Na, na, jetzt wollen wir mal nicht kleinlich werden.«

Also hatten sie Champagner getrunken und wie die oberen Zehntausend, standesgemäß, auch ein bisschen was verschüttet, im Kinderparadies, und als sie am Ende, erschöpft und müde, im Bällebad einschliefen, flüsterte Mister die letzten Songzeilen mit, die über die leeren Wohnlandschaften in den Lagerräumen hallten: »Nackte Angst, zieh dich an, wir gehen aus …«

Wenn ein neuer Tag anbrach, dann warteten sie in der kalten Dämmerung, bis die Leuchtstoffröhren an der Decke ansprangen, zuckend und nervös. Und sobald sich die Gänge ein wenig mit Besuchern gefüllt hatten, standen sie auf und gingen in die Küche. Sie setzten sich an den Tisch aus der Serie »Bodbyn«. Jersey packte die Thermoskanne aus, und dann füllten sie den Kaffee in die Becher aus Feldspatporzellan, die dort schon für sie bereitstanden. An den Preisschildern hatten Mister und sie sich nie gestört, und wenn man sie fragte, halfen sie beim Stapeln schwerer Regalbretter, passten auf Babyschalen auf, die auf Einkaufswagen standen, und einmal hatte Mister sogar eine »romantische Badematte« aufgehoben, 100 % Polyester, die einer kleinen, blinden Frau aus der gelben Tragetasche gefallen war.

Am Nachmittag saßen sie oft nebeneinander am Fuß der Hochbettkombination, legten die Köpfe in den Nacken, schlossen die Augen, und während in ihren iPods PJ Harveys »Dear Darkness« lief, erinnerten sie sich daran, dass alles auf dieser Welt immer nur geliehen war.

Und dann, eines Tages, kam Holger. Sie erkannten ihn sofort an seiner Weste als Mitarbeiter des Möbelhauses. Holger war klein und untersetzt und seine Mundpartie sah so verletzlich aus wie die eines Nacktmulls. Und als der Nacktmullmund sich öffnete, rechneten sie beide mit dem Schlimmsten, denn seine Stimme klang derart automatisiert, als wäre sie von einem Computer generiert worden. »Mir macht es besonders viel Spaß, gemeinsam mit einer Familie ihre Traumküche zu planen. Vor allem, wenn man weiß, dass sie auch noch nach vielen Jahren Freude daran haben.« Dann reichte Holger ihnen die Hand und fügte hinzu: »Holger, Küchenabteilung.«

Eine Weile schwiegen sie, aber dann nickte Mister und rutschte auf der MYRBACKA Memoryschaummatratze nach links und Jersey tat es ihm gleich. In der Folgezeit lag Holger am Abend dann oft einfach neben ihnen, schlaff hingen die Ärmel herunter, wie die Stummelarme eines unförmigen, fetten Kindes, das auf den Rücken gefallen war und nicht mehr aufstehen konnte. Sie mochten ihn. Manchmal brachte er auch Zimtwecken mit und erzählte ihnen, dass er sie so zubereite, wie seine Mutter sie immer zubereitet hatte, früher, lange bevor man sie in die »Geisteranstalt« gebracht hatte, wie Holger es nannte.

Die Zimtwecken schmeckten gut, aber Holger brachte sie nicht immer mit, nur am »Happy Family Day« – und so wurde ein kleines Ritual daraus.

Es hätte noch sehr lange so weitergehen können, aber jemand, dessen Namen sie beide nie erfahren würden, hatte beschlossen, dass der Kreis sich nicht schließen dürfe. Mister und sie hatten die Besucher beobachtet, Holger hatte Mister und sie beobachtet, und die Kameras hatten Holger beobachtet. Hier und da waren sie installiert, sie hatten immer darauf geachtet, nicht zu stark in ihren Fokus zu rücken, nur Holger hatte es irgendwann vergessen. Vielleicht waren es aber auch die Zimtwecken, die jemanden in der Personalabteilung hatten misstrauisch werden lassen. An einem Montag dann kam Holger einfach nicht mehr, stattdessen kam der Sicherheitsdienst. Man zog Mister und sie von der KIVIK Polstergruppe und bat sie mitzukommen, man redete auf sie ein, man drohte ihnen. Wie lange Holger sie schon gewähren ließ, wollte man wissen, und was Mister und sie sich bei all dem gedacht hätten. Schließlich ließ man von ihnen ab, jemand sollte sie zum Ausgang begleiten. Aber es kam niemand, so wie die Polizei nie kam, wenn sie oben auf der Mauer des Abrisshauses saßen. Also folgten sie noch einmal den gelben Pfeilen und statteten der Küchenabteilung einen letzten Besuch ab. Mister nahm ein Mehrzweckmesser mit, sie ein Kochmesser, und als sie ein letztes Mal an den Tritthockern vorbeiliefen, senkten sie den Kopf.

Jersey richtete sich jetzt im Sessel auf und blickte in die schummrige Dämmerung von Buttkies' Wohnzimmer.

Sie hatten die schönste Zeit ihres Lebens in dem riesigen, blauen Zweckcontainer verbracht, draußen am Rande des Gewerbegebiets: Mister, Holger und sie. Sie waren zu einer Familie geworden und sie hatten sich Zeit genommen, um herauszufinden, auf welcher Matratze man am besten schlafen konnte.

Sie waren es gewesen, die jeden Tag in der offenen Küche gesessen hatten, an dem großem Esstisch mit den gemütlichen Stühlen, drüben in Abschnitt B, weil sie daran geglaubt hatten, was man ihnen erzählt hatte: dass es hier keine Grenzen gebe, dass das der Ort sei, an dem man kochen, essen, basteln oder einfach entspannt Zeit verbringen könne. Und als Holger sie einmal fragte, wo sie ihre Träume aufbewahren, hatten sie auf die Aufbewahrungsboxen gezeigt, in Regal drei, erhältlich in den Größen S, M oder L.

Als sie damals in den Bus stiegen, begann es zu regnen. Ein kleines Mädchen fing an, eine Zimtwecke zu essen, aber Jersey merkte es nicht. Sie hatte die Augen geschlossen, den Kopf in den Nacken gelegt und sich vorgestellt, wie sie an der Hochbettkombination lehnte.

Kurz vor der Endhaltestelle griff sie in ihre Tasche, spürte das kalte Messing der Klingen auf ihrer Hand und während in ihrem iPod PJ Harveys »Dear Darkness« lief, dachte sie daran, wie sie später sagen würde: Es war einmal, vor langer Zeit, da hatten wir uns ein Haus gebaut, für unsere Krötenliebe.

Die Kuckucksuhr tickte, Jersey sah auf ihr Handy, es war halb eins. Die Buttkies schlief auf dem Sofa, der Grube schlief auf dem Teppich. Und vor dem Fenster fiel immer noch der Schnee.

Chinesen

Oh Gott, der Grube ist tot. Nein. Moment. Streichen Sie das. Er lebt. Sitzt, wie bestellt und nicht abgeholt, in Buttkies' Küche. Gefesselt. Ja, Sie lesen richtig, sie haben ihn an den Stuhl gefesselt.

Mann, Mann, Mann. Meine Nerven.

Eigentlich wollte ich Ihnen von bunten Vögelchen erzählen, die lieblich in ihren Volieren vor sich hinzwitschern, oder von ausrangierten, aber liebenswerten Discokugeln, ich wollte hier Einspieler mit zu Herzen gehenden Katzenbabys präsentieren, nein, warten Sie, das vielleicht nicht, aber doch etwas, was Sie sich, verehrter Leser, nach einem langen, mühsamen Arbeitstag gerne zu Gemüte führen, ganz dem Credo folgend: »Der Kopf tut weh, die Füße stinken, höchste Zeit, ein Bier zu trinken!« Sie verstehen mich: Ein Genuss sollte das werden, eine Freude, etwas Schönes, und kein Sozialdrama, das Leben ist hart genug, also etwas mit Esprit und Charme. Nur leider zerschießen mir die Letzten hier tatsächlich gerade die ganze Konstruktion.

Aber Stopp. Richten wir also das Szenenbild ein, nein, verzeihen Sie, schauen wir uns das Geschehen einmal näher an. Zoomen wir von der Großaufnahme ins Detail.

Wir befinden uns in Elisabeth Buttkies' Küche. Der Grube ist vor etwa zehn Minuten erwacht, und natürlich hat er erst mal ganz große Augen gemacht. Ob er noch träumt, hat er sich gefragt, oder ob er schon gestorben ist. Die Buttkies hat ihm dann ganz sachlich erklärt, dass sie zum Ende ihres Lebens noch einmal in den Genuss einer oralen Chemotherapie gekommen sei, dass sie die Tabletten im Tee auflöse, Lenalidomid und Lorazepam, »Hanni und Nanni«, dass er aus Versehen davon getrunken habe und dass es sehr unwahrscheinlich sei, dass er bleibende Schäden davontragen werde, aber man wisse ja nie.

Da hat der Grube sie ganz dankbar angeblickt, hat ihr gewunken und fröhlich gelacht, und dem Kramer hat er dann ganz fasziniert dabei zugesehen, wie der ihn an den Stuhl gefesselt hat.

Und nun tauschen alle gemeinsam Höflichkeiten aus. Sie lernen sich ja auch erst kennen, die Letzten und der Grube, so richtig, von Angesicht zu Angesicht, meine ich.

Wie? Was? Glauben Sie nicht?

Klar, als die Nebenwirkungen der Tabletten endlich nachgelassen hatten und der Grube langsam begriffen hat, was hier los ist, hat er erst mal schon was von »Polizei« gelallt und von »Anwalt«. Aber da hatte er das mit den Fesseln immer noch nicht ganz realisiert. Und dass er eindeutig in der Unterzahl ist. Und so clever ist der Grube dann auch, dass er weiß, dass es schwer wird gegen den Weltuntergang, wenn man nur eine Zahnbürste dabei hat, und nicht mal an die rankommt.

Also, die Buttkies und die Jersey fuchteln jetzt mit den Abmahnungen und Kündigungsschreiben in der Hand vor Grubes Gesicht. Der Kramer macht da weiter, wo er in der »Blauen Perle« aufgehört hat, er trinkt den Kognak von der Buttkies und sitzt am Tisch, dem gefesselten Grube gegenüber.

Die Buttkies sagt, dass sie hier wohnt, seit sie denken kann, und »Alte Hecken soll man nicht versetzen«. Die Jersey überlegt kurz, weil in dem Satz mit den Hecken was nicht stimmt, aber dann ruft sie »Genau!«, und dass sie für seine Luxushütten nicht Platz machen würden, das könne er vergessen, die Stadt sei nämlich für alle da.

213

Der Kramer schweigt. Der Grube lächelt. Dann erklärt er, dass er die ganze Aufregung gar nicht verstehe, es gehe doch nur um Modernisierung, sie sollten sich darüber freuen. Da nimmt die Jersey dem Kramer das Kognakglas aus der Hand, leert es in einem Zug, stellt es hörbar wieder ab, atmet tief ein und sagt, dass er seine Verarsche aber ganz schnell stecken lassen kann. Was er als Modernisierung beschreibe, sei nichts anderes als Entmietung, Umbau und Verkauf.

Beim Grube rollen jetzt wieder alle Murmeln in die gleiche Richtung. Er lehnt sich, so lässig das gefesselt eben geht, auf dem Stuhl zurück und sagt, dass er nichts Illegales mache und sich im Rahmen seiner Möglichkeiten bewege. Das könnte ihnen jeder Anwalt bestätigen. Da lacht die Jersey laut und sagt: »Zum Beispiel dein Kumpel, der Kohler? Der vom Mieterverein?« Aber das ignoriert der Grube geflissentlich. Der Kramer schweigt und schenkt sich Kognak nach. Die Buttkies sagt, dass er außerdem ein gewachsenes Ökosystem zu Fall bringe. Der Kramer blickt auf, die Jersey kraust die Stirn, der Grube hebt irritiert eine Augenbraue. Die Buttkies fährt ungerührt fort. Außer ihnen gäbe es in diesem Haus noch zahlreiche andere Untermieter, Teppichkäfer zum Beispiel, aber auch Zitterspinnen, Höhlenschrecken, Raubwanzen und nicht zu vergessen: die südasiatischen Kirschessigfliegen. Ihnen allen nähme der Grube Lebensraum weg. Die Jersey nickt und sagt, die Buttkies habe Recht, im Grunde habe ein Schädlingsbekämpfungsmittel mehr Herz. Dem Grube reißt jetzt die Hutschnur, und er ruft, dass das, was sie als Verdrängung bezeichnen, ganz normale urbane Entwicklungsprozesse seien. Dann bildet er noch einen Satz mit »freier Marktwirtschaft« und »Wettbewerb« und schlägt vor, sie könnten ja alle drei nach China ziehen. Da haben nicht nur alle das Gleiche, es sehen auch alle gleich aus.

Moment, das ist jetzt aber nicht politisch korrekt, oder? Egal. Hier geht es sowieso schon zu wie im Schützengraben.

Die Jersey, jetzt die Ruhe in Person, fragt, ob er überhaupt noch schlafen könne angesichts seiner brutalen Methoden, sie loszuwerden.

»Ich bin mit mir im Reinen«, antwortet der Grube und zuckt mit den Schultern.

Da plötzlich lacht der Kramer laut auf, dann schenkt er dem Grube einen Schluck Kognak ein und schiebt das Glas über den Tisch, wobei das dem Grube so viel bringt wie ein Los der Süddeutschen Klassenlotterie, denn seine Hände sind ja noch gefesselt.

»Pass auf«, sagt der Kramer, rückt näher an den Tisch, und ein bisschen sieht es so aus, als würden sich jetzt zwei Buddies unterhalten, die sich lange nicht gesehen haben. »Im Grunde kann man nie mit sich im Reinen sein.« Er hebt die Hand und zählt ab. »Da gibt es erst mal denjenigen, der man sein will. Dann ist da noch derjenige, den die anderen in einem sehen – und schließlich gibt es den, der man ist.«

Die Buttkies und die Jersey sind ganz still, weil sie dem Kramer so viel Philosophisches im Gemüt gar nicht zugetraut hätten. »Und die drei«, der Kramer verzwirbelt jetzt Daumen-, Zeige- und Mittelfinger zu einem Knäuel, »immer im Konflikt.«

Der Grube zuckt wieder mit den Schultern. »Sie können Ihre Wohnungen ja kaufen.«

»Wow«, sagt die Jersey, »und wenn wir vor dem 1. Mai kaufen, können wir dann zehn Jahre gratis auf Ihrem Golfplatz spielen?«

Der Grube hebt den Kopf und sieht die Jersey so aufmerksam an, als habe sie ihn gerade auf eine Idee gebracht. Dann räuspert er sich. »Um dem Ganzen hier ein Ende zu setzen«, sagt er jetzt ganz fachmännisch und richtet sich auf, »schlage ich Folgendes vor: Ich zahle Ihnen Abfindungen. Und Sie unterschreiben die Aufhebungsverträge. Das nennt man dann win-win.«

Win-win! Ha! Der war gut! Ich höre jetzt das Ticken von Buttkies' Küchenuhr. Tick Tack Tick Tack. Was ist denn hier los? Heh, Leute, eure Einsätze! Jetzt! Okay, ihr habt den Text vergessen, macht nichts, ihr habt ja mich. Also Kramer, du sagst jetzt: »Wir sind nicht käuflich.« Die Buttkies sagt: »Alte Bäume soll man nicht verpflanzen«, und Jersey lacht laut und herzlich und ruft: »Deine Mutter ist 'ne Abfindungszahlung.« Uuund bitte:

Der Kramer schweigt und schaut den Grube an.

Die Buttkies schweigt und schaut den Grube an.

Die Jersey schweigt und trinkt den letzten Schluck aus der Flasche Kognak. Dann setzen sie sich zusammen und tuscheln.

Schließlich seht die Jersey auf und geht rüber zum Grube. Aber was macht sie denn da? Macht ihm die Fesseln ab? Spinnt die?

Ich kann gar nicht hinsehen.

Der Grube reibt sich die Handgelenke, dann greift er zu seiner Aktentasche und holt 'nen Block raus. Was wird denn das hier? Wollen die jetzt gemeinsam spielen? »Schiffe versenken«? »Stadt Land Fluss«?

Jetzt reißt er drei Zettel ab, schreibt auf jeden was drauf. Eine Zahl. 100? 1000? Was soll denn das für ein Spiel …? Nee, Moment, das sind …, das sind … Jetzt schiebt er jedem einen Scheck über den Tisch.

Okay, die nehmt ihr jetzt und dann zerknüllt ihr sie! Haben wir uns verstanden?

Der Kramer schaut auf den Scheck, schüttelt den Kopf, dann schiebt er den Wisch über den Tisch zurück.

Sehr gut.

Die Jersey schaut auf den Scheck, lacht kurz auf, dann schiebt sie den Wisch über den Tisch zurück.

Braves Mädchen.

Die Buttkies schaut auf den Scheck, sagt:»Sie sind ja putzig«, dann schiebt sie den Wisch über den Tisch zurück.

Nach einer Weile atmet der Kramer hörbar tief ein, dann räuspert er sich und sagt:»Da fehlt noch eine Null.«

Wie bitte?

Die Jersey nickt und sagt:»Da fehlt noch eine Null.«

Die Buttkies nickt und ... An diesem Punkt halten wir jetzt kurz inne. Wenn Sie sich, verehrter Leser, bitte kurz in mich hineinversetzen könnten? Geht nicht? Gut, versuchen wir es andersrum. Sie müssen sich das so vorstellen: Sie haben lange und hart gearbeitet, eigentlich sind Sie urlaubsreif, ganz allgemein gesprochen sind Ihre Ansprüche sowieso nicht mehr so hoch wie am Anfang Ihrer Laufbahn als Mensch. Im Grunde hoffen Sie nur auf ein kleines bescheidenes Glück und ein wenig Dankbarkeit in den Augen Ihrer Lieben dafür, dass Sie sich rund um die Uhr den Arsch für sie aufreißen.

Stattdessen: Krise. Herzrasen, Hitze, Schweißausbrüche und Schlaflosigkeit, Magenkrämpfe und zu hoher Blutdruck.

Sie nicken? Gut. Denn dann können Sie sicherlich nachvollziehen, dass das, was jetzt folgt, die rasche Entfaltung des kompletten Spektrums meiner hypochondrischen Möglichkeiten ist.

Der Grube setzt also tatsächlich noch an jede Zahl eine Null, im Gegenzug unterschreiben ihm die Letzten dafür die Aufhebungsverträge für ihre Wohnungen. Die schleppt der Grube ja schon seit Wochen mit sich rum. Für den Fall der Fälle. Schließlich verstaut er alles in seiner Aktentasche, steht auf und geht. Und ich gehe mit.

Lässig schlendert er die Treppe runter. Im ersten Stock bleibt er vor einer Wohnungstür stehen. »Hier wohnen Papa, Mama und Annika«, steht auf dem selbst gemalten Bild. Mit einem Ruck reißt er es runter und zerknüllt es. Dann geht er weiter. Nur noch ein paar Treppenabsätze, da sieht er auch schon die Eingangstür. Er beschleunigt seinen Schritt und siehe da, da geben doch plötzlich die Treppenstufen nach, er will zum Geländer greifen, aber, wie durch Zauberhand, weg. Kein Geländer, nirgends.

»Ja«, rufe ich, »die Schwerkraft ist heute wieder besonders stark, was?« Aber bevor er sich überhaupt wundern kann, woher die Stimme kommt, segelt er in hohem Bogen mittenmang durch die Haustür und kommt direkt vor dem Eingang der Länge nach auf dem Bauch zu liegen.

Hups!

In Buttkies Küche sitzen die Letzten immer noch verwundert über das eben Erlebte zusammen, der Kramer lallt die ganze Zeit: »Wir sind alle käuflich!«, aber eigentlich haben sie noch keine Entscheidung getroffen, wie sie nun weiterdenken, weiterleben sollen. Da geht es ihnen nicht anders als mir. Die Genugtuung, dem Grube einen Schreck eingejagt zu haben, ist schon wieder verflogen, die Krise leider nicht, denn jetzt vibriert es in mir, alles zittert, dehnt und verzehrt sich.

Und dann geht alles ganz schnell.

Ein paar Steinchen lösen sich aus dem Putz des Schornsteins, kullern das Dach hinab, bleiben in der Dachrinne liegen. Dadurch verliert allerdings ein Ziegelstein unter dem Putz seinen Halt und segelt mit Karacho hinterher, als wär's ein Skiabfahrtsrennen. Keiner stoppt die Zeit, aber die Dachrinne hält. Null Problemo. Nur die Erschütterung schiebt sich jetzt leider wellenartig durchs Mauerwerk und bleibt im Holz des Fensterrahmens stecken.

Stille. Und dann ahne ich es schon, bevor ich es höre, das feine Rieseln, als würde sich etwas lösen, und ich weiß sofort: die Fensterscheibe. Dachgeschoss. Mitte. War schon immer eine kränkliche Fensterscheibe, eine mit Freiheitsdrang. Sie singt, ja tatsächlich, singendes Glas, sie ist nicht mehr aufzuhalten, nein, pfeilschnell und zielgerade rast sie auf den Eingang des Hauses zu. Und dann gibt es nur einen kurzen, scharfen Laut, ich sehe nicht hin, aber ich weiß, da wächst jetzt zusammen, was nicht zusammen gehört.

Und dann, dann höre ich nur noch die Vögel von weit her, ihr Zwitschern und Pfeifen, und mit diesen Klängen, sehr verehrte Damen und Herren, ich muss Ihnen nichts erklären, beginnt jeder qualitativ hochwertige Nervenzusammenbruch.

IV

Die Franzosen neigen dazu, sehr dünne Steaks zu grillieren, die kaum 200 Gramm wiegen. Für mich ist das Aufschnitt!

Zugeschrieben Otto von Bismarck

Zack, zack und Marie Antoinette

»Zack, zack und Marie Antoinette«, sagte Kramer und betrachtete ruhig den Toten zu seinen Füßen. Seit fünf Minuten standen sie vor einem Tatort und blickten direkt in die Schlucht zweier nackenhoher Wände. Er drehte sich kurz um und sah hinauf zum Dach des Hauses. Die Glasscheibe eines Fensters musste sich gelöst haben, denn anders ließ es sich nicht erklären, dass diese jetzt Grubes Nacken sauber in zwei Hälften teilte. So ähnlich musste das ausgesehen haben, als der liebe Gott damals das Rote Meer teilte, kurz bevor Moses und Freunde durchmarschiert waren.

Es war nicht so, dass ihn Grubes Tod völlig kalt ließ, aber seit einiger Zeit gab es nicht mehr viel, was Kramer noch aus der Fassung bringen konnte. Er hatte seinen Job verloren, Erika war ihm flöten gegangen und vögelte jetzt einen dahergelaufenen Alleinunterhalter aus Bremen, der sich den beknackten Künstlernamen »Antonio« zugelegt hatte, damit ihn die Frauenwelt für einen sexuell überaktiven Italiener hielt, das war schon bitter genug, außerdem stand die »Blaue Perle« wahrscheinlich kurz vor dem Aus.

Nein, im Grunde gab es nichts mehr, was ihn noch aus der Fassung bringen konnte – außer der eigene Tod versteht sich. Und festzustellen war auch, Kramer beugte sich nach unten und inspizierte Grubes Antlitz, dass man den Gesichtsaudruck des

Toten tatsächlich mit »zufrieden« beschreiben konnte, als wäre ihm im letzten Moment klar geworden, dass ihm der ganze Tand auf der Welt endlich nichts mehr anhaben könnte. Hier hatte mal einer wirklich losgelassen, es nicht nur behauptet, und weder Schockstarre noch Durchdrehen würden den Grube wieder lebendig machen. Außerdem würden sie gleich die Polizei rufen, und die dringlichere Frage war eher, ob sie nicht zuvor die Aufhebungsverträge aus der Aktentasche holen sollten, die neben dem Toten lag.

Neben ihm beugte sich nun die Buttkies über die Leiche und studierte den Krater in Grubes Hals, genauer: Eine 72-Jährige mit Kittelschürze unterm Mantel und einer Latexmaske auf dem Kopf schaute mit ihrem Taubenschnabel direkt in das Innere eines formschön tranchierten Genicks. Ein Anblick wie dieser hätte ihn wahrscheinlich noch vor einem halben Jahr an den Rande des Herzinfarkts gebracht.

Die Buttkies begann jetzt, vor sich hin zu murmeln. Kramer traute seinen Ohren nicht. »Was haben Sie gerade gesagt?«

Sie richtete sich auf, verschränkte die Arme im Rücken und legte sich leicht ins Hohlkreuz. »Das wird schon wieder.« Sie nickte zuversichtlich. »Is nur 'n Kratzer.«

»Bitte?« Kurz spürte Kramer seinen Puls. »Frau Buttkies, der Mann ist mausetot, sehen Sie die sauber durchtrennte Wirbelsäule im Halsbereich, dort der Rumpf, hier der Kopf, das ist …«, Kramer überlegte, »das ist wie Ballack und Löw, da wird nichts wieder.«

Kurz war es still, dann zog Buttkies ihre Taubenmaske vom Kopf, setzte eine Brille auf und beugte sich erneut nach unten. »Tatsache. Das is ja 'n Ding.« Sie richtete sich wieder auf. Fassungslosigkeit klang anders.

Kramer blickte zu Jersey, die noch kein einziges Wort von

sich gegeben hatte. Kreidebleich stand sie da und starrte auf Grubes Rücken. Auch die Buttkies schien es bemerkt zu haben. Sie ging einen Schritt auf Jersey zu, dann drückte sie ihr etwas in die Hand. Und was immer es auch war, es half, denn die Punkerin fand die Sprache wieder und kam ihm sogar zuvor, was seinen Vorschlag für die weitere Abendplanung betraf. »Wir müssen die Polizei rufen«, sagte sie und Kramer nickte.

»Und dann?«, fragte die Buttkies. Es hörte sich beinahe bockig an.

»Kommen sie.« Jersey zog die Nase hoch.

»Und dann?«

»Nehmen sie den Fall auf und der Grube bekommt einen Totenschein.«

Aber die Buttkies ließ nicht locker. »Und dann?«

Jersey zuckte mit den Schultern »Wird alles gut.«

»Da wär ich mir nicht so sicher«, sagte die Buttkies noch und steckte die Hände in die Manteltaschen.

Er war aufgeregt, da gab es nichts zu beschönigen. Tatsächlich rief er gerade zum ersten Mal in seinem Leben bei der Polizei an. Bis jetzt kannte er Szenen wie diese nur aus TV-Krimis.

Es hatte nur einmal geläutet, und Kramer hatte es gerade noch geschafft, tief Luft zu holen.

»Polizeinotrufzentrale Süd, Schmidt.«

Kramer räusperte sich. »Mein Name ist Karl Kramer.«

»Wie kann ich Ihnen helfen?«

»Ich möchte einen Unfall melden.«

»Wo befinden Sie sich?«

Aber Kramer war gedanklich schon weiter. »Ein Mann.«

Am anderen Ende der Leitung wurde schwer ausgeatmet. »Wo befinden Sie sich?«

»Er ist tot.«

Stille in der Leitung.

»Könnten Sie das wiederholen?«

»Er ist tot.«

»Mmmhh.« Pause. »Und wie ist das passiert?«

»Die Glasscheibe«, sagte Kramer hastig.

»Aaaaah, die Glasscheibe.«

»Im Nacken«, setzte Kramer hinterher. Er spürte, dass sich alles sehr unwahrscheinlich anhören musste.

»Im Nacken? So, so …« Der Mann am anderen Ende der Leitung klang nicht erschrocken, sondern eher belustigt.

Kramer nickte und versuchte, sich zu beruhigen.

Stille.

»Wie ist sie dahin gekommen?«

»Das Haus, also vom Dach, runter. Zack, zack und Marie Antoin…«

Kramer brach ab, biss sich auf die Lippen und wollte gerade noch einmal ansetzen, um sich in Ruhe zu erklären, als er im Hintergrund unterdrücktes Lachen hörte. Offensichtlich hatte man den Apparat auf laut gestellt.

»Vor Ihnen liegt also ein toter Mann, dem eine Glasscheibe im Nacken steckt.«

»Ja. Also nein. Der Nacken. Zwei Hälften. Moses. Das Rote Meer.« Kramer schloss die Augen. Das durfte doch nicht wahr sein. Er war wieder sieben Jahre alt und stand vorne an der Tafel.

»Zwei Hälften, aha. Und welche ist die ›bessere‹?«

Ein heiseres Lachen, dann ein Geräusch, das sich anhörte, als würde sich jemand auf die Schenkel klopfen.

Kramer ballte die Faust.

»Gut, junger Mann«, der Hilfssheriff hatte sich wieder erholt, »dann nehmen wir jetzt mal Ihre Personalien auf.«

Plötzlich war von weit her das Heulen einer Polizeisirene zu vernehmen. Nein, nicht von weit her, in unmittelbarer Nähe. Kramer begann zu schwitzen. Waren die etwa so schnell? Sein Blick fiel auf die Aktentasche. Die Aufhebungsverträge!

»Was ist das im Hintergrund? Sind etwa schon Kollegen vor Ort?« Die Stimme am anderen Ende der Leitung klang plötzlich hellwach und ernst.

Rasch ließ Kramer die Hand sinken, in der er das Handy hielt, und wandte sich Buttkies und Jersey zu. Die Buttkies zeigte auf Jerseys Hand. Jersey drückte hastig auf das Display ihres Handys, dann zuckte sie entschuldigend mit den Schultern. Die Polizeisirene verstummte augenblicklich.

»Hallo? Hallo? Sind Sie noch dran?«

Kramer fuhr sich durchs Haar, atmete tief aus, dann führte er langsam sein Telefon ans Ohr. »Nein, das war nur der Klingelton.«

»Der Klingelton?«

»Vom Handy.«

»Wessen Handy?«

»Von Kate Moss, äh, Frau Weber, also von Jersey.«

Die Buttkies nickte ihm unbeirrt zu, die Jersey hatte das Handy wieder in ihre Tasche gesteckt und blickte ihn entschlossen an. Aber Kramer ahnte, dass der Zug bereits ohne sie abgefahren war.

»Haben Sie getrunken?«

Es mussten 16 Bier gewesen sein. In der »Blauen Perle«. Und die Flasche Kognak bei der Buttkies. Aber das war gefühlte Stunden her.

»Marginal.«

»Marginal. Aha. Junger Mann, wir machen es am besten so: Sie rufen morgen früh noch einmal an, wenn Sie Ihren Rausch ausgeschlafen haben. Dann kommen wir und schauen, wie es dem Toten und seinen zwei Hälften geht, ja?«

»Hören Sie, ich bin weder betrunken, noch verrückt. Hier liegt ein Toter mit einer Glasscheibe im Nacken. Ich denke, Sie sollten jetzt aktiv werden!« Kramer spürte, wie sein Selbstvertrauen zurückkam.

»Natürlich«, sagte der Polizist ganz ruhig. »Aber wissen Sie, wenn wir bei jedem Scherzanruf ausrücken würden, würde man uns gar nicht mehr erreichen. Für heute lass ich es darauf beruhen, aber Sie sollten wissen, dass Sie sich das nächste Mal strafbar machen, wenn Sie den Notruf auf diese Art missbrauchen.«

Und dann legte er auf.

Kramer hätte nicht sagen können, wie lange sie dort zu dritt nebeneinanderstanden, schweigend, in den Hinterhof blickten, in die schneekalte Nacht.

Etwas Eigenartiges hatte begonnen, in ihm vonstatten zu gehen. Ein großer, weiter Raum hatte sich plötzlich geöffnet, innerhalb der komplexen Konstruktion seiner Persönlichkeit, von dessen Existenz er niemals zu träumen gewagt hatte.

Seit Herbst letzten Jahres hatte der Grube versucht, sie zum Narren zu halten, gemeinsam mit Kohler, diesem Anwaltsfuzzi. Sie hatten sie zu keinem Zeitpunkt ernst genommen, genauso wenig wie die Polizei eben. Und dann passierte das Eigenartige. Jeder normale Mensch wäre an diesem Punkt zusammengebrochen oder hätte sich in die innere Emigration begeben. Aber in Kramer war nichts mehr. Nur eine grenzenlose, weite Wüste, eine vollkommene Ruhe.

Irgendein höheres Wesen hatte sein Gesicht in den Matsch gedrückt, immer und immer wieder: erst der Job, dann Erika, jetzt eine Leiche. Lange hatte er sich gewehrt, hatte gespuckt und gehustet, um den Dreck zwischen den Zähnen rauszukriegen, bis es wieder von vorne losging, und das sadistische höhere Wesen ihn erneut in die braune Pampe drückte, mit dem Gesicht voran, aber dann hatte Kramer einfach losgelassen. Er hatte den Matsch umarmt, ja so konnte man es sagen, und hatte aufgehört zu spucken. Stattdessen hatte er begonnen, sich den Schlamm von den Lippen zu lecken und zu denken: »Herrlich. Baileys.«

Als das Läuten einer Kirchturmuhr die Stille im Hinterhof zerriss, fuhr sich Kramer durchs Haar und sagte: »Wir werden ihn unter die Erde bringen.«

»Unter die ...?«, fragte die Buttkies.

Kramer nickte. »Das schaffen wir auch ohne die Bullen.«

Es lag keinerlei Verzweiflung in seiner Stimme. Im Gegenteil. Er klang wie der Trainer eines Spitzenklubs kurz vor dem Pokalfinale, der der anwesenden Presse versicherte: »Wir werden das Baby nach Hause holen. Komme, was da wolle.« Dass das Entsorgen der ein Meter achtzig langen und neunzig Kilo schweren Angelegenheit zu seinen Füßen ähnlich kompliziert werden würde wie ein Pokalfinale zwischen Spitzenklubs stand außer Frage. Aber nun gab es nichts mehr, was nicht zu bewältigen wäre. Er war zu allem fähig. »Baileys«, dachte Kramer und dann nickte er noch einmal so entschlossen, wie er lange, lange nicht mehr genickt hatte.

Modell 1792

Noch bevor der Kramer aufgelegt hatte, wusste sie, dass die Polizei nicht kommen würde. Elisabeth hatte es sich verkniffen, darauf hinzuweisen, dass sie von Anfang an der Meinung gewesen sei, es habe keinen Sinn, den Alarm auszulösen, weil das Kind bereits in den Brunnen gefallen war. Seltsam gelassen und handlungsunfähig zugleich hatte der Kramer dann neben ihr gestanden. So musste Marat ausgesehen haben, dachte Elisabeth, in dem Moment, als er erkannt hatte, welche Absichten Charlotte Corday in Wirklichkeit hegte.

Sie hatte plötzlich Mitleid mit dem Kramer bekommen, und sie hatte daran gedacht wie sie alle drei bis eben noch in ihrer Küche geschimpft hatten, wie die Chorspatzen, nein, Chor, nein, das war es nicht, Rohr, genau, wie die Rohrspatzen.

Elisabeth blickte in den Hof, es begann erneut zu schneien.

Wenn man es sich genau überlegte, war das, was da eben in der Küche vonstatten gegangen war, eine Einberufung der Generalstände gewesen, wobei nur der Dritte Stand anwesend war, also der Kramer, das Baumwollmädchen und sie. Und der König.

Auch sie hatten ein größeres Stimmrecht eingefordert und natürlich wollte der Grube ihre kleine Nationalversammlung erst nicht anerkennen, da stand er dem Ludwig XVI. in nichts nach, doch schließlich blieb ihm auch nichts anderes übrig, und er musste nachgeben.

Mit großer Sicherheit waren die Schecks mit ihren Abfindungen nun geplatzt, da hieß es realistisch sein, aber der Disput in ihrer Küche hatte sich in Elisabeths Augen doch ein wenig wie ein Aufbegehren angefühlt, zumindest ein kleines. Bürger ist Bürger. Da war sie ganz bei der Französischen Revolution.

Schließlich war der Grube von dannen gezogen, und wahrscheinlich wären sie alle bald zu Bett gegangen, wenn nicht ein paar Sekunden lang alles um sie herum plötzlich gewackelt und gezittert hätte: die Gläser auf dem Tisch, die Stühle, die Wände. Der Spuk war schnell vorbei, für ein Erdbeben viel zu sanft und eigentlich nicht der Rede wert. Zur Sicherheit waren sie dennoch gemeinsam durchs Treppenhaus nach unten gegangen, um zu sehen, ob der Eingang nicht verschüttet worden war durch diesen kuriosen Erdstoß. Und da hatten sie ihn entdeckt.

Er hatte da gelegen wie ein vom Himmel gefallener Vogeldreck und an seinem Hals hatte es rötlich geschimmert. Also hatte sie sich vornübergebeugt und, Herrgottchen, was sollte man sagen, hatte er sich halt ein bisschen aufgeschürft, da im Genick, das war jetzt wirklich kein Grund, die Schnelle zu rufen. Aber dann hatte der Kramer nicht lockergelassen und doch tatsächlich Stein und Bein geschworen, dass der Mann nicht nur faul rumliege, sondern auch nicht mehr am Leben sei. Und tatsächlich: Die Kratzer im Nacken entpuppten sich schließlich als kläffende Hunde, nein, kläff…, Elisabeth überlegte, als klaffende Wunde, eine rumpfseitig, eine kopfseitig, und ein wenig hatte sie der Grube an eine der Tauben erinnert, die Walther immer vom Dachfirst geschossen hatte. Beide Geschöpfe, ob Mensch oder Tier, umgab die gleiche eigentümlich selige Aura, und auch im Blut ihres ehemaligen Vermieters lag eine große Ruhe.

Der Kramer schien vernünftig mit der Sache umzugehen. Er hatte sogar das Dach in Augenschein genommen, wahrscheinlich hatte er der Beziehung von Ursache und Wirkung auf den Grund gehen wollen. Nur das Baumwollmädchen war seltsam ruhig gewesen, und blass vor allem, ja, blass. Wenn Elisabeth eines verstanden hatte, dann, dass das Baumwollmädchen zu den Kindern gehört hatte, die schon mit sieben Jahren Augenringe ihr Eigen nennen konnten, da brauchte es keinen toten Grube. Denn sehr wahrscheinlich hatte sie schon als Kind geahnt, dass das mit den Dämonen in der Welt kein Märchen war. Die ganze Zeit, in der sie vor der Leiche gestanden hatten, hatte Jersey kein Wort gesagt, nicht mal »Scheiße« oder dieses F-Wort. Etwas schien die Kleine im eisigen Griff zu haben, ganz inwendig zerrissen hatte sie dagestanden und auf den Toten gestarrt, als würden ungute Erinnerungen und alte Dämonen auf dessen Rücken ein Tänzchen aufführen, als hätten sie nur auf einen Moment wie diesen gewartet, um das Baumwollmädchen zerbröseln zu sehen. Es war der alte Kampf Hell gegen Dunkel, Licht gegen Finsternis – und Elisabeth kannte ihn nur zu gut.

Also hatte sie in die Tasche ihres Mantels gegriffen, den Lipgloss hervorgeholt, mit dem ihr Jersey zuvor die Wangen bemalt hatte, war einen Schritt auf sie zugegangen und hatte ihn ihr in die Hand gedrückt. Dass es dem Baumwollmädchen gleich so viel besser gehen würde, dass es auf die dumme Idee mit der Polizei kam, konnte Elisabeth natürlich nicht voraussehen.

Seit der Kramer das Telefonat mit der Polizei beendet hatte, hatte keiner mehr ein Wort gesagt. Die Jersey hatte sich eine Zigarette angezündet und der Kramer blickte ins Nichts. Sie selbst hatte noch einmal den toten Grube zu ihren Füßen betrachtet und sich eingestehen müssen, dass sie ein bisschen neidisch war. So schnell konnte es also gehen. So einfach konnte es sein.

Natürlich, bei Ludwig XVI. war die Sache gehörig schiefgegangen, da gab es nichts zu beschönigen, denn da hatte es wohl mehrere Durchgänge gebraucht, bis der König kopflos war. Das war unbestritten, über den Rest waren sich die Historiker uneinig. Die einen sagten, der Nacken sei einfach zu feist gewesen, da könne die Guillotine nichts dafür, die anderen sagten, das Modell, das 1792 für Hinrichtungen eingeführt worden war, sei technisch noch nicht ausgereift gewesen, der Nacken trage keine Schuld. Elisabeth drehte die Taubenmaske, die sie in Hinblick auf eine unverfälschte Inspektion abgesetzt hatte, in ihren Händen hin und her, ohne ihren Blick von dem Toten zu heben. Aber wer hätte denn gedacht, dass im 21. Jahrhundert noch einmal das »Modell 1792« zum Einsatz käme.

Gut, es war eine Fensterscheibe, die – mit einem großen Freiheitsgefühl ausgestattet – eigene Wege gegangen war, und dass ein Stück Glas eine derartige Durchschlagskraft entwickeln konnte, das hätte sie noch vor eine paar Stunden kategorisch ausgeschlossen, aber jetzt standen sie ja vor dem Beweis. Die Frage nach dem Täter erübrigte sich, es gab keinen.

Wie auch immer, festzustellen war, und das hatte sie auch ihren Schülern immer wieder versucht begreiflich zu machen, festzustellen war also: 1793 war kein schönes Jahr für den französischen Adel. Diese bittere Erfahrung musste Anfang des Jahres Ludwig XVI. machen und Ende des Jahres traf sich seine Frau, eben jene von Kramer erwähnte Marie Antoinette, auf ein Stelldichein mit der Guillotine. Und warum? Weil sie eine Gier gehabt haben, und so eine Gier macht den Menschen jetzt innerlich natürlich nicht unbedingt schöner.

Und nun waren sie wieder an dem Punkt. Die Geschichte wiederholte sich. Mit weißen Westen waren der Grube und der Kohler durchs Leben gelaufen, dabei hatten sie wahrscheinlich nicht nur eine Leiche im Keller. Und gerade eben waren sie, Kramer, Jersey und sie selbst, von einer der drei Staatsgewalten verlacht worden. Kurz vor Kramers Anruf bei der Polizei wäre es ihr pietätlos vorgekommen, wenn sie das Stück Scheibe für die Nachwelt aufgehoben hätten, unter einer Vitrine beispielsweise, im Museum, mit dem Hinweis »Modell Thomas Grube«. Aber damit war jetzt Schluss. Elisabeth setzte die Taubenmaske auf. Der Rubikon der Verzweiflung war überschritten. Und sie mussten nicht einmal zur Hinrichtung des Königs aufrufen. Er war bereits tot. Die Zeit war gekommen: für die Revolution. Und eine Leiche im Keller.

Pony

Eigentlich hatten sie alle nur nachsehen wollen, was es mit dem sekundenkurzen, seltsamen Zittern der Wände auf sich gehabt hatte. Also waren sie durch den Hausflur gelaufen bis nach unten, zur Eingangstür, die offen stand. Und da lag er.

Jersey blickte auf den toten Grube, dann legte sie die linke Hand auf den Bauch. Ihr war kalt und schlecht.

Früher hatte Mutter immer eine Fotografie von ihr neben dem Bücherregal hängen gehabt, direkt über dem Schallplattenspieler. Darauf hatte Jersey in einer roten Kord-Latzhose neben dem Pony eines Streichelzoos gestanden und unbeholfen gelacht.

Sie versuchte, tief einzuatmen.

Seit Mutters Tod hatte die Kraft für die Krise gerade so gereicht. Wie der alte Zaun damals um das Pony im Streichelzoo.

Grube war der zweite Tote, den sie in ihrem Leben sah. Sie kannte ihn nicht einmal, und, vor allem, war er ihr nicht einmal sympathisch gewesen. Dennoch: Sie wäre jetzt gerne weggelaufen – Weglaufen wurde ja unterschätzt –, die Treppen nach oben, Dachgeschoss, in die Küche und dann die Herdplatte an, zwei Minuten warten und schließlich die Hand drauf. Sie wäre jetzt gerne laut, böse und ausfällig geworden, weil alles besser war, als diese Stille in ihr drin. Vor allem aber wäre sie gerne so pragmatisch wie der Kramer und die Buttkies an die Sache rangegangen, hätte Ratschläge geben wollen, was zu tun sei, im Sterbefall, sie konnte das doch.

Stattdessen wurde sie wieder zu dem unbeholfenen Kind auf der Fotografie, das neben dem Pony stand, dessen Körperwärme sie spürte, den Geruch von Heu. »Ich möchte nicht sterben«, dachte Jersey, atmete tief ein und wartete auf die Kraft, aber das Einzige, was sie zustande brachte, war wieder nur eine verrotzte Angst vor dem Tod.

Die Buttkies, die sie die ganze Zeit aufmerksam angeblickt hatte, als wüsste sie über die gerade stattfindende Schlacht in Jerseys Brustkorb bestens Bescheid, griff plötzlich in die Tasche ihrer Kittelschürze, die sie unter dem Mantel trug, und holte etwas hervor, das große Ähnlichkeit hatte mit dem »High Shine Lipgloss Shimmer Pink«.

Sie ging einen Schritt auf sie zu, wischte schnell und hastig das Nasse von Jerseys Wangen, dann lächelte sie, drückte ihr den Lipgloss in die Hand und sagte: »Hier, Herzchen, hilft immer.«

Es hatte tatsächlich geholfen. Es wurde besser. Atemzug um Atemzug. Und jetzt, nachdem der Kramer eben die Polizei angerufen hatte, waren die Dämonen und Erinnerungen nur noch Schatten. Sie waren mal wieder verarscht worden. Aber als Kramer aufgelegt hatte, begann eine neue Zeitrechnung. Nun waren sie drei endgültig verschmolzen. Zu einem einzigen, aufrechten und stolzen Mittelfinger. Jersey atmete tief ein. Gegen die Welt.

Ich liebe euch alle

Kennen Sie das? Wenn Sie sich fühlen, als wäre die A9 einmal über sie drübergerollt? Nein? Ich auch nicht. Ich fühle mich fantastisch. Seit zwei Stunden blicke ich in den Abgrund und mir ist wohlig warm. Auch kann ich ein Kichern hier und da nicht unterdrücken – es hebt dann das Dach leicht an – was mir einen ganz bezaubernden, verwunderten Gesichtsausdruck von Jersey gebracht hatte, aber er hielt nicht lange, denn dann hatte die Buttkies wieder ihre ganze Aufmerksamkeit absorbiert, weil sie dem ganzen Innenhof erzählen wollte, mit was für einer geballten, von der Natur bereitgestellten Vitalität der Grube verwesen würde.

Und seit ein paar Minuten sitzen die Papageien auf den Bäumen, Hunderte, Tausende, es ist herrlich. Hören Sie die Musik, dieser Swing? *Baby, you knock me out.* Wie treffend!

Aber ich schweife schon wieder ab, verzeihen Sie. Wo waren wir stehen geblieben? Ah, ja, bei dem toten Grube da unten. Dass hier alles aus dem Ruder läuft wegen einer losen Fensterscheibe – damit hatte ja nun wirklich keiner gerechnet. *Baby, you knock me out.*

Wir werden scheitern, auf ganzer Linie. Nein, warten Sie, wir scheitern bereits auf ganzer Linie, hier hat das Präsens ausnahmsweise mal Sinn, denn sonst hat ja im Grunde nichts mehr viel Sinn. Und wenn Sie jetzt seufzen und denken, es wird sich schon eine Lösung finden, dann rufe ich Ihnen sehr herzlich und geistig bereits leicht desorientiert zu: Nein!

Egal, wer für diesen Wahnsinn hier in einem übergeordneten Sinne zuständig ist, er oder sie weiß: Bei einer Talfahrt zieht man nicht die Bremse. Das Einzige, auf was Sie und ich noch hoffen können, ist ein Wunder, aber ich vermute stark, auch diese sind bereits ausverkauft. Das wissen Sie, verehrter Leser, das weiß ich, aber jetzt sehen Sie sich die Letzten an. Was die sich noch für eine Mühe geben da unten. Buddeln und graben, dabei ist das ungefähr so sinnvoll, wie eine Kostümbildnerin für einen Pornofilm anzustellen.

Immerhin haben wir ja die Vögel, die Papageien, sehen Sie doch, überall sind sie, überall. Mitten in Deutschland. Anfang März. Und es liegt immer noch Schnee. Alles geht zu Ende, nur der Winter nicht.

Wie bitte? Wie meinen Sie? Ich klinge so verwirrt?

Nein, nein, nein, ich kann Sie beruhigen, ich befinde mich in der Akutphase eines Nervenzusammenbruchs. Sie kennen das. Man erlebt dann alles nur noch wie durch einen Filter, das Bewusstsein ist eingeengt und die Wahrnehmung gestört. Oder es ist posttraumatischer Stress, was weiß ich, suchen Sie sich eins aus. Aber keine Sorge, gleich brennen mir die Leitungen durch, denn: Es ist alles meine Schuld. Allein. Meine. Schuld.

Letztens hat sich die Jersey eine Fashionshow angesehen, da musste ein 21-jähriger Auszubildender mit Modelambitionen im Einkaufscenter an Imbissbuden vorbeiflanieren. Im Bikini. Und dann hat ihn einer der Moderatoren gefragt: »Mensch, warum kuckst du denn so traurig?«, und der junge Mann hat geantwortet: »Ich bin im Moment auch nicht so von mir begeistert.«

Besser könnte ich das jetzt auch nicht formulieren. Ja, ich würde jetzt auch lieber im Sommerkleid über die Wiese tanzen und rufen »Der Regen fühlt sich so gut an«. Aber wir sind ja hier nicht im Werbeblock. Stattdessen liegt der Grube in zwei Hälften vor der Eingangstür. Bikini-Oberteil, Bikini-Unterteil. Da wird jetzt auch kein Badeanzug mehr draus. Es ist alles meine Schuld. Ich habe alles kaputt gemacht. Den Grube. Die Letzten. Das war's.

Und wie ich den Grube da so liegen sehe, habe auch ich ein ganz starkes Bedürfnis nach der Horizontalen, was ja in meinem Falle verheerend wäre, aber jetzt auf einer altmodischen Pritsche in den Garten eines Sanatoriums gefahren zu werden, mit all den anderen Feinnervigen und Zerrissenen, und dann nur liegen, nichts als liegen und den Wolken beim Vorüberziehen zusehen, das wär's. Ich beneide Sie, das muss ich schon sagen. Wie ganzheitlich und vollumfänglich Menschen ihre nervlichen Krisen auskurieren können – das muss doch eine ganz wunderbare Angelegenheit sein. Bei mir setzt sich das jetzt alles ab: im Gemäuer, was sich dann, zumindest stelle ich mir es so vor, wahrscheinlich anfühlt wie bei Ihnen die Gicht, und im Gemüt natürlich, im Gemüt. Ich denke über einen Berufswechsel nach. Moment, habe ich überhaupt einen Beruf? Ach egal… Mir ist so herrlich warm, das können Sie sich nicht vorstellen, und die vielen Papageien, wo kommen die denn auf einmal her? Ah, ich erinnere mich wieder. Totenvögel. Papageien sind ja die klassischen Totenvögel, aber gleich so viele? Hey, hört mal, Dudes, es ist nur einer tot, okay? Und wehe, ihr scheißt mir den Flur oder den Schornstein voll.

Aber ach, wie schön die Tiere sind, wie bunt, und dann dieser Schnee überall, nein, das ist ja gar kein Schn…, das ist Glitzer! Himmel, tut das alles gut, ich spüre Liebe in mir und Glück, ganz viel Glück, und gleich brennen hier die Sicherungen durch, aber wir wollen optimistisch bleiben, jetzt springt der Motor an, ich drehe durch, herrlich, ich liebe euch alle …

Sie haben Ihr Ziel erreicht

Kramer setzte sich auf den Fitness Racer und wählte »Höhentraining – Italien – Passo Tremalzo«. Normalerweise sollte man das Training mit einer Aufwärmphase beginnen, lockerer Gang und mittlere Trittfrequenz, um die Herzfrequenz langsam zu steigern. Aber Kramer fühlte sich mittlerweile nicht nur gut trainiert, sondern vor allem ambitioniert.

Er trat in die Pedale.

»Hallo«, sagte Gerda jetzt, die schönste Tresenlolita aller Zeiten, »wie geht es uns heute?«

»Fantastisch, Baby, fantastisch!«

Mit der echten Gerda hätte er niemals so gesprochen, in diesem flapsigen Ton, aber heute war Kramers Laune ausgezeichnet.

Gerdas Laufrad-Existenz hatte er vor allem der Punkerin zu verdanken. Nachdem er die Beerdigung für die Scheißkatze bezahlt hatte, schien sie ihm Karmapunkte auf dem Konto gutgeschrieben zu haben, jedenfalls hatte sie ihm vor nicht allzu langer Zeit erklärt, dass der Fitness Racer mit seinem Computer verbunden werden konnte. Schließlich hatte sie ihm freundlicherweise eine Software installiert, mit welcher man »reale Touren« nachfahren konnte, und sie hatte ihn auf den Button »Ton-Kommunikation« hingewiesen, der sich auf der Konsole des Laufrades befand. Je nach gewählter Strecke und Höhenmeter wurde automatisch der Widerstand beim Treten geregelt und eine angenehme Frauenstimme lotste ihn zuverlässig wie ein Navi durch jede Trainingsstufe, also hatte Kramer sie nach Gerda benannt.

»Wir starten am Wanderparkplatz bei der Alpe del Garda und fahren auf dem Schotterweg ein Stück das San Michele Tal hoch«, sagte Gerda jetzt, Kramer nickte. »Hinter dem kleinen Stausee biegen wir links ab. Unspektakulär aber mit wunderschönen Aussichten ins Tal und vorbei an einer verlassenen Ruine folgen wir immer weiter dem schmalen Hangweg aufwärts.«

Kramer konnte den Text auswendig und anfangs hatte er gehofft, die Beschreibung der »fantastischen Landschaft« würde immer so weitergehen. Nur leider schien sich die Software noch in einer Entwicklungsphase zu befinden. Der einzige Satz zur Umgebung, den Gerda bis zum Rest der Etappe noch sagen würde, wäre: »Links sehen Sie Berge.« Dafür wiederholte der sich im Minutentakt.

»Das Wetter ist schön. Deine Herzfrequenz ist optimal. Lass uns loslegen. Links sehen Sie Berge.«

Kramer lächelte, während er die Griffe am Lenker des Hometrainers fester umfasste. Auch sie hatten, nachdem sie Grubes Leiche entdeckt hatten, losgelegt. Jetzt hatte er zwar Schwielen und Blasen vom Graben an den Händen, aber das war egal. Er war immer noch voller Adrenalin. Kramer trat in die Pedale – wobei »losgelegt« dann doch etwas übertrieben war. Er hatte erst einmal einen Spaten und eine Spitzhacke geholt, das war alles. Aber dann war die Punkerin auf die Idee mit dem Zelt gekommen und er musste sich eingestehen, dass sie sehr viel intelligenter war, als er immer gedacht hatte.

Mehrere Häuser grenzten an den Innenhof der Hebel 13, und das Zelt war ein formidabler Sichtschutz gegen neugierige Blicke. Natürlich wäre es sehr unwahrscheinlich gewesen, wenn ausgerechnet mitten in der Nacht jemand auf die Idee gekommen wäre, sich an eines der Fenster zum Hof zu setzen, um dem Schneeregen noch ein bisschen beim Fallen zuzusehen, aber man wusste ja nie.

Jedenfalls hatte die Buttkies dann tatsächlich ruckzuck ein Zelt herbeigezaubert. »Von Walther«, hatte sie erklärt, aber Kramer hatte sich beim besten Willen nicht vorstellen können, wie die Buttkies und ihr Mann früher campen waren. Waren sie auch nicht, das merkte er, als er das Zelt auspackte, das offensichtlich noch aus einem der Weltkriege stammte, vermutlich dem ersten. Der Stoff roch nach Moder, war rissig, hatte Löcher, und gegen die Heringe waren verrostete Nägel luxuriöse Stahlstifte. Das Camping-Zelt, oder was es auch immer war, hatte auch keinen Boden, aber den hätten sie sowieso nicht benötigt.

Jetzt im Nachhinein musste sich Kramer eingestehen, dass er ein wenig gehofft hatte, er und das Zelt hätten genau so auch in einem amerikanischen Thriller auftauchen können. Ein Innenhof in der dunkelblauen Dämmerung einer unheilvollen Nacht, der Lichtschein einer Taschenlampe unter der Zeltplane, anhaltender Schneeregen und das Geräusch, das entsteht, wenn jemand gräbt.

Also diese Art von Filmen, welchen die Redaktion von TV Spielfilm in der Rubrik Spannung ganze drei Punkte geben würde.

Kramer richtete sich auf, nahm die Hände vom Lenker und umfasste jeweils die beiden Enden des Handtuchs, das um seinen Nacken geschwungen war.

Gut, Erotikpunkte gab es keine, aber das war ja auch nicht zu erwarten bei dem Thema. Und für die Buttkies und die Punkerin hätte es wahrscheinlich eher Punkteabzug gegeben.

Sie hatten das Zelt ein paar Meter hinter dem Beet aufgebaut, in dem im Sommer die Geranien blühten, und dann hatten sie vorsichtig Grubes Körper hineingelegt.

»Ist ein Zwei-Mann-Zelt«, hatte die Buttkies stolz gesagt und ihm den Spaten in die Hand gedrückt.

Also war er erst auf allen vieren in das Zelt gekrochen, die Punkerin hatte ihm vorsichtig Grubes Kopf ins Zelt gereicht, und er hatte diesen nahe an den Rumpf geschoben. Es ergab beinahe wieder ein Ganzes, und auch wenn der Mann zu Lebzeiten ein Arschloch war, jetzt war er tot und hatte ein Recht darauf, mit Kopf beerdigt zu werden. Schließlich hatte Kramer losgelegt, gemeinsam mit dem Zelt, das unter dem Einfluss von Wind, Schneeregen und seinem Körpereinsatz ordentlich wankte. Es hatte darin tatsächlich exakt noch eine Person Platz, wobei »Platz« in diesem Falle an Schönfärberei grenzte. Und »graben« konnte man das, was er da auf allen vieren neben dem Grube kniend veranstaltete, auch nicht nennen. Es war eher der Versuch, den frostharten Boden zu perforieren. Anfang März. Dieser sibirische Winter war schon an sich eine einzige Zumutung. Immerhin, die Schulter machte keine Probleme. Und während die Punkerin mit der Taschenlampe notdürftig den Zelteingang beleuchtete, und der zitternde Lichtkegel der Taschenlampe mal hierhin fiel, mal dorthin, rammte Kramer die Spitzhacke in den Boden. Es benötigte fünf bis sechs Anläufe, bis sich endlich ein handtellergroßes Stück Erde gelockert hatte, das er schließlich mithilfe des Spatens und Schwung vor den Eingang des Zeltes schippen konnte.

Ein wohlverdienter Feierabend sah anders aus, aber was sollte man machen?

»Links sehen Sie Berge.« Kramer trat weiter in die Pedale.

Im Grunde lag der Grube ihm beim Graben ständig im Weg,

aber man konnte ihn auch leider nicht wie die stinkenden Socken nach einem langen Wandertag vor das Zelt legen. Das hätte Aufsehen erregt, und das hatte bereits Madame Buttkies in jener Nacht für sich reklamiert.

»Fahren Sie geradeaus über den Kreisver...«, sagte Gerda, aber Kramer unterbrach sie: »Die Buttkies kannte die Mikroorganismen natürlich persönlich. Kannst du dir ja denken.« Buttkies' Stimme war jetzt direkt neben seinem Ohr.

Sie habe sich vor einiger Zeit aus persönlichen Gründen in das Thema Tod und Verwesung eingelesen, hatte sie erklärt, während Jersey die Taschenlampe hielt und Kramer unter dem Zeltdach ackerte.

»Bei Verwesungsprozessen sind ja Bakterien beteiligt, aber auch Fadenwürmer mit dem schönen Namen Nematoda. Die lauern im Boden und warten geradezu auf Leichen.«

»Frau Buttkies«, Kramer hörte, wie Jersey vor dem Zelteingang flüsterte, »Sie reden zu laut, können Sie vielleicht ...« Schließlich brach sie ab, denn offensichtlich hatte sie ihren Finger auf den Mund gelegt, um der Buttkies höflich zu bedeuten, still zu sein.

»Natürlich ist der Körper auch beteiligt an den Verwesungsprozessen«, erklärte die Buttkies 20 Sekunden später. Immerhin gab sie sich Mühe zu flüstern. »Fäulnis spielt da eine Rolle. Und Gase. Er beginnt sich ja quasi selbst zu verdauen.«

Kramer hielt inne und verzog das Gesicht.

»Passen Sie auf, Herzchen, Sie müssen sich das so vorstellen: Innerlich verfault der Grube, weil kein Sauerstoff mehr da ist, äußerlich verwest er, weil viel Sauerstoff da ist. Das ist doch ganz außerordentlich, nicht?«

»Naja, ich ...«, weiter kam Jersey nicht.

»Und wenn dann nämlich noch die Pilze dazustoßen, also die

Eurotiales oder Ascomycota, oder warten Sie«, ihre Stimme wurde lauter, »die Fliegen! Die hätte ich fast vergessen. Die Schmeißfliegen, die legen ja ihre Eier ab in dem toten Fleisch, und dann schlüpfen die kleinen Larven, und ...«

Es raschelte, Kramer hob den Kopf, und plötzlich klemmte Buttkies' Gesicht in der Spitze des Zeltdachs.»... und sehr interessant auch, der Gemeine Totengräber, Kramer, das könnte Sie vielleicht interessieren, aus der Ordnung der Käfer.« Sie nickte beflissen.

Kramer schloss die Augen.

»Der Totengräber ist eines der bekanntesten Insekten Europas. Der Leichenbestatter der Kleintierwelt sozusagen. Und, stellen Sie sich mal vor«, sie rüttelte an Kramers Schulter wie an der eines kleinen Kindes, das man aufwecken wollte, »der Totengräber paart sich sogar in der Leiche.«

Fassungslos schüttelte Kramer den Kopf, was die Buttkies zu der irrtümlichen Annahme verleitete, er habe das Letztgesagte nicht verstanden. »Kramer! Sind Sie denn wirklich so schwer von Begriff, der Totengräber kopuliert in ...«

Kramer stöhnte. »Frau Buttkies, Sie können den Grube auch gerne mit nach Hause nehmen. Ich glaube, er hat da nichts mehr dagegen.«

Irritiert zog sie den Kopf nach hinten, dann hielt sie inne und sah ihn beleidigt an: »Sind wir ein wenig runter mit den Nerven?«

»Nein, ich bin in einer absoluten Hochphase, beruflich wie privat ...«

Wütend stieß Kramer den Spaten in den Boden, doch plötzlich, ein kurzer Riss.

»Scheiße.«

Kramer blickte auf Grubes Ohr. Dann seufzte er, nahm es und legte es neben dessen Schulter.

»Das ist jetzt aber bedauerlich.« Kramer hob den Kopf. Das Gesicht der Buttkies klemmte immer noch an der Spitze des Zelteingangs zwischen Reißverschluss und Jerseys Taschenlampe. Mitleidvoll blickte sie auf das abgehackte Ohr.

Kramer holte tief Luft, um ihr die Meinung zu geigen, als es raschelte und Buttkies' Gesicht verschwand.

Fünf Minuten später hielt sie ihm Grubes Aktentasche unter die Nase.

»Mit freundlichen Grüßen von Jersey.«

»Was soll ich damit?«

»Kramer!« Buttkies blickte ihn an, als wäre sie bereits wieder kurz davor, die gute, noch recht junge Meinung, die sie von seiner Tatkraft und Intelligenz hatte, zu revidieren. »Da sind die Aufhebungsverträge drin, die wir unterschrieben haben«, sie machte eine kurze Pause, »hellt ... nein, klart es jetzt etwas auf?«

»Frau Buttkies«, seine Stimme nahm den naiven Ton eines Erstklässlers an, »was halten Sie davon, wenn wir einfach die Verträge der Aktentasche entnehmen, zerreißen und dem Grube meinetwegen mit ins Grab legen – da kann er sich notfalls Notizen machen, wenn ihm danach ist –, die Aktentasche selbst allerdings in den Müll befördern?«

Kurz schien die Miss Marple der Forensik zu überlegen, dann verschwand ihr Kopf. Für einen Moment war es still im Zelt. »Stille«, hatte Kramer da gedacht, so wie man »Liebe« denkt, »Glück«, »Erika« oder »Tabellenerster«.

Doch dann raschelte es erneut, Kramer ließ den Spaten sinken und wieder klemmte Buttkies' Gesicht in der Spitze des Zeltdachs. Jetzt hatte sie die angeschaltete Taschenlampe in der Hand.

»Das mit der Aktentasche geht klar, sagt die Jersey. Sie fackelt die Verträge ab und die Aktentasche wandert in den Müll.«

»Schön.«

»Und hören Sie mal, Kramer, ich hab mir eben noch was überlegt.«

Bitte nicht, dachte Kramer. Aber dann fragte sie ihn tatsächlich, ob es möglicherweise nicht besser wäre, den Grube hochkant zu begraben. Das würde Platz sparen.

Und da hatte Kramer sich schließlich kurz auf den Spaten gestützt und sich gefragt, ob es vielleicht Sinn machte, gleich eine zweite Kuhle zu graben, damit man die Buttkies dazulegen könne, nachdem er sie erschlagen hatte. Immerhin könnte sie sich dann gleich direkt mit den Mikroorganismen unterhalten.

»Bitte beachten Sie die Geschwindigkeitsbeschränkung«, ermahnte ihn Gerda. Kramer fuhr langsamer. Irgendwie hatten sie es tatsächlich geschafft, nein, er hatte es geschafft. Nach vier Stunden hatte er Grubes Körper samt Kopf und Ohr unter die Erde befördert, dann hatten sie alle gemeinsam die Erde festgeklopft und noch ein wenig Schnee darübergeschippt. Schließlich standen sie schweigend an dem kleinen Hügel, neben dem zusammengerollten Zelt, und erwiesen dem Toten die letzte Ehre. Und während der Schneeregen unaufhörlich auf ihre Schultern fiel, wussten sie, dass alles zu einem guten Ende gefunden hatte.

»Sie haben Ihr Ziel erreicht«, sagte Gerda fröhlich. Kramer hörte auf zu treten, nahm das Handtuch und wischte sich Gesicht und Oberkörper ab.

Dann stieg er von dem Hometrainer herunter, lief zum Fenster und blickte auf die Straße. Auf dem Gehweg spielten Kinder im Schneematsch. Langsam begann es zu tauen. Es würde ein herrlicher Tag werden, kurz schloss Kramer die Augen. Dann lächelte er in das Licht.

Böse Wetter

»Ein Hoch über dem Atlantik bringt warme Luftmassen nach Europa. Der Frühling kündigt sich bereits zaghaft an. Endlich! Heute liegt ein herrlicher Sonnentag vor uns.« Elisabeth stand am Fenster, das zum Hof hinausging, während im Fernseher hinter ihr die Wettervorhersage lief.

Noch in der Nacht hatte ihnen der Schneeregen gehörig zugesetzt. Ohne das Zelt wäre das Vergraben von Grubes Leiche eine durch und durch breiige Angelegenheit geworden. Sie blickte auf den kleinen Hügel, der seit letzter Nacht die Wiese im Hof zierte.

»Fürchte nicht den Schnee im März, darunter wohnt ein warmes Herz«, zitierte die Ansagerin des Wetters jetzt im Hintergrund eine alte Bauernregel.

Allein: Das Problem war nicht der Schnee, das Problem war der Regen. Es musste im Morgengrauen noch einmal kräftig geschüttet haben, anders ließ sich das eiskalte Händchen, das da unten jetzt wie eine Anklage aus Grubes Grab ragte, nicht erklären. Offensichtlich war die Erde über dem kleinen Hügel, die sie mühsam festgeklopft hatten, über Nacht weggeschwemmt worden.

Sie verschränkte die Arme vor der Brust, ohne ihren Blick von Grubes Händchen zu nehmen.

Noch gestern Abend war sie frohen Mutes gewesen, hatte sogar versucht, dem Baumwollmädchen und dem Kramer begreiflich zu machen, was für eine eigene Faszination in der Rückführung vermeintlich lebloser Materie in den Kreislauf der Natur liegen konnte. Und auch den Kindern hatte sie früher immer versucht zu erklären, dass der Tod nicht das Ende sei, dass alle Überreste von Tieren und Pflanzen von Millionen Bakterien in winzig kleine Teile zersetzt werden, dass dabei Mineralstoffe entstehen, welche der Regen wiederum im Boden verteilt und zu den Wurzeln von Pflanzen schwemmt. Und dass die Pflanzen wiederum diese Nährstoffe mit dem Wasser aufnehmen und so für ihr Wachstum nutzen können. Der Kreislauf von Erblühen und Verblühen war also letztlich immer nur eine fortwährende Verwandlung. Elisabeths Blick fiel auf die Stöckchen, mit welchen Kramer sein Blumenbeet abgezirkelt hatte und das direkt neben dem Grabhügel lag. Im Grunde, hätte sie den Kindern früher erklärt, war der Grube gar nicht tot, sondern wurde zur Geranie. Goethe sozusagen. Die Metamorphose der Pflanzen.

Sie stieß sich vom Fenster ab, lief in den Flur und weiter ins Treppenhaus, um Kramer und Jersey Bescheid zu geben wegen Grubes Bedürfnis nach Wiederauferstehung. Elisabeth wünschte sich jetzt etwas von der Leichtigkeit zurück, mit der sie dem Tod noch einen Abend zuvor begegnet war. Stattdessen kam ihr eine Bezeichnung aus dem Bergbau in den Sinn. Der Ausdruck bezog sich auf jene giftigen Gase, die unter Tage auftreten können. In der Vorstellung der Bergleute hatte es sich früher dabei um einen Drachen gehandelt, der seinen feuerspeienden Atem in die Stollen blies. Jemand, der abergläubisch wäre, würde vielleicht sagen, dass der Grube noch nicht zur Ruhe gekommen war, dass es den Toten da mitunter nicht anders erging als den Lebenden, dass das mit der Hand dort unten kein gutes Zeichen war, dass sich, wie die Bergleute gesagt hätten, »böse Wetter« bildeten.

Deutsche Bank

»Ich kann nich' mehr.« Jersey schob den letzten Zimmerspringbrunnen mit der Spitze ihres rechten Chucks zur Seite.

Tanne nickte, dann blickten sie beide nach links und nach
rechts, schauten an dem jeweils anderen vorbei zu den automatischen Schiebetüren, den Einkaufs- und Transportwagen für
die Kunden und weiter zu dem Bauwagen von »Brigitte's Im-
biss«, der neben dem Haupteingang stand. Die Luft war rein.

Vor zwei Tagen hatte Jürgen von der Personalabteilung des
Baumarkts sie angerufen. Eigentlich hatte Jersey gedacht, dass
der Job passé wäre nach der Sache mit der Buttkies und der
Fahrt zum Krankenhaus während der Arbeitszeit. Aber Jürgens
Stimme klang ganz und gar nicht nach Ärger, im Gegenteil.

»Jersey«, flötete er in den Hörer, »du, ich hab ein Problem.«

»Herzlichen Glückwunsch«, wollte Jersey schon erwidern,
weil Selbsterkenntnis der erste Schritt zur Besserung war, und
weil sie sich noch gut an das letzte, ätzende Gespräch mit ihm
erinnerte, aber dann biss sie sich auf die Lippe und dachte: Lass
ihn erst mal kommen.

Offenbar hatten mehrere Aushilfen des Baumarkts das Handtuch geworfen, und zwar gleichzeitig, was nicht verwunderlich
war angesichts von Jürgens Talent, die Menschheit in zwei Hälften zu teilen: in »Jürgen« und »die Anderen«.

Schließlich schien sich Jürgen der, in seinen Augen, letzten zwei Restposten besonnen zu haben, die noch in seinem Verteiler standen und von denen er wusste, dass sie notorisch knapp bei Kasse waren. Und nun saßen sie hier, Tanne und sie, im Gartenparadies. Am Vormittag hatten sie beim Einräumen des Lagers helfen müssen, und nun sollten sie die Freifläche vor dem Gartenparadies neu bestücken. Der Winter sei ja viel zu lang gewesen, hatte Jürgen gesagt und versucht, Smalltalk zu machen, während er ihnen erklärte, dass sie die Zimmerspringbrunnen, die auf der Freifläche standen, durch Gartenliegen ersetzen sollten. »Ein bisschen Frühlingsschick ins Leben bringen, oder?«, hatte er seine Ausführungen beendet und sie lächelnd angeblickt, weil er offensichtlich mit einer Reaktion rechnete, aber Jersey und Tanne machten das, was Restposten nun mal machen: nichts.

Nach ein paar Sekunden hatte Jürgen sich geräuspert, auf die Uhr geschaut und gesagt: »Okay, ihr habt eine Stunde Zeit, vergesst nicht, die Palmen dazuzustellen, und dann sehen wir uns in Gang acht. Da müssen 60 Eimer Deckfarbe in die Regale.«

Jersey kramte den Tabak raus und gab ihn Tanne.

Sie saßen nebeneinander auf den Gartenliegen, die Sonne schien, und blickten über den Kundenparkplatz bis zum Horizont, in dessen Mitte das große, silberne Logo eines Autohändlers glänzte, das auf dem Dach des Flachbaus angebracht worden war.

Ruhig begann Tanne, Zigaretten für sie beide zu drehen.

»Ich kann nich’ mehr«, hatte sie vor fünf Minuten gesagt, und Tanne hatte genickt, weil er wahrscheinlich dachte, Jersey meinte, es sei Zeit für eine Pause. Dabei ging es um was ganz anderes.

Er reichte ihr jetzt die erste selbst gedrehte Zigarette. Jersey nahm sie, ohne ihn aus den Augen zu lassen.

Sie könnte ihm von einem toten Hund erzählen, den sie und ihre Nachbarn versucht hatten, respektvoll unter die Erde zu bringen. Sie könnte von einer Bekannten erzählen, »Stell dir mal vor«, die die Leiche ihres Vermieters hatte verschwinden lassen müssen. Das Dämlichste wäre wahrscheinlich die Nummer mit dem Hilfeforum: »Wie wird man am besten eine Leiche los? Frage für einen Freund.« Aber Tanne war ja nicht blöd, im Gegenteil. Entweder hätte er sich gefragt, ob Jersey so gestört war, dass man sich ernsthaft Sorgen machen musste, oder ob sie ihn verarschen wolle. Und im gleichen Atemzug hätte er sich wohl gefragt, warum. Ihre Lüge würde die stille, schöne, eigentümliche Freundschaft zu ihm gefährden. Tanne war ein Sonderling wie sie selbst auch einer war, und die machten sich nun mal nicht gegenseitig das Leben schwer. Jersey atmete tief ein. Es war absurd, aber vielleicht sollte sie ihm einfach die Wahrheit erzählen. Tanne würde nicht die Augen aufreißen und laut rufen: »Was!?« oder »Krass!« oder »Polizei«. Im Gegenteil. Er war der stoischste Mensch, den sie kannte. Und aus irgendeinem Grund war Jersey sicher, dass es nichts Menschliches gab, und sei es noch so grell, was Tanne aus den Schuhen hebeln würde. Selbst seinen Spitznamen, den ihm Jersey und die anderen Aushilfskräfte verpasst hatten, hatte er einfach so hingenommen. Wahrscheinlich gehörte er zu den wenigen, die es geschafft hatten, den banalen Dingen des Lebens nicht mehr so viel Bedeutung beizumessen.

Rat hätte er wahrscheinlich keinen parat, aber darum ging es nicht. Sie musste es irgendjemandem erzählen, nein, nicht irgendjemandem, jemandem wie Tanne eben. Er würde sie nicht verurteilen, hätte es morgen vielleicht schon wieder vergessen. Er würde keine blöden Witze machen, und es weiterzuerzählen wäre für Tanne mit zu viel Energieaufwand verbunden gewesen. Jersey wandte den Kopf von Tanne ab, blinzelte in die Sonne und zog an der Zigarette.

Es war nicht mehr so, dass sie die Sache mit Grube übermäßig belastete. Vor allem nicht nach der Nummer mit den Bullen. Und als sie am nächsten Morgen zu dritt vor dem Erdhaufen gestanden hatten, aus dem Grubes Hand herausragte, hatte Jersey eher amüsiert als betroffen gefragt: »Und was machen wir jetzt?«

»Wir ignorieren ihn!«, hatte die Buttkies geantwortet, und Jersey hatte gelacht und gesagt: »Oder wir atmen ihn weg.«

Kramer war jedoch alles andere als belustigt, und auf Graben hatte er verständlicherweise keinen Bock mehr. Stattdessen begann er, auf dem kleinen Pfad vor dem Geranienbeet auf und ab zu tigern, während Jersey und die Buttkies jede seiner Bewegungen so aufmerksam verfolgten, als würde ihnen ein Jockey gerade das Rennpferd vorführen, auf das sie wetten wollten. »Die Leiche muss verschwinden«, sagte er immer wieder, »die Leiche muss verschwinden«, dann blieb er abrupt stehen, als habe er gerade eine Eingebung, blickte auf das Gebilde, was unter einer Plastikplane verdeckt in der letzten Ecke des Hofs neben dem Grill stand, und sagte nur zwei Worte: »Der Häcksler.«

Jersey verkreuzte jetzt die Arme hinter dem Kopf und ließ sich ganz in die Gartenliege sinken. Tanne legte seine fertig gedrehte Zigarette zur Seite, griff in seine Gürteltasche, wickelte Butterbrotpapier auf und biss in eine Wurststulle.

Sie hatten einen Blumentopf geholt und umgedreht über Grubes Händchen gesetzt. In der Nacht hatten sie sich schließlich wieder an dem Grab neben Kramers Geranienbeet getroffen. Nachdem sie Grube mit vereinten Kräften exhumiert hatten, zogen Kramer und sie den Rumpf über den Rasen hinter den einzigen Baum, der im Hof stand. Die Buttkies wiederum trug Grubes Kopf in einem mit Osterschmuck verzierten Bastkörbchen hinterher. Der Baum bot ausreichend Sichtschutz.

Zwar grenzte das Nachbargrundstück dort an, aber hinter dem Zaun stand eine fensterlose Garage. Die stellte keine Gefahr dar. Im Prinzip war es eine gute Idee gewesen, sie alle waren begeistert – bis auf den Gartenhäcksler. Er gab bereits bei Grubes Ringfinger den Geist auf. Und das war das Beste, was ihnen passieren konnte, denn der irre Krach, den das Gerät von sich gab, hätte die halbe Stadt zusammengetrommelt. Außerdem hatte Jersey befürchtet, das Ganze könnte wie in einem Splattermovie werden. Und sie hatte sich bereits innerlich darauf eingestellt, alles an Blutspritzern und krachenden Knochen als großartige Leistung der Abteilung »Special- und Make-up-Effects« zu betrachten. Aber dazu kam es Gott sei Dank nicht mehr.

Kramer, der Grubes Leiche von hinten unter den Oberarmen gepackt hatte, seufzte, während die Buttkies Grubes Hand, an der nur zwei Finger fehlten, beinahe zärtlich aus dem abgeschmierten Häcksler zog. Kramer machte einen Schritt nach hinten, lehnte sich an den Baum, dann ließ er sich langsam an dessen Stamm hinabgleiten, samt dem kopflosen Grube, den er immer noch im Erste-Hilfe-Griff zur Bergung eines Bewusstlosen festhielt. Am Fuße des Stamms kamen schließlich beide zum Sitzen, ein kopfloser Toter und ein Kramer, der den Körper in seinen Armen die ganze Zeit über nicht losgelassen hatte. Die Szene hatte etwas Rührendes, und Buttkies, die Grubes Kopf immer noch in dem Bastkörbchen hielt, fragte besorgt: »Und jetzt?« Und Kramer, dessen Blick irgendwo zwischen beginnendem Wahnsinn und absoluter Desillusion hin- und herschwankte, sagte: »Jetzt müssen wir uns fragen: Was würde Jesus tun ...«

Tanne biss in die Wurststulle.

»Hör mal, Tanne, also, wenn man niemanden umgebracht hat, aber dennoch eine Leiche entsorgen muss – kann man dafür zur Rechenschaft gezogen werden?«

Tanne überlegte und wiegte nachdenklich den Kopf hin und her, während er kaute. »Kommt drauf an …«

»Wie meinst du das?«

Tanne schluckte den Bissen nach unten. »Ich denke, es sollte nachhaltig sein.«

»Nachhaltig?«

»Das Entsorgen der Leiche.«

Jersey blickte ihn an. »Zum Beispiel im Gartenhäcksler? So was?«

Tanne zögerte, dann holte er tief Luft. »Walzenhäcksler? Oder Messerhäcksler?«

»Hä?« Jersey sah ihn irritiert an. Dann zuckte sie mit den Schultern. »Keine Ahnung.« Woher sollte sie das wissen. Tanne stellte Fragen.

Er biss noch einmal in die Stulle, dann packte er sie weg. »Wichtig ist: Der oder die muss tot sein.« Es klang, als habe er noch einmal über Jerseys Frage nachgedacht.

»Ja, das war er.«

»Dann ist es kein Mord.«

Jersey nickte.

»Sondern Kompostieren«, fügte Tanne noch hinzu.

Nachdem sie Grubes Körper und das Bastkörbchen mit Kopf neben dem Häcksler unter der Plane versteckt hatten, fanden sie sich in Buttkies' Küche ein, in der sich Kramer erst mal einen Kurzen genehmigte. Als er das Glas abgesetzt hatte, sagte er entschieden: »Fluss-Säure«, und fügte hinzu: »Wir benötigen ungefähr 150 Liter.«

»Wir sollen den Grube in Säure …?«, fragte Jersey überrascht.

Kramer nickte.

»Und warum nicht Buttersäure?«, hatte sie weitergefragt, denn irgendwie war es ihr doch komisch vorgekommen, dass sich der Kramer so plötzlich in einen sprechenden Chemiebaukasten verwandelt hatte, aber er winkte nur müde ab. »Die stinkt vor allem.«

»Und Salzsäure?«

»Bringt nichts.«

»Und was ist bitteschön Fluss-Säure?«

»Die wird beim Etching benutzt.«

»Wie bitte?«

»Is 'ne Art Graffiti. Die machen das mit Stiften. Und da ist die Fluss-Säure drin.«

»Ich versteh kein Wort«, sagte Jersey.

Kramer räusperte sich. »Letztes Jahr haben mir so ein paar Chaoten die Fenster in einer der Erdgeschossbuden damit zerkratzt. Wohnte, Gott sei Dank, keiner mehr drin, aber ich hätte mir beinahe die Hände verätzt.«

Protest war nicht möglich, und als die Buttkies schließlich nickte und sagte, sie sei einverstanden, »Fluss-Säure«, das klinge poetisch, war die Sache beschlossen.

Gleich am Morgen hatten sie dann im Internet völlig legal 150 Liter bestellt und einen Rohrreiniger, damit es nicht so auffiel; in einem Versandhandel für Laborbedarf hatten sie sogar drei Gasmasken gefunden. Dann hatten sie gewartet, bis es dunkel wurde, und schließlich hatten der Kramer und sie den Grube die Treppen rauf in die leere Wohnung im 1. Stock gehievt. Sie lag direkt über Kramers Wohnung, und als sie alle vor der Badewanne standen und schon mal probehalber die Gasmasken aufgesetzt hatten, dachten sie, nun wären sie endlich am Ziel.

Doch heute Morgen – der Kramer hatte gerade damit begonnen, die Säure, die der Paketdienst in Plastikkanistern geliefert hatte, in die Wanne zu schütten – wurde Jersey plötzlich sentimental.

»Das mit dem Verbuddeln war irgendwie schöner«, hatte sie mit Blick auf die Badewanne gesagt, während die Buttkies noch liebevoll den Kopf auf Grubes Rumpf zurechtrückte.

»Das war mehr so eine richtig schöne Ökobestattung«, fügte Jersey hinzu und leuchtete mit der Taschenlampe in die Badewanne, während die Säure mit der Arbeit begann.

Der Kramer rollte mit den Augen.

»Ein bisschen wie in der Waldorfschule …«

»Bitte?«

»Naja, im übertragenen Sinne, das mit dem Verbuddeln, das war mehr so Hippie, das hier, is mehr so …, is mehr so …«, Kramer hielt mit Schütten inne und blickte sie interessiert an, Jersey überlegte, »mehr so ›Deutsche Bank‹.«

Tanne nahm jetzt die selbst gedrehte Zigarette in die Hand, die neben ihm gelegen hatte.

»Und Säure?«, fragte Jersey vorsichtig.

»Nee, Säure, is was anderes.« Tanne schüttelte bestimmt den Kopf.

»Warum?«

»Da fehlt die Seele.«

Jersey nickte hastig. »Genau. Das ist wie ›Walddorfschule‹ und ›Deutsche Bank‹.«

Tanne warf ihr einen irritierten Blick zu: »Hä?«

Jersey zuckte mit den Schultern: »Ach, vergiss es.«

»Außerdem musst du da höllisch aufpassen.«

»Wo?«

»Bei der Nummer mit der Säure.«

»Wieso?«

»Es kommt immer auf die Behälter an, in welchen du mit Säure arbeitest. Manche greifen sogar Glas an. Nehmen wir zum Beispiel …«

»Fluss-Säure!«, rief Jersey.

»Exakt. Na, mit Plastik zum Beispiel gibt's da keine Probleme.«

»Und mit Badewannen?«

Tanne warf ihr einen überraschten Blick zu, aber dann zündete er sich die Zigarette an. »Badewannen sind ja meistens aus emailliertem Metall.«

Jersey zuckte mit den Schultern. »Keine Ahnung.«

»Und das ist zum Beispiel keine gute Idee, absolut keine gute Idee.«

»Was?«

»Fluss-Säure und Badewanne.«

»Warum?«

»Weil die Säure die Wanne auflöst.«

Jersey wurde blass.

»Und dann den Boden.«

»Wie ...wie ...«, sie begann zu stottern, »wie meinst du ›den Boden‹? Du meinst, wenn die Wanne durch ist, geht es beim Fußboden weiter.«

Tanne nickte. »Yep.«

Jersey schluckte und sah Tanne fassungslos an.

»Aber ... aber ... woher weißt du das?«

»Na, aus der Serie.«

»Welche Serie?«

»Na, aus ›Breaking Bad‹!«

»Hä?«

»Kennst du die nicht?«

Jersey schüttelte den Kopf. »Nee.«

»Mann, Jersey«, Tanne rollte mit den Augen, »die kennt doch jeder.«

Aber gerade, als Jersey antworten wollte, krachte ein riesiger

Zollstock zwischen ihre Köpfe, direkt auf die Lehne der Gartenliege.

»Na? Läuft's bei euch? Soll ich euch noch was zu trinken bringen? Gin Tonic? Mai Tai?« Jürgen war auf hundertachtzig. »Geht's euch gut? Unterhaltet ihr euch schön?«

Jersey schluckte, aber Tanne war die Ruhe in Person, und während er die Zigarette fallen ließ, blickte er Jürgen an und sagte völlig tonlos: »Wir haben gerade über Tote geredet.«

Mit hochrotem Kopf schleuderte Jürgen die Spitze des Zollstocks in Richtung Baumarkt. »Ihr könnt jetzt Regale einräumen, ihr Penner, aber zackig, sonst ist euer Stundenlohn für heute auch tot.« Und während Jersey und Tanne ihm hinterherblickten, rief Jürgen: »Was für Idioten.«

Hercule Poirot aus Meppen

Ich bin schon gerührt, das muss ich ehrlich zugeben. Nein, wirklich. Das letzte Mal war es um meine Nerven ja nicht so gut bestellt, vielleicht war es der Schock oder die vielen Papageien oder beides. Aber dass jetzt doch alles noch so ein gutes Ende nimmt, das hätte wahrscheinlich keiner vermutet.

Natürlich, jeder auch nur halbwegs gute Geschichtenerzähler weiß: Man bringt den weißen Hai nicht gleich am Anfang des Films. Und wie Sie ja gemerkt haben, macht mir, in Hinblick auf die Dramaturgie, keiner was vor, aber Sie müssen mir hier nun wirklich glauben: Das mit der Fensterscheibe, das war nicht geplant. Natürlich wird es in die Geschichte eingehen als eine der seltsamsten Todesarten, gleich nach der Sache mit dem Ruderboot und dem Starnberger See. Da wollte dieser fröhliche Bayernkönig auch nur einen Ausflug machen.

Aber Sie müssen es so sehen: Die ganze Zeit über haben die Letzten darum gekämpft, den drohenden Auszug abzuwenden. Doch dann hat das Schicksal sein Schicksal selbst in die Hände genommen. So etwas kommt vor. Dass das Ganze kein gutes Licht auf mich wirft, gut, damit muss ich leben, aber eins sollten Sie jetzt nicht: die Letzten allein lassen. Die drei schlagen sich tapfer, nein, ich muss sagen, ich bin schon so etwas wie stolz. Sie haben ja überhaupt keine Erfahrung mit Leichen! Aber es gibt immer ein erstes Mal und man kann wirklich feststellen: Sie alle wachsen über sich hinaus.

Gut, dass es jetzt ein paar verschlungene Wege gegangen ist

mit der Leiche vom Grube: Schlamm drüber! Sie haben ihn schließlich kleingekriegt, pardon, verschwinden lassen, aber auf eine niveauvolle und herzliche Weise. Im Gegensatz zu mir sind die Letzten ja wahre Humanisten. Respektvoll wollten sie den Grube unter die Erde bringen, und ich kann es in ihren Gesichtern sehen, die im Widerschein des Feuers glänzen, dass da jetzt auch ein Frieden in ihnen ist.

Nun stehen sie also um das Feuer und schweigen, und, natürlich, ein wenig Melancholie hat sich ihrer auch bemächtigt, aber das ist ja bei Bestattungen nicht unüblich. Außerdem haben sie das Ganze ja schon einmal durch mit dem Major Tom. Sehen Sie, das mit der Säure war ja gar keine gute Idee. Weil, der Grube lag zwar in der Badewanne, und das war auch ganz richtig, aber die Säure lag auch in der Badewanne, und das war ganz falsch. Aber das hat ja keiner gemerkt. Die Jersey ist ein bisschen sentimental geworden wegen der Rohheit bei der ganzen Angelegenheit, da wollte sie mit dem Kramer drüber reden. Aber der Kramer war ganz bei der Sache, und die Buttkies hat gar nicht zugehört, weil sie es so faszinierend fand, wie der Grube da so friedlich in der Wanne lag, als wolle er gleich ein Schaumbad nehmen, und der Kramer konnte die Buttkies ja dann auch nur knapp davon abhalten, dem Grube das Wasser einzulassen. Aber man darf jetzt über meine Letzten auch wirklich nicht die Lanze brechen deswegen. Der Kramer hat sich jetzt nicht unbedingt ausgiebig mit der Wirkungsweise dieser Säure auseinandergesetzt, er hatte gedacht, er wüsste Bescheid. Außerdem war er ja auch schon so wahnsinnig angefressen, weil ihm der Grube den Gartenhäcksler kaputt gemacht hat mit seinen starken Knochen. Der Gartenhäcksler fiel beim Kramer ja in die Rubrik »Mein Ein und Alles«, gleich nach dem Hometrainer. Na ja, wer will es ihm verdenken? Wenn sich die Leiche auch so wehrt! Da würde jeder zu rabiateren Mitteln greifen. Und wie Sie ja bereits an der erwachenden Flora sehen: Der Frühling kommt, da gibt es keinen Zweifel, es wird immer wärmer, und da hat der Kramer, natürlich völlig zu Recht, Panik bekommen. So eine Leiche fängt ja dann auch ganz schnell an, unangenehm zu riechen.

Nachdem sie also heute Morgen die Fluss-Säure in die Wanne geschüttet hatten, haben sie unter ihren Gasmasken noch ein bisschen zugesehen, wie es anfängt zu zischen und zu blubbern, aber so richtig beschäftigt hat sich dann auch keiner mehr mit der Angelegenheit.»Wird schon gut gehen«, hat die Jersey gesagt, und ist zu ihrem Job beim Baumarkt gefahren. Der Kramer hat sich mit dem Herbert getroffen, und die Buttkies hat sich hingelegt.

Na ja, die Badewanne und ich haben wirklich tagsüber alles gegeben, das kann ich Ihnen sagen, wir haben versucht durchzuhalten, aber ich habe schon geahnt, dass wir gemeinsam krachen gehen. Man kann sich ja gar nicht vorstellen, wie diese Säure in meinen Eingeweiden gearbeitet hat. Neunzehn Uhr zweiunddreißig Ortszeit, war es dann so weit. Es rieselte, es tröpfelte, es plätscherte, und dann war es für einen Moment absolut still, kein Laut, nirgends, als würde die Katastrophe kurz Luft holen, und einen Atemzug später krachte die Badewanne samt der halb aufgelösten Leiche ein Stockwerk tiefer. Das war natürlich eine schöne Sauerei. Und als sie dann endlich alle zusammen in Kramers Badezimmer standen und zu dem Loch in der Decke blickten, war die Freude natürlich groß. Die Jersey sagte, »Ich wollt euch noch warnen«, die Buttkies, pragmatisch wie sie ist, hat wieder Gasmasken an alle verteilt, und der Kramer, das muss man sich mal vorstellen, cooler als ein Polarfuchs, sagte nur: »Kein Problem. Ich bin versichert.« Die Jersey und die

Buttkies haben ihn dann erstaunt angeblickt und beinahe gleichzeitig gefragt: »Echt?« Und da hat der Kramer den Kopf geschüttelt und geantwortet: »Nee, aber das wollte ich immer schon mal sagen.«

Und das ist doch jetzt eine Entwicklung, die habe ich wirklich nicht vorausgesehen. Schauen Sie, der Kramer zum Beispiel. So elendig mürbe hat ihn ja alles gemacht. Die Frau weg, der Job weg, dann der drohende Verlust der Wohnung. Rumgerannt ist er, ein Schatten seiner selbst, ganz dünnhäutig, ganz kaputt, unrasiert, frierend, struppig wie ein Hund – der Kramer also an einem Punkt, an dem er nicht mehr zurückschlägt, wenn er geschlagen wird. Und nun? Sehen Sie ihn sich an! Gut, das mit dem Gartenhäcksler war nicht schön, auch das Graben war nicht seine Welt. Aber alles in allem ist da doch jetzt eine Energie in ihm drin, das hätte man ihm doch nie zugetraut. Seit er die Leiche entsorgt, ist er fröhlich, aktiv und voller Tatendrang. Und die Jersey? Ein zahmes Kätzchen ist aus ihr geworden, liebenswürdig, hilfsbereit, kifft und trinkt nur noch an ungeraden Tagen. Und die Buttkies? Hat über alldem ihren Krebs vergessen. Weil, dieses ganze Kümmern um den Grube: Da hat sie wieder neuen Mut geschöpft. Als hätte das Leben endlich wieder einen Sinn.

Und zu dem Grube haben wir jetzt auch ein sehr viel besseres Verhältnis. Fast könnte man sagen, hier wurden die zarten Bande einer Freundschaft geknüpft. Wie positiv sich so ein Tod doch auf das Leben auswirken kann! Erstaunlich. Und auch in mir ist jetzt eine Freude, es ist ein bißchen wie Nachhausekommen, dabei bin ich ja schon da. Es wird alles gut, und sag noch mal einer, dass Fünfzigplus keine Zukunft hat. Ich würde sagen, wir gehen jetzt hier raus, an dieser Stelle, das ist doch wirklich ein schönes Schlussbild: Die drei stehen um das Feuer rum, der Grube bekommt eine respektvolle Feuerbestattung, also das, was noch von ihm übrig ist, und ich scheue mich nicht vor Plattitüden: Man soll gehen, wenn es am schönst... Moment mal.

Moment mal, w... w... was ist denn das?

Wo kommt der denn jetzt plötzlich her?

Im Trenchcoat?

Mit einer zerschlissenen Aktentasche unter dem Arm?

Pfeife rauchend!?

Schnurstracks geht der auf das Feuer zu. Gibt allen dreien die Hand. Stellt sich vor.

Was ...?

Aber ...?

Ein Ermittler? Hä? Zuständig für Vermisstenmeldungen?

Hallo, hallo junger Mann, ja ich, hier oben: WIR VERMISSEN KEINEN!

Außerdem läuft gerade der Abspann, du Trottel, da läuft man nicht einfach so ins Bild.

»Totzke, Gerd Totzke«, sagt der jetzt und lächelt.

Die Letzten sind genauso baff wie ich. Totzke? So hieß doch Hitlers Schäferhund, oder?

Grubes Frau hätte eine Vermisstenmeldung aufgegeben, »eher halbherzig«, beeilt der Totzke sich noch dazuzusagen.

Grubes Frau? Die war doch die ganze Zeit gar nicht Thema, du Knilch, was kommst du jetzt hier um die Ecke und zauberst ein Kaninchen aus dem Hut?

Die Letzten nicken und schweigen.

Sie schweigen, das ist gut.

Fünf Minuten sind schon rum.

Es ist nichts passiert.

Es wird immer noch geschwiegen.

Der will einfach nicht gehen.

Hier, ich noch mal, hier oben. Mach dich vom Acker, Atze.
JETZT.

»Ich wollte früher auch mal zur Polizei«, sagt Jersey.

Nein, nein, bitte nicht. Lasst ihn links liegen. Den hat keiner eingeladen. Ignoriert den Wicht.

»Warum? Was hat Sie gereizt?«, fragt der Totzke.

Jersey lächelt ihn vielsagend an: »Das Abenteuer.«

Hilfe! Was ist denn hier los? Die Königin der Kifferinnen macht sich mit einem gemein, der wahrscheinlich weniger IQ hat als eine Handschelle?

»Das kann ich gut verstehen.« Geschmeichelt fährt sich der Totzke durchs Haar.

Mir wird schlecht.

»Sie können diese Ausbildung ja immer noch in Angriff nehmen.« Er lächelt gönnerhaft.

Jersey auch, dann hält sie ihm einen Joint hin. »Wollen wir teilen? Ich mag dich!«

Der Totzke sieht sie jetzt zweifelnd an, weil er nicht so ganz weiß, wie er das Ganze einordnen soll. »Na junge Frau«, er lächelt gespielt böse, »da will ich aber noch mal ein Auge zudrücken.«

Und was macht Jersey? Zuckt mit den Schultern, es wirkt wie: »Na dann eben nicht«, und dann zündet sie sich den Joint an.

Sind denn hier jetzt alle verrückt geworden? Oder hab ich das Kleingedruckte überlesen?

»Sehen Sie«, der Totzke steckt die Hände jetzt detektivmäßig in die Taschen seines Trenchcoats, »die meisten Mordfälle werden ja innerhalb von 48 Stunden aufgeklärt.«

Das darf doch nicht wahr sein. Jetzt schicken die mir doch tatsächlich so 'nen abgehalfterten Provinzkommissar aus 'nem drittklassigen Krimi.

»Kennen Sie Thomas Grube?« Der Totzke sieht die Letzten aufmerksam an.

»Ja, schon«, sagt die Buttkies, »der war«, sie räuspert sich, »sehr, äh, nett.«

Die Jersey pflichtet bei: »Ja, der war ab und zu hier, hat nach dem Rechten gesehen.«

»Auch mal Tee getrunken hat der«, sagt die Buttkies und macht anschließend so ein seltsames Geräusch, so was wie »hrrrrr-jaaaaa«, und das klingt nicht wie ein Wort, sondern wie der letzte erstickte Laut, den man von sich gibt, bevor man den Löffel abgibt.

Aber der Totzke, ganz nonchalant, der weiß, was ein Angebot ist und was nur eine Mogelpackung.

»Ich als Ermittler«, er atmet bedeutend ein, »muss mir natürlich immer die Person ansehen, mit der ich es zu tun habe, die vermisst ist, und ich muss mich fragen: Wer war dieser Mensch? Wer war Thomas Grube? War er beliebt, hatte er Freunde, war er Einzelgänger?«

Ja, mein Freund, das ist die große Leerstelle in dieser Geschichte, das werden wir nie erfahren. Und leider kann der Grube uns das auch nicht mehr sagen, denn er brutzelt direkt vor deinen Augen der ewigen Ruhe entgegen.

»Wenn man diesen Beruf schon so lange ausübt wie ich, dann weiß man: Der Mensch kann alles sein: Wolf, aber auch Lamm.«

Das glaubt einem ja keiner. Das sind ja Sätze wie aus 'nem Groschenroman.

»Sehen Sie, es ist im Grunde ganz einfach: Es gibt die Guten und die Bösen. Da muss man kein Gewese drumrum machen. Und ich«, er tippt sich an die Nase, »habe bis jetzt noch jeden meiner Fälle geklärt.«

Nein! Nein! Nein! Hilfe! Ich könnte noch eine Glasscheibe, aber er steht zu weit weg. Vielleicht die Antenne abstürzen lassen. Mit Schwung. Direkt ins Rückgrat. Und dann: Game over. Jetzt dreht er sich um. Blickt mich direkt an. Einmal die Fassade rauf, einmal die Fassade runter. Jetzt bloß keinen Fehler machen.

»Die schrecklichsten Verbrechen geschehen ja oft an den idyllischsten Orten. Aber die Konsequenzen unserer Taten werden uns stets einholen. Früher oder später treibt jemand die Schulden ein.«

Na, das hat er aber irgendwo abgeschrieben und auswendig gelernt.

»Schnittchen?«, fragt die Buttkies.

Ich habe so eine Mordlust in mir, das können Sie sich nicht vorstellen.

Der Totzke räuspert sich. »Leichen können einem sehr viel erzählen.«

»Ja, das stimmt«, die Buttkies nickt entschlossen.

Er hebt sofort den Kopf, Lauerstellung: »Aha: Und woher wissen Sie das?«

Sie beginnt nervös am Saum ihrer Pulloverärmel zu zippeln, der Kramer stochert wie benommen im Feuer. Leute! Reißt euch zusammen!

»Von Major Tom«, sagt Jersey jetzt.

Halleluja. Aber Moment mal, was macht der Totzke denn da? Er zückt Block und Bleistift. Jetzt riecht er Lunte.

»Aha! Und wer ist Major Tom?«

»Meine Katze«, sagt Jersey tonlos.

Kramer nickt: »Ich habe sie abgefackelt!«

Der Hercule Poirot aus Meppen, – so hab ich ihn getauft, man soll ja, laut der modernen Psychoanalyse, den Feind liebevoll annehmen –, der Hercule Poirot aus Meppen also lässt jetzt die

Hand sinken: »Die Katze?« Maximalstes »Columbus entdeckt Amerika« in seinem Blick.

Kramer rollt die Augen. »Nee, die Perücke.«

Der Hercule blickt den Kramer durchdringend an: »Die Perücke hieß also Major Tom?«

Um Gottes willen, gleich ruft der noch: »Ich möchte lösen!« Kramer hält mit dem Stochern inne: »Nee, die Katze hieß Major Tom, aber«, Kramer winkt ab, »is nicht so wichtig. War ja nur 'ne Katze.«

Jersey räuspert sich und der Kramer fängt sich sogleich einen bösen Blick ein. Die Buttkies zuckt mit den Schultern und seufzt: »Aber eine ganz eine liebe war das.«

Wenn das so weitergeht, abonnier ich Romantik-TV wieder ab.

»Hmm, hmm«, sagt der Hercule. »Und was machen Sie hier? Ein kleines Lagerfeuer?«

Oh, oh, oh, jetzt wird's brenzlig.

»Was riecht denn hier so?« Jetzt beugt er sich über das Feuer und ich kann von hier oben aus das angebrutzelte Ohr vom Grube sehen. Scheiße, jetzt bloß keine verheerende Kettenreaktion.

»Meine Bouletten!«, ruft die Buttkies jetzt.

Zu laut.

Zu schnell.

Zu verzweifelt.

Es hört sich an wie »Hilfe! Überfall!«. Es hallt im Hinterhof. Und spätestens jetzt weiß auch der letzte Meppendepp Bescheid. Wir steuern auf den Showdown zu. Das wird bitter. Wie von der Tarantel gestochen, wendet sich die Schnüffelnase vom Feuer ab, der Buttkies zu. Doch plötzlich: exorbitante Daseinsfreude in seinem Blick. »Sie haben Bouletten!« Es klingt wie: »Toll, und du bist wirklich schon 18?«

Die Buttkies, wieselflink wie die Göttin der Imbissbuden am Autobahnkreuz, hat alles schon auf der Hand: Die Serviette, das Brötchen, die Boulette:»Senf oder Ketchup?«

»Gerne beides«, sagt Hercule, dann nimmt er die Boulette und beißt hinein.»Leichen werden am sorgfältigsten beseitigt«, er kaut und schmatzt,»wenn sich Opfer und Täter kennen, wussten Sie das?«

Ups.

»Und das gelingt am besten, wenn der oder die Täter Zeit haben, keine Hast, keine Eile.«

Der Kramer, die Buttkies und die Jersey schlucken.

»Und wenn sie es zum ersten Mal machen«, er leckt sich Ketchup von der Lippe und zeigt in die Runde,»dann gibt es diesen Punkt, an dem sie wissen: Es gibt kein Zurück mehr, sie haben eine Grenze überschritten, Töten verändert das Bewusstsein.«

»Aber Sie haben doch noch gar keine Leiche, oder?«, fragt die Buttkies.

»Das ist korrekt, aber ...«, Hercule fährt sich mit der Serviette über den Mund, zerknüllt sie und lässt sie nonchalant fallen,»... was nicht ist, das kann ja noch ... Na, Sie wissen schon.« Er lächelt verschmitzt.

Nee, ehrlich, Leute, das wird mir jetzt zu blöde. Kann mal bitte jemand eine zweite Kasse aufmachen? Bitte?

»Aber wissen Sie, was ich mich die ganze Zeit frage: Wollen Sie denn gar nicht wissen, was mit Ihrem Haus passiert, wenn der Grube ...?« Er fährt sich mit der flachen Hand zackig an der Kehle entlang.

Jersey schluckt.»Doch ...« Dann senkt sie den Kopf.

Der Kramer räuspert sich:»Na klar ...« Dann senkt er den Kopf.

Die Buttkies wird wieder nervös:»Ja schon …«, bricht ab und senkt den Kopf.

Und dann Stille. Totenstille. Die Zeit verstreicht. Da kannst du zusehen. Leere Häuserschluchten. Der Wind pfeift hindurch. Aber dann, endlich!

»Ja, was passiert denn dann mit unserem Haus?«, fragt der Kramer pflichtbewusst.

Halleluja. Teil 2. Jetzt noch besser und mit Lichteffekten.

»Keine Ahnung«, sagt Hercule jetzt tatsächlich und schickt ein irres Lachen in die Nacht. Aber er erholt sich wieder.

»Die meisten Täter bauen sich ein Gebäude aus Lügen, ein Kartenhaus und dann komme ich und bringe …«

»… allen noch was zu trinken?«, unterbricht ihn die Buttkies fröhlich.

»Nein, nein, meine Liebe«, er lächelt nachsichtig, »ich bringe das Gebäude zum Einsturz.«

Das möchte ich sehen.

»Ich zieh eine Karte raus und das ganze Haus fällt zusammen.«

Sieh an! Ein Magier! Wir schalten seine Frau zu, live aus Meppen: »Ich habe es immer gewusst.«

»Nicht alle Täter handeln mit Absicht«, erklärt der Totzke. »Manche töten aus Versehen. Es kann viele Gründe geben. Aber wer könnte ein Motiv haben, Thomas Grube umzubringen?«

Hier, hier, ich war's, ich war's. Ich bereue es, keine Hände zu haben. Arme würden reichen, aber nicht mal das. Gut, dann eben die Nummer mit den Fenstern, die alle gleichzeitig klappern. Uuuuunnd jetzt.

Der Kramer dreht sich um.

Die Buttkies dreht sich um.

Die Jersey dreht sich um.

Dabei müssten die mich ja mittlerweile kennen.

271

»Auch nicht mehr in der besten Verfassung der alte Kasten, was?«

Hat der grad »alter Kasten« gesagt? Und nicht mal einen Schulterblick ... Stattdessen fährt er unbeirrt fort.

»Sehen Sie, ich bin kein Hitzkopf, der falsche Schlüsse zieht. Ich werde wiederkommen. Es wird dauern, aber irgendwann findet man Beweise. Jeder Täter hinterlässt Spuren.«

Ja! Und manchmal auch ganze Häuser. Manchmal hinterlässt der Täter ganze Häuser.

»Und schließlich, mithilfe von Fakten und ...«, er tippt sich noch einmal an die Nase, »eines guten Gespürs, schnappt man den Mörder und sperrt ihn weg.«

Ach, Hercule. Ich will ein Kind von dir.

V

I see skies of blue, clouds of white
The bright blessed day and the dark sacred night
And I think to myself, what a wonderful world

›What a wonderful world‹ in der Version von
Nick Cave & Shane MacGowan (1992)

Mach's gut I

Das Krankenzimmer sah aus, wie alle Krankenzimmer aussahen. Jemand war einmal mit einem unsichtbaren Staubsauger durch und hatte alle Farben aus den Gegenständen, aus den Wänden und sogar aus Elisabeth Buttkies' Gesicht gesaugt. Zusammengefallen und klein wirkte sie in dem riesigen Bett.

Jersey hielt ihr einen Blumenstrauß hin. »Hier, mit Frischegarantie und Grußkarte.«

Buttkies blickte skeptisch auf Jerseys Hand. »Sind die echt?«

Jersey nickte.

»Dann kannste das Gemüse gleich wieder mitnehmen.«

Jersey ignorierte Buttkies' Liebeserklärung, stellte die Blumen in eine Vase und nahm den Rucksack vom Rücken.

»Wie ist das passiert?« Sie setzte sich an Buttkies' Bett.

»Das mit dem Krebs? Den hab ich zum Essen eingeladen, und dann fand er's so schön und ist gleich geblieben.«

Jersey atmete tief ein. »Nee, das mit den Bandscheiben.«

»Ach so.« Buttkies tat so, als müsse sie sich erst erinnern. »Das Aquarium.«

»Aha.«

»Hab eins bestellt. Kam mit der Post. Hab's die Treppe raufgetragen. Aber der Kasten wollte nich so, wie ich wollte.«

»War zu schwer, nehme ich an.«

»Note Eins. Setzen.«

»Sie hätten ja auch mal fragen können, der Kramer und ich hätten Ihnen auch gehol...«

»Papperlapapp. Ich bin doch nicht als Kind durch den ganzen Nachkriegsdreck durch, damit mir ein Aquarium kurz vorm Exodus sagt, wo's langgeht.«

»Hat es aber.«

»Nein. Ich hab mich leicht verhoben. Das ist alles.«

»Aha. Und warum behalten die Sie vier Tage hier, wenn Sie sich nur verhoben haben?«

»Was weiß ich«, antwortete die Buttkies unwirsch, dann verkreuzte sie die Arme.

Jersey sah sich kurz um. »Hier gibt es ja nicht mal ...«

»...'nen Fernseher?«, unterbrach die Buttkies sie.

»Nee, 'ne Minibar!« Jersey schickte ein Lächeln hinterher, aber das schien bei der dafür vorgesehenen Empfängerin nicht anzukommen. Sie ließ die Schultern sinken. »Soll ich mal mit dem Chefarzt reden?«

»Warum?«

»Wegen des Fernsehers.«

»Schätzchen, da kannst du auch gleich versuchen, Roy Black wiederzubeleben. Denkst du, die stellen mir 'nen Fernseher hier rein, nur weil du ausnahmsweise höflich fragst?«

Verärgert drehte Buttkies sich zu dem Nachttisch neben ihrem Bett, nahm den Plastikbecher, der dort stand, trank einen Schluck, verzog das Gesicht und stellte ihn wieder ab. Dann öffnete sie die Schublade des Nachttischs, holte die Taubenmaske hervor und setzte sie auf.

Jersey blickte sie jetzt aufmerksam an. Der Aufenthalt hier schien Buttkies tatsächlich zuzusetzen. Immer wenn sie nicht mehr weiterwusste oder ihr alles zu viel wurde, setzte sie die Maske auf, so viel hatte Jersey mittlerweile kapiert.

276

»Sollen wir reden?«, fragte Jersey.

»Nein«, kam es jetzt unter der Taubenmaske etwas dumpf, aber dennoch gut hörbar hervor.

Eine Krankenschwester kam herein, lief zu dem Infusionsständer, der neben Buttkies' Bett stand, und überprüfte den Beutel mit der Kochsalzlösung. Dann lächelte sie ihnen sanft und voller Anteilnahme zu, als sei der Anblick von Jersey und Buttkies eine zu Herzen gehende Angelegenheit, und als die Krankenschwester zur Tür ging, konnte Jersey sehen, wie kleine rosa Seifenblasen voller Glückseligkeit hinter ihr her schwebten. Jersey drehte den Kopf in Richtung des Krankenbettes. Aber zu Buttkies' Taubenmaske hatte die Schwester kein Wort gesagt. Als wäre es das Normalste der Welt.

Die Taube räusperte sich jetzt. »Na gut, worüber wollen wir sprechen? Übers Wetter? Übers Sterben? Über das grausame Essen hier? Such dir was aus!«

»Äh ...« Jersey nestelte am Tragegurt des Rucksacks, der über ihrem Knie hing.

»Oder so was wie: ›Na? Wie ist das Wetter draußen?‹ – ›Es regnet, Oma, der Himmel weint.‹ – ›Du fehlst uns.‹ – ›Schau mal, wir haben ein Bild für dich gemalt.‹ – ›Oooooh, wie schön.‹ – ›Wann kommst du wieder nach Hause?‹ – ›Opa ist schon ganz traurig!‹«

Die Taube gestikulierte wild mit den Händen in der Luft. Ihre Stimme war kräftiger und ihre Bewegungen lebendiger. Jersey beobachtete sie eine Weile, dann kam ihr eine Idee. Sie ließ den Tragegurt des Rucksacks los, rückte mit dem Stuhl näher an die Kante des Krankenbetts, beugte sich nach vorne, und bevor sie den ersten Satz sagte, tunkte sie ihre Stimme gedanklich in Sirup.

»Ich komme morgen wieder, und dann gehen wir schön zusammen spazieren. In den Park, zu den lieben Blumen und den kleinen Vögelchen!«

Die Augen in den Löchern der Maske weiteten sich.

»An die frische Luft, und zum Sonnenschein, diesem Frechdachs!« Jersey grinste.

In Buttkies' Augen blitzte es jetzt fröhlich. Sie richtete sich auf. »Zum Sonnenschein! Diesem Frechdachs. Das ist schlimm, das ist schlimm.« Ihre Stimme klang verzückt.

Jersey nickte. Der Plan war aufgegangen.

»Pass auf, und später dann, am Nachmittag, erzähl ich dir was von meinem vorbeien, aber auch schönen Leben.« Die Buttkies zog ein Kissen hinter ihrem Kopf hervor, legte es auf den Bauch und verkreuzte die Arme darauf. »Mit all seinen bunten Schlaufen und geklöppelten Spitzen.«

»Hilfe!« Jersey schlug sich lachend mit der Hand gegen den Kopf.

Buttkies war in Fahrt.

»Und dann, nach dem Spaziergang«, sie nickte eifrig, »gebe ich dir ein Bild von meiner Mutter, als sie noch jung war.«

Jersey wartete, aber es kam nichts mehr. Sie legte die Stirn in Falten. »Äh, und dann?«

»Was ›und dann‹?«

»Was passiert, also, was mache ich, nachdem Sie mir ein Bild von Ihrer Mutter gegeben haben, als diese noch jung war?«

»Na, nichts! Du wirst darüber ganz melancholisch und dann weinst du.«

Jersey verzog das Gesicht.

Buttkies hob die Arme. »Aber das ist doch der Sinn, Schätzchen. Alle weinen. Die einen, weil's so schön ist, die anderen, weil's so peinlich ist. So läuft das. So ist das in der Vorabendserie, so ist das im Leben.«

»Aha«, Jersey lehnte sich zurück. »Und am Ende?«

»Am Ende gehen wir gemeinsam ins Krankenhauscafé.«

»Und dann?«

»Lad ich dich auf ein Eis ein. Wie den Krebs. Und dann bleibst du für immer bei mir.« Sie klopfte zufrieden mit beiden Händen auf das Kissen. »Du und der Pathologe.«

»Der Pathologe ...«, wiederholte Jersey verblüfft. »Der ist oft stark melancholisiert wegen der ganzen Verwesung, die ihn tagtäglich so umgibt. Das gefällt mir.«

Jersey versuchte sich vorzustellen, wie die zierliche Buttkies, mit Taubenmaske und Blümchen-Nachthemd bekleidet, über den Flur des Krankenhauses schlurfte, links den selbstmordgefährdeten Pathologen an der Hand, rechts den Infusionsständer. Sie schaute auf ihre Hände. »So leid es mir tut, das zu sagen, aber ich denke, die streichen uns den aus'm Drehbuch.«

»Aber warum?«

Jersey zog die Nase hoch. »Zu wenig lieb. Und wer will schon einen, der nach Leichen stinkt?«

Buttkies richtete sich im Bett auf: »Ich!«

»Aber doch nich in der Vorabendserie!«

»Ach so. Und der Grube?«

»Kommt auch nicht vor«, antwortete Jersey, aber da zog die Buttkies bereits aufgeregt an ihrem Ärmel.

»Wenn die das mit dem Grube rausfinden, dann werden wir berühmt.« Es klang nach rotem Teppich, Häppchen, Sekt und Hochglanzfotos. Jersey schluckte. Und nicht nach Knast.

Die Buttkies zog sich jetzt die Taubenmaske vom Kopf, dann nahm sie plötzlich Jerseys Hand in die ihre. »Hör mal, eine Sache noch, bevor du abhaust.«

Jersey begann zu schwitzen.

Die Buttkies räusperte sich. »Du musst lernen, netter zu sein.«

Jersey senkte den Kopf: »... zu den anderen, ich weiß.«

»Nein, Schätzchen, zu dir. Zu dir selbst.«

Schnell zog Jersey ihre Hand weg. Dann stand sie auf und lachte. Laut und unsicher. »Ich mach jetzt los, is mir zu voll hier ...«

Buttkies ließ sich in das Kissen zurücksinken. »Grüß Kramer.«

»Mach ich.«

»Und nun geh schon, ich hab noch Termine.«

Jersey ließ die Hand sinken, in der sie schon den Rucksack hielt: »Sie liegen mit einem Bandscheibenvorfall in der Horizontalen, was haben sie noch für Term...«

»Ach, fast hätt' ich's vergessen. Hier, schenk ich dir.« Buttkies hielt ihr die Taubenmaske hin. »Für 'nen Banküberfall, oder wenn du den Kramer erschrecken willst.«

Jersey ging einen Schritt auf das Bett zu und nahm die Maske in die Hand. »Das ist doch jetzt kein Abschied.«

»Nein, meine Liebe«, die Buttkies lächelte, »aber wenn es soweit ist, erzähl' ich drüben allen von dir, und dass du sehr nett bist«, sie hielt inne, »wenn keiner zukuckt!«

Jersey zog spöttisch den Mundwinkel nach oben. »Drüben? Bei den Untoten, den Zombies?«

Buttkies rollte mit den Augen. »Bei Charon, mein Liebes, im Hades.«

»Die Serie kenn ich nich ...«, Jersey grinste. »Na egal, ich komm morgen wieder. Frische Luft, Eisbecher. Sie wissen schon.« Sie schulterte den Rucksack.

Plötzlich wurde hinter ihr die Tür geöffnet, der Oberarzt flog ins Zimmer samt Schwesternschar. »Ende der Besuchszeit. Junge Frau, wenn Sie jetzt bitte gehen würden.«

Jersey stand zwischen den Krankenschwestern, und während

sie eine der Schwestern sanft Richtung Tür schob, sah sie noch, wie die Buttkies sich dem Oberarzt zuwandte: »Das war meine Enkelin, wir gehen morgen Eis essen.« Der Oberarzt nickte abwesend, während er die Patientenakte studierte, und murmelte: »Schön, schön.«

Dann lächelte ihr die Buttkies noch einmal zu, gespielt herzzerreißend, wie die Oma in der Vorabendserie, winkte scheinheilig, und das Letzte, was Jersey hörte, bevor die Tür vor ihrer Nase zufiel, war Buttkies' Stimme, die in Richtung des Oberarztes fragte: »Sagen Sie, wo finde ich den Pathologen?«

Mach's gut II

Der Lkw des Umzugsunternehmens war gerade hinter dem
Torbogen verschwunden, und Kramer hatte sich gewundert, wie
viele Möbel, Kleinkram und Tand sich über die Jahre angesam-
melt hatten. Eigentlich hatte er sich vorgenommen, vorher aus-
zumisten, aber dann hatte er einfach alles in Kisten gepackt und
den Umzugshelfern der Spedition in die Hände gedrückt. Seit
einiger Zeit reichte die Kraft nicht mehr, nicht mal fürs Karton-
packen. Er war einfach nur müde, unendlich müde.
Vor ein paar Tagen hatte sich Matthias Voigt bei ihm vorgestellt. Er war freundlich, sympathisch und hatte erklärt, dass er
Grubes Partner gewesen sei in der Firma. Dass das mit seinem
Partner bedauerlich sei, hatte er Kramer noch erzählt und dass
ihn dessen Verschwinden nicht loslasse, aber dass Grube ja vielleicht eines Tages wieder auftauche, »Die Hoffnung stirbt zuletzt«, und dass das Leben schließlich weitergehen müsse. Dann
hatte er Kramer einen druckfrischen Aufhebungsvertrag in die
Hand gedrückt. Und einen Flyer. Es war eine Werbung für das
Umzugsunternehmen, das gerade mit Kramers Kartons hinter
dem Torbogen verschwunden war.
Die Wohnung war leer. Bis auf das aschgraue, durchgesessene
Sofa, das hatte er stehen lassen, im Wohnzimmer, unter der
rissigen Tapete. Es sah aus wie eine moderne Installation.
Das Standfahrrad hatte tatsächlich nicht mehr in den Lkw

gepasst, also hatte er den Heimtrainer geschultert und war ein letztes Mal durch seine vier Wände gegangen. Dann war er aus der Haustür getreten, und jetzt standen sie hier, Jersey und er, nebeneinander im Innenhof, gleich bei der Stelle, an der Grubes Feuerbestattung stattgefunden hatte, und dort, wo früher Wiese war, war jetzt ein schwarzes Loch aus Kohle- und Ascheresten.

Kramer nahm Jersey den Joint ab, den sie ihm rüberreichte. »Is' feinstes 1-Euro-Gras. Das Letzte, was von der Balkonernte«, sie zeigte mit dem Kopf in Richtung ihres Dachgeschosses, »übriggeblieben ist. Das reicht grad mal, um die Stimmung für drei Minuten zu heben. Aber Mister sagt, die letzte Ernte bringt immer Glück.«

Kramer zog daran. Und zwei Sekunden später musste er wie ein Bekloppter husten. Nach einer Weile atmete er tief ein und räusperte sich. Es sollte majestätisch klingen, aber seine Stimme war heiser: »Wir waren jung und brauchten das Geld, ihr seid dumm und raucht das Feld.«

Jersey verzog das Gesicht. »Mensch, Kramer, haste den auf *gangster.de* gefunden?« Sie wollte ihm den Joint abnehmen, aber Kramer zog die Hand, in der er die Tüte hielt, zurück. »Nee, das sagt Herbert immer über euch.«

»*Über euch*«, Jersey äffte Kramer nach, »Ey, ich zahl für *euch* Opas ein, damit ihr schön Rente spielen könnt«, trotzig steckte sie ihre leeren Hände in die Taschen ihres abgerissenen Jeansrocks, »und jetzt kiffst du mir grad mein Zeug weg, Alter, 'n bißchen mehr *respect* vor Big Mama Jersey.«

Kramer lächelte spöttisch, dann nahm er noch einen kräftigen Zug. »Du zahlst gar nichts ein.«

Jersey zuckte mit den Schultern. »Stimmt.«

Eine Weile standen sie rauchend und schweigend nebeneinander und blickten auf die Fassade des Hauses wie auf eine Kinoleinwand.

Kramer fuhr sich durchs Haar.

»Ein bisschen fühlt es sich an wie aufgeben.«

»Wie meinst'n das?«

»Naja, als würden wir den alten Kasten im Stich lassen.«

»Kramer, jetzt werd' mal nicht sentimental.« Jersey zog die Nase hoch. »Grubes Partner is keinen Deut besser. Bald wäre alles wieder von vorne losgegangen. Nochmal die Nummer – das hätten wir nicht geschafft. Glaub mir.«

»Sag ich doch: Wir geben auf.«

»Nee, wir geben nicht auf. Wir ziehen weiter.« Jersey ließ die Kaugummiblase platzen. »So läuft es nun mal. Die Leute müssen immer raus. Da macht die Realität bei uns keine Ausnahme.« Es hätte trotzig und cool klingen sollen, Jersey-Kampfgeist eben, nach »Hey, das Leben geht weiter, Mann«, aber dieses Mal waren ihre Truppen nicht mitgekommen.

»Im Grunde war der ganze Kampf umsonst.«

»Nee, Kramer, war er nicht. Außerdem gehen wir. Freiwillig. Wir werden nicht gegangen. Das ist ein Unterschied.«

Kramer warf ihr einen kurzen Blick zu. Jersey machte sich was vor. Und wahrscheinlich wusste sie das sogar. Sie hatten beide zum zweiten Mal Aufhebungsverträge unterschrieben, und dieses Mal waren sie wirksam. Sie hatten gar keine andere Wahl, als die Segel zu streichen.

»Außerdem sind wir für den nächsten Fight besser vorbereitet«, sie räusperte sich, »allerdings musste dein Säurewissen mal auf Vordermann bringen.«

Kramer versuchte zu lächeln, aber es gelang ihm nicht. »Ich bin müde, Jersey.«

»Ich weiß«, Jersey schluckte, dann stieß sie ihm leicht mit

dem Ellbogen in die Seite. »Das wird wieder, Kramer, glaub
mir.« Sie blickte auf den Hometrainer. »Wo machste denn jetzt
hin?«

Kramer atmete tief ein. »Über der ›Blauen Perle‹ is 'ne Bude
frei geworden, und Zacko hat gesagt, er könnte 'ne Art Hausmeister gut gebrauchen. Einer, der sich 'n bisschen kümmert,
wenn er nicht da ist. Naja, aber mal was anderes«, er stützte sich
mit dem Ellenbogen auf dem Sattel des Hometrainers ab, »was
ist eigentlich aus dem Totzke geworden? Hat der sich noch mal
gemeldet?«

»Keine Ahnung. Bei mir nich.«

»Und wo steckt die Lizzy?«

»Die Lizzy?«

»Mein neuer Spitzname für den Drachen.«

»Achso«, Jersey ließ die Kaugummiblase platzen, »is' im
Krankenhaus.«

Kramer drehte den Kopf und blickte sie besorgt an. »Was
Schlimmes?«

Jersey stieß die Spitze ihres Doc Martens in die Wiese. »Nee«,
sie zögerte, »hat sich 'n Aquarium gekauft und beim Hochheben
was verzogen.«

»Mensch, hätt'se doch mal Bescheid geben können ...«

Jersey zuckte mit den Schultern. »Kennst'se doch ...«

Kramer schüttelte den Kopf. »Stur wie 'ne Bergziege.« Er
kratzte sich am Kinn. »Was wird denn nun aus ihr?«

Jersey nickte in Richtung der Fassade. »Freut sich, wenn'se
wieder in ihrem alten Kasten wohnt.«

»Kann ich verstehen. Aber da is' ja dann keiner mehr. Und
der Voigt wird sie auch raushaben wollen.«

Jersey strich sich hastig den Pony aus der Stirn. »Hab ich ihr
auch gesagt, aber sie meint, sie geht, wenn die Tapete geht.

Und …«, Jersey begann Buttkies' enzyklopädischen Tonfall nachzuahmen, »›Alte Hecken soll man nich versetzen‹.«

»Alte Hecken? Heißt das nicht ›Alte Bäume soll man nich verpflanzen.‹«

Jersey hob die Hände. »Keine Ahnung, irgendwas mit Gehölz eben.«

Nachdenklich kaute sie auf dem Kaugummi, ohne den Blick von Buttkies' Fenster zu nehmen. »Ich werd' ab und zu mal nach ihr sehen, wenn sie's überhaupt wieder zurückschafft.«

Kramer klopfte ihr auf die Schulter. »Ach, so ein Krebs, sind ja nicht alle gleich. Das wird schon, weeßte doch, Unkraut vergeht nich.«

Eine Weile schwiegen sie, dann fiel Kramers Blick auf den Pappkarton zu Jerseys Füßen, in dem sich offensichtlich ihre ganzen Habseligkeiten befanden: ein verrosteter Tauchsieder von 1960, alte Rollschuhe, Buttkies' Taubenmaske, eine Begonie ohne Blätter, eine kleine Discokugel und Schlüpfer in Pink. »Und wohin haust du ab?«

Jersey atmete tief ein, sie hatte sich wieder gefangen. »Misters Vater hat 'ne Bude gekauft. Die is' so groß, der muss das Klo mit Googlemaps suchen. Hat Schiss, dass er sich verläuft.«

»Und du ziehst mit rein?«

Jersey verzog den Mund zu einer trotzigen Schnute. »Nee, ich hab ihm gleich gesagt, ich stell nur mein Zeug ab und benutz die Küche mit und das Wohnzimmer und das Schlafzimmer. Von mir aus auch 24/7.« Sie zog die Nase hoch. »Den Gefallen tu ich ihm. Aber wenn's mir zu bunt wird, nehm' ich meinen *stuff* und zieh weiter.«

»Mensch, Jersey«, Kramer rollte die Augen, »kannste doch mal genießen, schön gemütlich.«

»Gemütlich, das würde ja noch gehen, aber«, Jerseys Stirn

legte sich in Falten, »die Balkone da, das kannst du dir nicht vorstellen. Die sehen aus wie«, sie überlegte, »wie so 'n ›Young Artist Room‹ in 'ner Galerie. Das sind nicht nur einfach Balkone, Kramer, die werden kuratiert, verstehste!«

»Okay. Das is schlimm.« Kramer sah sie mitfühlend an. »Aber Dein Mister wird sich bestimmt freuen.«

»Keine Ahnung, auf jeden Fall hat der jetzt Energie und Pläne und so«, sie pustete sich eine Strähne aus dem Gesicht, »kann einem Angst machen.«

»Pläne?«

»Hm«, Jersey nickte, »will jetzt in Trockenbau machen.«

»In Trockenbau?«

»Hm, und Tiefbau.«

»Und Tiefbau?«

»Hm, und Sanitär.«

»Auch noch.«

»Hm, und Renovierung.«

»Nicht schlecht.«

»Und Malerarbeiten.«

»Mensch, da hat der sich aber was vorgen…«

»Und Bödenlegen. Und Tischlerarbeit. Und Messebau. Und Gartenbau. Und Gerüstbau.«

Kramer wartete, ob noch was kam, dann hob er an. »Aber, wie …«

»Und Konzeptkunst.« Jersey nickte bestimmt, das schien das Ende zu sein.

»Konzeptkunst«, sagte Kramer, »aha.«

»Was weiß ich …«

Kramer gab Jersey den Joint zurück, und eine Weile standen sie wieder rauchend und schweigend nebeneinander und blickten die Fassade an.

»Ich sag ja immer: Single bleiben, Stress vermeiden.« Kramer strich betont lässig über den Lenkergriff des Hometrainers.

Jersey drehte ihm abrupt den Kopf zu und blickte ihn in gleichem Maße überrascht und respektvoll an. »Und Erika?«

Kramer zuckte mit den Schultern. »Keine Ahnung. Nach dem Umzug fahr ich mit Herbert erstmal für zwei Wochen nach Teneriffa. Der Sonne beim geschmackvollen Untergehen zusehen.«

»Was, ehrlich? Von den Liegen am Pool aus? Neben diesem Herbert? Mit 'nem Cocktail inner Hand?«

»Hm.«

»Mensch«, Jersey grinste, »alle Altherrenwitze auf einem Fleck.«

»Du fängst gleich eine.« Kramer lachte, dann atmete er tief ein. »Nach dem Urlaub geht's dann los. Einmal im Monat wird's 'nen Karaoke-Abend geben in der ›Blauen Perle‹. Den muss ich organisieren. Spült Geld in die Bude.« Er hob und senkte die Schultern. »Was willste machen?«

»Klingt doch ganz gut.«

»Naja, Hauptsache Zacko macht nicht dicht.« Kramer strich hastig über den Sattel des Standfahrrads. »Und vielleicht kommste ja mal vorbei, wenn's dir in der Luxushütte zu eng wird.«

Jersey zog eine Augenbraue nach oben. »Damit wir dann so Marianne-und-Michael-mäßig rumschunkeln? Vergiss es!«

»Nee, nee«, Kramer winkte ab, »für dich, Süße, holen wir schon Andrea Berg.« Er schnipste mit den Fingern und wiegte sich in der Hüfte: »Die Gefühle haben Schweigepflicht.«

Jersey senkte den Kopf und legte sich eine Hand über die Augen, in der anderen hielt sie den Joint.

»Dann eben nich…schade.«

Jersey hob wieder den Kopf, die Hand immer noch über den

Augen, spreizte Daumen- und Mittelfinger und blickte vorsichtig hindurch. »Du könntest mal bei mir rumkommen.«

»In deiner verkifften Schicki-Bude? Vergiss es.« Er hob die Hand und öffnete sie, damit ihm Jersey den Joint gab, aber sie machte keine Anstalten.

»Nee, im Baumarkt.« Sie nahm die Hand von den Augen.

»Im Baumarkt«, stellte Kramer fest, »aha.«

Jersey zog an dem Joint. »Da gibt's 'nen dufte Imbisstand …«
Kramer blickte sie aufmerksam an, aber sie schien es völlig ernst zu meinen. »Den mit der Bratwurst zu 1,80?«

Jersey nickte. »Ich lad dich ein.«

Er ließ die Hand sinken. »Auf 'ne Wiener?«

»Und 'n Bier.«

»Nee, oder?« Kramer schüttelte ungläubig den Kopf.

»Na klar.« Jersey nickte bestimmt. Sie meinte das tatsächlich ernst.

Oh Gott, dachte Kramer, langsam fing er noch an, sie zu mögen. Was war nur aus ihm geworden? Aber noch wichtiger: Was würde noch aus ihm werden? Er sah zu den Fenstern seiner Wohnung im Erdgeschoss und seufzte. »Pass auf, spätestens in drei Jahren sind Herbert und ich zwei aufgeschwemmte Entertainer, die in der ›Blauen Perle‹ schlechte Witze erzählen.«

»Seid ihr doch jetzt schon, oder?« Jersey grinste.

Kramer würdigte sie keines Blickes. Stattdessen schaute er auf das Geranienbeet, das unweit der Feuerstelle lag, an der sie Grube würdevoll verabschiedet hatten. Die ersten Blüten würden sich schon bald öffnen. Dieser ewige Winter war endlich vorbei. Kramer atmete tief ein.

»Ohne dich und die Buttkies werd' ich nur noch gute Laune haben, es wird grausam.« Er wiegte besorgt den Kopf. »Ich werd anfangen, mich so richtig wohl zu fühlen …«

»Denkste?«

»Ja.«

»Nee, glaub ich nicht.« Jersey ließ die Kaugummiblase platzen.

»Nee?«

»Dir fehlt das Gen.«

»Das sagt die Richtige.«

Jersey grinste.

»Und du?«

Sie öffnete weit die Arme. »Ich werde Liebe verbreiten.«

Er drehte sich zu ihr um und wollte ihr den Joint abnehmen. »So, ich glaube, das reicht für heute.« Aber sie zog die Hand zurück. Dann lächelte sie angriffslustig. »Ihr werdet mir auch fehlen, ihr wart immer, immer so ...«, sie überlegte, »so negativ.«

»Ja, aber eigentlich nur, wenn du vor Ort warst.« Jersey schlug ihm gegen die Schulter und lachte, dann ließ sie den Stummel des Joints fallen und trat ihn aus. Schließlich bückte sie sich, nahm den Pappkarton unter den Arm und strich sich mit der freien Hand den Pony aus der Stirn. »Mach's gut.«

Kramer wandte sich ab. »Los, hau ab jetzt, sonst muss ich noch heulen.«

»Oh nee, bloß nich, das riecht immer so«, sagte Jersey, dann beeilte sie sich, Abstand zu ihm zu gewinnen, und lief unschuldig lächelnd im Rückwärtsgang über den Rasen.

»Zieh Leine, Puppe«, rief Kramer, »und pass auf dich auf.«

»Mach ich«, rief Jersey, »und Kramer ... hier ...«, sie warf ihm etwas zu, etwas schmales Weißes, es flog durch die Luft, und als er es gefangen hatte und den Kopf hob, war sie um die Ecke verschwunden. Er öffnete die Hand und schaute hinein. Es war ein kleiner Joint, wahrscheinlich die letzte, die allerletzte Balkonernte. 1-Euro-Gras. Von dem die Leute sagen, es bringe Glück.

Gehaben Sie sich wohl

Ich hatte ja befürchtet, dass das Einzige, was übrig bleibt, drei zerbeulte Briefkästen sein werden, dass der Wind durch die Ritzen pfeift und der Staub über die Treppen schwebt, dass zerrissene Vorhänge ins Leere wehen, dass die Türen knarren, hier und da, dass eines der Fenster im dritten Stock immer wieder auf- und zuschlägt, und dass eine alte Spieluhr auf dem Dachboden selbstvergessen vor sich hin klimpert, dass sich die kleine Tänzerin mit der abgebrochenen Hand und dem verblichenen Haarband ruckartig darauf dreht. Dass es das sein wird, was bleibt. Wie viele habe ich gesehen, die ihre Kisten genommen haben und ausgezogen sind, wehmütig und unsicheren Schrittes, aber doch sind sie gegangen, weiter, immer weiter, bis sie schließlich verschwunden waren.

Aber nun sehen Sie sich meine Letzten an, sie haben an sich geglaubt und an mich, sie haben die ganze Nummer noch einmal gedreht, weil sie nichts mehr zu verlieren hatten. Es hat Mut, Ausdauer und Kraft gekostet, aber der Kampf war nicht vergeblich.

Die Buttkies träumt ja schon seit geraumer Zeit davon, mich zu kaufen. Wo sie das Geld hernehmen will, kann ich Ihnen nicht sagen. Drogenbusiness, Lottogewinn, Banküberfall – der Elisabeth ist ja alles zuzutrauen. Nun thront sie jeden Morgen in ihrem Bett und gibt in Gedanken eine Audienz, bei der die Jersey und der Kramer freundlich bei ihr um das Geld bitten müssen, das sie brauchen, um mich wieder auf Vordermann zu bringen. Aber auch ganz ohne Hauskauf ist ihr klar: Ohne sie wären die beiden anderen aufgeschmissen. Aus ihrem »Man lässt mich nicht sterben« ist ein »Ich darf nicht sterben« geworden, und das ist der Elisabeth nicht ganz unrecht. Außerdem will sie jetzt einen Versandhandel mit Taubenmasken aufmachen, weil der Kramer sagt, dass man die auch ganz leicht selber herstellen könnte, und die Jersey bastelt schon an einer Website. Ja, die Jersey, sie ist auch wieder da. Ein paar Tage nach ihrem Auszug stand sie wieder vor der Tür. So ein kuratierter Balkon und so ein beschwerdefreies Leben wie in der Schaufensterauslage, das ist ja nichts für mein Sorgenkind. Die Erika habe ich letztens auch wieder gesehen, da hat sie beim Kramer in der Küche gesessen und gestaunt hat sie, wie der Kramer da alles repariert und hämmert und pocht und instand setzt. Der Kramer hat ihr erzählt, dass er jetzt Hausbesitzer sei, was natürlich eine glatte Lüge ist, aber die Erika, nicht dumm, hat ihn gefragt, wo er denn das Geld her habe, und was sagt der Kramer, schon ganz im »Antonio«-Modus? »Kontakte.« Die Erika glaubt ihm natürlich kein Wort. Das weiß der Kramer auch, aber zugleich mit seinen Geranien wächst in ihm jetzt die Hoffnung, die Erika könne wieder zurückkommen.

Gestern saßen die drei dann mitten in der Wiese auf Gartenstühlen. Es war ein warmer Frühlingsabend, aber in der Luft lag schon eine Ahnung vom Sommer. Der Kramer hatte sogar gegrillt, die Jersey hatte Bier für alle besorgt und die Buttkies hatte Schnittchen gemacht. Es war fast ein bisschen zu schön, kurz hatte ich Angst, einer von ihnen holt jetzt eine glänzend geschrammelte Konzertgitarre hervor und stimmt »Danke für diesen schönen Morgen, danke für diesen schönen Tag« an.

Aber im Grunde ist mir nichts lieber als das. Alles ist besser als die Angst. Sehen Sie, der Schmerz ist immer nah am Scherz, man merkt das erst spät, doch man merkt es. Und es hätte ja auch nicht mehr viel gefehlt und ich wäre als Alleinunterhalter zurückgeblieben, mit einer kaputten Hammondorgel, während die Jahrmarktskollegen schon längst weitergezogen sind. Aber jetzt gehen wir hier nicht mehr weg. Sollen sie ruhig kommen. Uns kackt keiner mehr in den Hof! Und da, wo sie den Grube begraben haben, wächst jetzt, nun ja, eigentlich hatte ich ganz klar in die Regieanweisung »Apfelbaum« geschrieben wegen der Idylle, aber es ist jetzt doch nur ein Buchsbaum draus geworden. Immerhin leuchtet der herrlich grün, saftig und fröhlich in den Tag. Offensichtlich hat der Grube im Nachhinein doch noch ein schlechtes Gewissen bekommen, und will es wiedergutmachen, aber da bin ich jetzt auch nicht nachtragend, die Größe, dem anderen seine Fehler zu verzeihen, sollte man dann schon haben.

Wie? Sie sagen, Sie sehen gar niemanden? Nur noch Kramers Fingerabdrücke auf dem Treppengeländer? Ein Sohlenabdruck von Jerseys Chucks im Staub der Treppenstufen? Leere Einweckgläser in Buttkies' Küche?

Nein, nein, sehen Sie doch, Sie sind doch da! Da im zweiten Stock und im Wohnzimmer, im Hinterhof und auf dem Balkon! Sie sind da, sie sind doch alle da! Wie? Sie meinen die Musik? Nein? Nicht die Swing-Musik? Ach, Sie meinen das Wimmern. Ja, das Wimmern. Keine Sorge. Bald wird es aufhören, es wird leiser werden, einer friedlichen Stille weichen.

Wo es herkommt? Aus dem Dachgeschoss vielleicht, ja, ich glaube, dort ist er, im Dachgeschoss. Dabei habe ich ihn nicht einmal eingeladen. Aber die menschliche Neugier ist nun mal unendlich. Es hat ihn auch keiner bemerkt, den Spaziergänger mit seinem Hund. Der Kramer war ja im Urlaub mit dem Herbert, die Jersey beim Mister und die Buttkies im Krankenhaus beim Eisessen mit dem Pathologen. Der Spaziergänger ist um mich herumgeschlichen, dann stand er plötzlich in Kramers Badezimmer, hat das riesige Loch in der Decke gesehen, hat zu seinem Pfiffie gesagt:»Das müssen wir melden!«, aber da, plötzlich, die Musik. Wie von weit her. Von einer Spieluhr. Und er ist die Treppe hoch, Absatz für Absatz, manchmal ist er stehen geblieben, hat nach oben geschaut und dann am Geländer vorbei wieder nach unten, hat gerufen »Hallo?«, »Hallo, ist da einer?«. Verzeihen Sie mein Lachen, es ist nicht hämisch gemeint, aber Sie müssen doch zugeben, es entbehrt nicht einer gewissen Ironie. Und dann war er der Musik ganz nah. Und den Pfiffie hat er beinahe vergessen, nur immer an der Leine hinter sich hergezogen, und dann hat das Tier einen spitzen Laut von sich gegeben, voller Angst, weil die Tiere ja mitunter klüger sind als die Menschen. Ich hab mich ein wenig erschrocken, und dann ist mir die Tür früher ins Schloss gefallen als gedacht. Und? Was habe ich Ihnen gesagt? Er wimmert nicht mehr, ganz ruhig ist er, der Pfiffie auch. Sitzen beide in Jerseys Schlafzimmer auf dem nackten Boden vor der Spieluhr. Er zieht die Spieluhr immer seltener auf, die Hoffnung, das ist die Hoffnung, sage ich Ihnen, die schwindet. Aber die Hoffnung worauf?, fragen Sie. Dass ihn einer findet, verehrtester Leser. Und wissen Sie noch? Der Totzke. Dieser windige Ermittler. »Töten verändert das Bewusstsein«, hat er gesagt. Und auch er ist wiedergekommen. Gestern, gestern Abend. Ist ebenfalls um mich herumgeschlichen wie der Jäger um die Beute. Sogar die Mülltonnen hat er inspiziert und dabei hat er Grubes Aktentasche gefunden. Die alten Aufhebungsverträge waren noch darin, die Jersey sollte sie ja abfackeln, aber über die ganze Aufregung hat sie es vergessen. »Aha«, hat er gesagt und die Aktentasche an sich genommen, als hätte er was geahnt. Und ich war schon in Sorge, dass es meinen Letzten nun doch noch kurz vor Schluss an den Kragen geht, aber es hat nicht einmal die Spieluhr gebraucht. Die menschliche Neugier, Sie wissen schon. Natürlich hat er sich gewehrt, hat versucht, die Fenster zu zerschlagen, mit der bloßen Hand, hat sich gegen die Wohnungstür geworfen, aber nichts, nichts. Jetzt liegt er auf dem Sofa in Kramers Wohnzimmer, zusammengekrümmt, starrt die Decke an und versteht die Welt nicht mehr. Er hat schon längst aufgehört, sich zu fragen, ob hier möglicherweise etwas nicht mit rechten Dingen zugeht. Vielleicht werde ich ihm die Spieluhr hinstellen, in der Nacht. Im Dachgeschoss wird sie eigentlich nicht mehr gebraucht, da sind sie schon zu Schatten geworden, der Spaziergänger und sein Pfiffie. Sie huschen durch die Räume, sind mal hier, mal da. Sie können durch die Wände gehen, aber raus, raus kommen sie nicht mehr.

Nun sind wir also alle beisammen: Die Letzten, der Grube, die Schatten und ich. Wie? Es gebe keinen mehr in der Hebelstraße 13, sagen Sie? Sie kennen sich nicht mehr aus? Das macht nichts. Wir befinden uns an einem Punkt höchster Verdichtung. Und nun müssen Sie sehr stark sein, denn der Einzige, den es nicht gibt, das sind Sie, werter Leser. Es gibt Sie nicht, weil es niemanden gibt, dem ich die Geschichte erzählen kann. Ich bin ein Haus, und seit wann können Häuser sprechen?

Ich bin jetzt müde, sehr müde, eine große Erschöpfung hat sich meiner bemächtigt, aber ich höre nicht auf. Fünf Stockwerke à drei Wohneinheiten plus Dachgeschoss, die Letzten sind schon hier, sie waren ja nie weg, sind nie gegangen, wehmütig und unsicheren Schrittes, weiter, immer weiter, weil der Mensch nun mal so ist, nein, sie sind hier, in mir, und die anderen Bewohner hole ich mir zurück, jeden einzelnen. Es werden nicht die gleichen sein, es sind andere, aber auch Menschen, nur das zählt. Sie werden schlafen in mir, lange, sehr lange, bis zum Anbeginn einer neuen Zeit, vielleicht, eines Tages.

Hören Sie die alte Spieluhr, wie sie selbstvergessen auf dem Dachboden vor sich hin klimpert? Sehen Sie die kleine Tänzerin mit der abgebrochenen Hand und dem verblichenen Haarband, die sich ruckartig darauf dreht? Gehaben Sie sich wohl.

Danksagung

Für die großartige Unterstützung danke ich von ganzem Herzen Albert Meisl, Thomas Bauermeister, Andreas Lehmann, meiner Familie, Meister Eder und Dr. Wörzl aus Wien sowie der gesamten Tippituu-Bande.

Inhalt

I

II

III

IV

V